U0609397

马上相逢

徐可顺 著

天津出版传媒集团

百花文艺出版社

图书在版编目（CIP）数据

马上相逢 / 徐可顺著 . -- 天津 : 百花文艺出版社，
2024.9
ISBN 978-7-5306-8894-6

Ⅰ . ①马… Ⅱ . ①徐… Ⅲ . ①散文集－中国－当代
Ⅳ . ① I267

中国国家版本馆 CIP 数据核字（2024）第 110357 号

马上相逢
MASHANG XIANGFENG

徐可顺 著

出 版 人：薛印胜　　　　　　　责任编辑：张　雪
装帧设计：刘昌凤　任　彤　　　特约编辑：翟玉梅
出版发行：百花文艺出版社
地　址：天津市和平区西康路 35 号　邮编：300051
电话传真：+86-22-23332651（发行部）
　　　　　+86-22-23332656（总编室）
　　　　　+86-22-23332478（邮购部）

网址：http://www.baihuawenyi.com
印刷：三河市元兴印务有限公司
开本：660 毫米 ×960 毫米　1/16
字数：200 千字
印张：20
版次：2024 年 9 月第 1 版
印次：2024 年 9 月第 1 次印刷
定价：89.80 元

如有印装质量问题，请与三河市元兴印务有限公司联系调换
地址：河北省廊坊市三河市黄土庄镇尚庄子村
电话：0316-3180002
邮编：072750
版权所有　侵权必究

时光是魔术师，悄悄地顺
走一切。我用抒写辉映阳光，我
用文字梳理时光。

徐可顺

新年贺词

在前人不曾涉足的地方
我们须站在自己的肩上
以热血的形态
燃烧流动的火

桑恒昌
2019.1.1.8.00

2019 年元旦上午 8 时许诗坛泰斗桑恒昌老先生为作者题写新年贺词

诗与远方

徐俊

徐俊为作者题字"诗与远方"

　　徐俊，山东大学文学院特聘教授、博士生导师。中国出版协会古籍整理出版工作委员会主任、中国唐代文学学会副会长。曾任中华书局总编辑、总经理、执行董事兼党委书记。

序一 文学让生命绽放诗性

李炳锋

我跟可顺是喝着一条河的水长大的，我在河的上游，可顺在河的下游。幼时的我们，并不知道对方的存在。这条河是众泉汇流的绣江河，是章丘的母亲河，是章丘的魂魄。

后来，我们因求学、工作来到济南，都有先企业后机关的职业经历，都伏案从文。跟可顺认识就是从那时开始的。第一次见到可顺时，他那瘦弱的身影给我留下了极深的印象。再后来，各自娶妻生子，各过各的日子，偶尔电话联系。再见面，他的头发已是深秋的草，稀疏而又枯薄。问其因由，他说是因为自己还在文字第一线奋战，令人顿生怜悯之心。我跟他说，人这一生不能仅为了生存，还得有点精神上的追求。他重重地点了点头。后来，我们真的因文学结为好友。

苦难是思想的养料，更是成就未来的动力。虽然特殊的经历使他做人做事格外谨慎、缜密，但他借助笔墨的挥洒表达内心深处的性情，表达对复杂世事的见解，从而寻求到生活中的一份光亮，让庸常的日子有了诗性的绽放。《道德经》里的一句话"天下莫柔弱于水，而攻坚强者莫之能胜，以其无以易之"很适合可顺。

再后来，我邀他加入济南周三读书会，他很快成为业务骨干，并担任副秘书长，负责推荐范文，这也是读书会的一道"硬菜"，当然他的散文创作颇丰，起到了很好的示范引领作用。

癸卯隆冬的一天晚上，我正在写稿件。忽然手机铃响，接通后，手机那头传出了一个熟悉的声音："大哥，周三上课时没好意思对你说，我想出本书，已经选定出版社，思来想去，还是让你为我作序最合适。""好呀！"知道是可顺，我痛快地应允下来。

通话过程中，隐约飘来《火火的中国，火火的时代》音乐声。我知道，他正在公园里锻炼身体。

上面说了，可顺比较谦卑低调，集体场合说话少，但每逢表达，泛红的面孔、稍显急促的语调，显示出真诚与正直。这从他的文字中就能捕捉到。我觉得最能体现其性格特点与志趣的，是《水韵》这篇文章："遇山／蓄能／图精明成长，寒侵／膨胀／挺精神脊梁，临崖／豪放／瀑生命樱花雨，入海／荡漾／逐日润蒸的痴情……"还有他在《匡山石韵》中的这样一段描写："置身新修建的匡山公园，就会发现阳光下簇拥匡山凸起的山石，光滑圆润且精致大方——她既没有黄山之石的'奇'，也没有泰山之石的'敢挡'，她唯一天然特性就是'文'，温文尔雅，朴实无华，历尽千年，而不露任何锋芒，默默地与周围的黄土山松相拥、相抱、长相厮守；静静地与仰慕已久的蓝天白云地天相对、痴情诉说；无声无息地与生活在其周围'日出而作，日落而息'匡山人和谐共处。"从这些拟人化的话语中，你能说他书写的仅仅是泉城之水与匡山之石吗？借景抒怀言志，为文为人一体，这或许是可顺的"本我"。

可顺为文是渐进的。刚进读书会时，他呈现给大家的文字还带有新闻、公文的底色。我常给学友们提醒，为文要去包括公文化在内的"三化"，这对推动可顺在内的学友们的文风转变有很大作用。

前几年，他的一篇散文《与父亲进城卖菜》（又名《读年》《赌年》）在《济南日报》的《趵突》副刊头条刊出。我告诉他："你看看，报纸副刊以这么大号的标题在头条刊登，这是对你文字实力的肯定，章丘一位很有名的作家多次跟我提起你，说明你的文字在济南有了一席之地。"《济南日报》的《趵突》副刊主编逄先生也对我说："这篇稿子我没有照顾他，是他的实力，如果说确实有要照顾的份儿，也多是放在第三四条的位置。"

我觉得这篇文章是可顺叙事散文的代表作。后来，他告诉我，此文在《齐鲁晚报》APP"壹点"上的点击量是610多万，在"今日头条"上的留言评论达550多条。一位编辑也告诉我，此文具备了小说的雏形，如果再辅以时代背景、人物性格命运及生活五味等的交代，可能会是一篇好的短篇小说。

可顺为文有独特的悟性。记得有次读书会研讨他的文章《省城管道工》，是讲水务工人抢修管道的。他念完之后，来读书会指导的文学大家刘玉堂老先生就首发点评："文章视角不错，关注底层生活，但文章更多是概念性、程式性表达，给人留不下印象。写文章不能光写手电筒照到的地方，好的文章，不在于表达，而在于藏。"张丽军教授也提醒："细节是魔鬼。"这天晚上的灯下交流，一下子惊醒可顺沉睡的文学细胞，他修改后的《泉城"输液工"》刊登在《济南时报》文学副刊，并在相关征文中获得二等奖。其中有这样一段文字："就在我不断搓手、呵气驱寒的时候，发现队友皮上衣、胳膊上和手套外面都结了一层晶莹薄冰，他用力转动工具，那层薄冰就碎了，随即抖落下来；可是不时溅出的水花又恣意在他的衣服、手套上凝结，在白炽灯照耀下闪着星星寒光……那个夜晚，我们就是在冰结、冰碎，气焊、切割，扎紧回土、填平压实的节律中完成了管道的修补……"试想，这段透着寒气的文字，如果没有对生活的观察与体悟，恐怕很难现出天寒地冻中工作的真实感。

可顺钟情的是人文。正如他平时所言，看到文物古迹，眼睛就放光，脚就挪不动。或许受了文化散文的影响，他有好多文章是写文化非遗、文物保护的。比如《不敢合眼的城墙》《田家庄怀古》《我的经纬情怀》《红房子公所在述说》等，他不仅用眼睛直观感受，还要深挖三尺，最后来个画龙点睛，一语道天机，让人难以忘怀。比如他的《沙土裤里的生命密码》，在描写了沙土裤的制作、使用、好处等之后，最后这样结尾："听着父亲的述说，联想到上次在火车上与鲁西北的一位大哥看到黄河沙滩、共聊儿时穿沙土裤的事情，又想到自己几年前赤脚穿梭在晒热的沙土里治好了脚气，不由得叹服先民们的创造，叹服他们生于自然、利用自然的生活智慧。原来，人类的生命密码就在大自然怀里。"这就是点睛之笔。在拥有高科技、高智能 AI 的今天，离开大自然，人类还是难以生存。记得来周三读书会现场指导的时任齐鲁晚报文学主编李秀珍，曾经环视在座的学员，问："哪位是徐可顺？"可顺激动地从座位上站起来，李主任说："你发邮箱的那篇《不敢合眼的城墙》我看了，我就喜欢这样的文章。"之后，这篇文章就刊登在了《齐鲁晚报》副刊随笔栏目上。

手中翻阅《马上相逢》这本散文集样书，感觉可顺就在身边。我知道，可顺属马，缘起就有相逢，相逢还是马上，这不就是诗意的生活嘛！

此时，我想到了"马上相逢无纸笔"这句唐诗，但那时的语境是"凭君传语报平安"。而当今的场景是，"马上相逢有此书，灯下相品可顺语"。

诚然，《马上相逢》是可顺的首部散文集。按行文脉络或是时光轴来看，抑或从坐标原点或地域疆界看，其散文集主要分成三个版块：摇篮篇，是作者站在花甲线上，回望四十年前故土乡村改革开放前后那段时光里的人与事、风与俗、见与闻、情与爱，于纯真中融入时代印迹与感悟，表达着作者的故土情结与感恩大地的情怀。

行悟篇，是作者在花甲之年，平视周围的人文自然，油然而见新时代条件下的人生与物象，以及由此对未来的展望，表达出作者感恩父母、感恩时代、感恩生活的家国情怀。

视界篇，是作者走出生命原点，进到大地怀抱更深处，感悟阳光蓝天下，日新月异的新境地、新时空、新作为，是对业已形成的现实感悟的拓展，是对新生事物的肌触与感应。

赏花归来马蹄香。相信可顺的《马上相逢》，会给省城文学时空里衔来一缕清香，当然更会为周三读书会增添浓墨重彩的一笔。

搁笔走到室外，骄阳下，一只黄褐相间的蝴蝶不知从何处飞来，匍匐在月季花并不丰盈的枝叶上，久久不肯离开。

阳春的百花园里，马儿在诗意地生活。

把此序交给可顺的时候，他告诉我，这篇序的题目与山东师范大学李掖平教授在山东省"讲好山东故事，守护文化根脉"征文大赛颁奖典礼上给他的留墨鼓励有相通之处。

如若这样，那就说明李教授真正道出了每个读书人、文字爱好者的心声。

可顺已近耳顺之年，马上赋闲在家，我想，这正是他文学之路的美好开端。相信以推出散文集为契机，他会倍加珍惜时光，勤奋笃行，在人生的后半场里，绽放诗意，绽放出生命的光彩。

2024 年春

李炳锋，笔名金后子，中国作协会员、山东省散文学会原副会长、济南周三读书会创始人。

一日，可顺兄把一沓文稿拿来置于案头，嘱我写上几句。《马上相逢》几个大字映入眼帘，我即刻明白，可顺兄多年劳作打理的自留地——莲藕池，到了正式收获的时刻。一百余篇生动鲜活的过往、直抒胸臆的感悟、独具特色的探究，一一浮现，仿佛莲藕池内已是莲心毕现、佳"藕"天成了。

我与可顺兄相识于20世纪90年代，机遇使然，曾经二度相逢于职场。从风华正茂走到鬓生华发，从相遇相知到相融相谐，时光如梭，一晃三十年了。因平日多与文字打交道，激扬文字、笔耕不辍成为工作常态，再加上以读书为乐、追梦文学的相同审美情趣，使我们在茶余饭后、小憩闲暇之时，就有了共同的话题。一些话题在争辩、激荡中得到统一，认知在深入交流中得到进一步升华。至此，文字上的沟通畅快无碍，已不需要任何铺垫和掩饰。可顺兄素喜莲的冰洁、藕的通透，常喻自己的作品为莲藕。近年来，可顺兄的莲花肆意生长，枝蔓密生，一派欣欣向荣之姿，能目睹这片莲藕池的一天天变化，何其幸也，这也算是本篇题目的由来吧。

可顺兄古道热肠，待人如火，内心

深处总有一腔使不完的热忱，在区域发展中常为民生改善鼓与呼，在社会活动中常为文明进步建一言，在监督工作中常为求实效献一策。他的一些金点子让人经久不忘，好建议更是让人眼前一亮。日常工作生活中，他的一颗坦诚为民之心，体现得淋漓尽致。

可顺兄谦谦君子，处事如水。他虑事以周详周全为要，常替他人着想，与人交往似春风拂面、春风化雨。市民记者、最美读者、强国达人、文人雅士，角色间自由切换，应对怡然，处之泰然，取得的成就总给人一种水到渠成的感觉。

可顺兄遣词炼句，文风如酒。常坐书斋，以文会友，偶有佳词妙句，似信手拈来，古朴典雅，浑然天成，毫无匠气之痕。独辟蹊径的探究文章，意境醇厚，回味隽永，常令读者扼腕咏叹。见文如见人，隐有大家风范也。

三十年来，能在人生最美好的时光里遇见，成为彼此成长与前行的见证者，可谓一生的良师益友呀。值此文稿汇集成册之际，又欣逢可顺兄甲子之年，此时收获这一沉甸甸礼物，更显弥足珍贵，内心感到由衷的高兴。可顺兄自身携带的火与水，辅以滋味醇厚的文字，已自酿成酒。祝福《马上相逢》在等待有缘读者随意撷取、惬意品尝。一切过往，皆为序章。我想，来年的莲藕池，定会更加花团锦簇、繁花似锦，就让这一池的莲红藕白美景，妆点好此人间吧。

2024 年春写于槐荫

目录
CONTENTS

第一辑　摇篮

清华校园一景　徐可顺／摄

田家庄怀古

几千年的文化积存

是厚重的历史

会把今天的我们

和我们的未来

举得更高

——桑恒昌《百村记忆》

济西湿地公园东邻，南北流向的玉符河折首西进的拐弯处，有个千余户人家的村子，叫田家庄。它东临峨眉山，南靠玉符河，地势开阔，土地肥沃。平日里看上去，它与周边村落并无二致：一样的黄土瓦舍，一样的鸟语花香，一样的车来车往……但你若得闲来个"悟空探照"，乐闲图安的"土地"就会迫不及待地蹿出地面，双手作揖："莫惊扰，此乃一方圣土！"

"土地"引经据典，道出了原委："此方圣土，乃承载北辛文化的田家庄遗址，是远古时期先民休养生息的乐园，是咱们的大济南迄今为止发现最早的古遗址之一，比起耳熟能详的龙山文化还早2500多年呢，远古济南是从这儿起步的。"

村东头路北，一块半人高的"田家庄"石碑，祖露胸背向路人讲述着众姓氏人家在此过活700多年的历史。明洪武年间，胡、赵、徐、李等30多个姓氏家族由河北枣强迁徙到这里，发现村内七圣堂和三官庙的大钟上皆注有"田"

姓，遂取名为田家庄。可见，古人对先民尊崇。令人不解的是，到目前为止，村里独无田姓人家。

由村东首西走见路向南，就是村南大坝。宛如轻盈飘带的玉符河摇头摆尾扭动着身躯向你致意。远远望去，它犹如一支饱满的巨笔，由南向北拖着长长的笔锋，一路运笔走势，在田家庄这儿画了个大弧，然后就直取西北，一笔捺向小清河了。田家庄遗址恰好就在玉符河北岸的这个弧形转弯处，它东西长 200 米，南北宽 150 米，略高于地面，约 3 万平方米的田台，仿佛显示着它生来就与众不同的荣耀身世；而慈母般的玉符河，也以五彩斑斓、粼粼波光为韵律，叮叮咚咚、一路欢歌述说着先民沿河而居、追求天人合一的生存智慧……

相传元世祖初年，这儿建起了一座道观，门前矗立起一块大石碑，碑顶盘着的两条巨龙，将"朝真观碑"四个大字紧紧吸附在身上，以负重闻名的赑屃昂着头不屈地驮载着石碑，迎风冒雨前行，这座道观就是乡人们所称的朝真观。令人惋惜的是，这块见证古文明的石碑，或因赑屃开小差，或经风侵雨蚀，现在已不知归处，抑或悄然化作尘香，融进了悠悠无垠的时光隧道。这使我想起了那天我与乡人们一起去寻觅这块石碑原址，置身高约 2 米的草丛中，拨开杂草，找了足足一个多小时，也寻它不见。阳光下秋风中我们只好与无忧无虑的茫茫草丛相视不语，全然不顾手臂上被野草划破的伤口在洇血……

乡人追忆说，朝真观前面，以前还排放着三块四米见方的大石板，这是先民们说事讲理、明辨是非善恶的地方——相当于现在的乡村法庭或民间调解组织吧，如果两人生事要评个理儿，他们不是野蛮地秀肌肉，以力服人，而是双方站在这大石板上，各说各的理儿，最后由族长或大伙评判。理屈词穷的一方自然掩面下台，从此不再叫板，息诉罢访。先民们当时向善慕德，追求公平正义，文明自治雏形可见一斑。

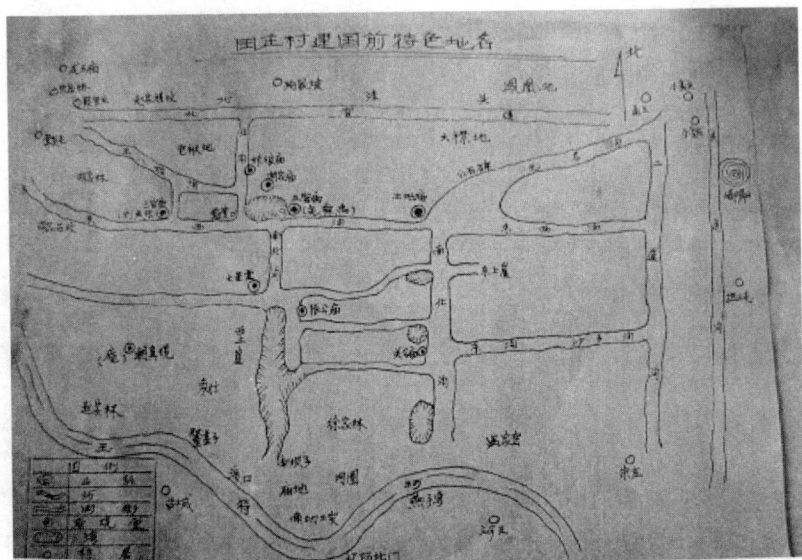

田庄村地图（据田庄村委会提供的图纸拍）　徐可顺/摄

　　黄土之中的文明更让人叹服。20世纪60年代中期，一个偶然机会，从遗址处挖掘出土了不少先民用过的石斧、石铲、猪牙、蚌壳之类的生产生活用具。其中最能体现先民谋生智慧的，当属供先民研磨用的石磨盘，它由质地坚硬的花岗岩做成，乡人称之为石臼。如今健在的乡人，经常回忆其长辈们曾讲述过的石臼磨损其身、泽利后人的故事。目睹着猪牙等出土物，我们可以想象，那时先民们已开始饲养马、牛、猪、羊等家畜了；蚌壳的存在，又使我们联想到，原始生活状况下，先民们与河为伴、依水而居，在玉符河里撩水洗衣、捕鱼捉蟹的场景……

日月如梭，斗转星移。如今这方圣土上，水还是那水，树还是那树，阳光依然在草丛之上光泽万物；所不同的是，除了文物馆和缩影在相框里的出土文物还能诉说属于那个时代的繁荣与文明外，在这片灵水圣土之上再也难觅可供世人回瞻、引人入景触情的可睹、可触之物了。乡人们流露的"早知道它这么重要，我们说啥也得管好啊"的惋叹每每回响在耳旁，心如刀绞……不过，让人聊以慰藉的是，2003 年有关部门对这处遗址进行了登记保护，并收录在《中国文物地图集·山东分册》中。

　　虽然时光不可倒流，但历史终可传承。我愿以此为志，回身越千年，继而聆听土地述说那远古的文明，用手抚摸心目中已然矗立的那块石碑、那块方板，抚摸一下先民们用心血和智慧磨出来的那个光滑的石臼……

2015 年 3 月 10 日刊登于《齐鲁晚报》

匡山石韵

省城西部有座高不过百米的小山叫匡山。此山虽小，但名气颇大，"齐烟九点"中有其芳名；山石平实，却承韵历史，"中华墨宝"里有此一说。

置身新修建的匡山公园，就会发现阳光下簇拥匡山凸起的山石，光滑圆润且精致大方——它既没有黄山之石的"奇"，也没有泰山之石的"敢挡"，它唯一的天然特性就是"文"，温文尔雅，朴实无华，历尽千年，而不露任何锋芒，默默地与周围的黄土山松相拥、相抱、相厮守；静静地与仰慕已久的蓝天白云相对、痴情诉说；无声无息地与生活在其周围"日出而作，日落而息"的匡山人和谐共处。多少年来，从未曾听说有人被匡山之石绊倒摔伤的，可见其博爱胸襟。

从公园南门入，登临山腰上就看到一处凉亭，旁边矗立着一块高约3米、宽2米的米黄色椭圆形石头，"太白读书处"五个刚劲有力的红色大字格外抢眼，落款是"甲子仲秋朱庆澜"。

至于太白诗仙是否真的曾隐此读书，史上已无从考证，当地人也多以为牵强附会之说，暂且不究。

单表此石，虽未见其奇，却默默为匡山之石"代言"。据考证，此石刻是1924年朱庆澜将军的墨宝。研究资料载，朱庆澜，祖籍浙江绍兴，1874年生于济南，1893年从军。在东北任职期间，其收回了松花江航行权以及中东铁路百万亩土地的地亩权，还支持孙中山的护法运动。1931年抗战爆发后，他先后出任辽吉黑热民众后援会会长和东北抗日义勇军总司令，积极募集资金支援东北义勇军的对日作战。1932年，他为全国首部宣传东北抗日义勇军抗战的书籍《东北义勇军》题写了书名；1934年，又出资赞助上海电通影业公司的共产党人拍摄电影《风云儿女》。田汉为电影作主题歌词时，没有确定歌名，聂耳谱曲时也只写了"进行曲"三个字。作为《风云儿女》投资人的朱庆澜将军，画龙点睛地在"进行曲"前面加上了"义勇军"三个字，于是《风云儿女》电影主题歌的歌名就成了《义勇军进行曲》。之后，由上海百代唱片公司将《义勇军进行曲》灌成唱片公开发行。这就是隐藏在石刻墨宝后面的动人故事。

当年朱庆澜为什么要在匡山留下石刻墨迹，现在无从考证。但有一点可以肯定，生于济南的朱庆澜对久负盛名的匡山一定寄托着别样的情思与乡愁。这或许就是他更愿意相信匡山即"太白读书处"的传闻而留下墨宝最直接、最人性化的解释了。

是啊，山石不言，但能见证日月，石刻不语，却会韵承历史。所以说，挺起匡山的貌似不是匡山之石，而是固化在此山上的诗仙静读的传说及矗立在山石之后的抗日爱国将领朱庆澜的一段逸事。小文至此，就以"匡山石韵"作结吧！

2014年3月19日刊登于《齐鲁晚报》

一缕烤肉香

周末回老家，弟弟上了几个自家菜，转身又从冰箱里拿出烤肉，切了拼盘。看着黄中盈白、白中微红的肉片，一股似曾相识的味直钻鼻孔，继而引起我的思绪。

小时候，初闻"黄家烤肉"是从嗅觉开始的。那是20世纪80年代初，我还在镇上读中学。由于学校毗邻黄家湾，每每黄家烧制烤肉时，晴空中弥漫的香味就随风潜入我的鼻孔，诱惑我的味蕾，直让我浑身不自在，像有小虫潜入体内，弄得脊柱在走"S"弯；教室里琅琅的读书声仿佛也被香气摄了魂，凝固了一般沉寂，同学们开始深深地吸这芬芳的气味，集体随口呼出的则是"真香啊"。在那个年代，农人们的生活是清苦的，整天吃的是棒子面窝窝头或煎饼，一般人家吃上黄家烤肉是件可遇不可求的事，所以闻之香味就会兴奋不止。正是因了这透体、刻骨的香味，我对黄家烤肉好奇有加。

得尝黄家烤肉，得益于我当家的伯父。20世纪50年代那当儿，他是村里会计，算盘打得特好。乡里累计账目时，他给念数的人说："你念多快我就打多快。"他左右开弓，指头肚大小、被岁月抚摸得黑中透亮的算珠在他双手摆弄下，"啪啪啪"响个不停，堪比万马奔腾的节奏，故伯父在乡里有"铁算盘"之称。他平日里喜好看书，讲《三国演义》等名著活灵活现，个中人物让我记忆犹新。他虽不曾做过烤肉，但由于乡里来、村里去的，见识自然广，自然吃过黄家烤肉，在我的穷追猛问之下，他圆了我的烤肉梦。

那天放学后，他拽一把我的衣角，把我拉到屋里，从中山装左口袋里掏出鼓鼓的一包纸交给我。我好奇地打开浸满油的纸包当儿，一股似曾相闻的味道扑鼻而来，我的心一阵跳动，瞪大了眼睛，问："黄家烤肉？"看着我惊喜的样子，伯父平缓地说："尝尝吧。"看着掌心大、黄里透黑、灰白微红相间的嫩肉，我上来就"咔嚓"一口，些许被咬碎的小薄片散落地上，入口烧肉的香味弥漫整个口腔，继而向食管及五脏六腑浸润。此时，我被这透体的香给醉了，被这穿肠的味给迷了。紧接着就来了第二口、第三口……香味在口腔中延续着、叠加着、充盈着。不知道到了第几口，我竟然咳嗽起来。原来为了让肉里入盐味，得多放点盐。伯父见状，把烟袋锅从嘴里抽出来，说："不能再吃了！"烟气从他口中冒出，一圈圈地升腾，伯父给我讲起了黄家烤肉的故事——黄家烤肉是明朝末年黄家湾一黄姓人家最先烤制出来的，色、香、味俱全，还略带点咸，外酥内嫩，皮黄肉白，肥而不腻，是饭桌上的美味、酒桌上的佳肴；若是串个门、走个亲戚带上点这个，那是很体面的事情。肉的烤制很讲究，家猪宰杀后先要剔去五脏和腿子骨等大块的骨头，挂在烧烤架上，均匀地撒上花椒盐、大茴香等香料，滋润滋润，再用棒子秸、麦秸或树枝叶围成垛点火烧烤……

伯父让我饱了眼福、口福，明白了它的前世今生。有一天，我出于好奇，还是趁放学的当儿，又溜进一户人家看烤肉。只见点火后，股股黑白相间的浓烟，绞拧着从黄家大院里飘然升空，飘向了十里八乡。北风眷顾校园学子，最先为我们送来了肉香。其间，烤制师傅不断翻动肉块、调节火苗，肉皮烤黑、烤焦了，就刮去它，接着再烤、再刮黑焦皮……

如此三番五次，烤肉就熟了。等整体凉透后切开，烤肉的色、香、味就会迸散开来，好色入目，浓香入鼻，肉味入胃。烤肉的吃法因人而异，我喜欢把烤肉切成薄片后，就着窝窝头吃；好酒的人则切片当酒肴，或用来炖白菜豆腐；性子急的，就直接与葱搭配、蘸酱卷煎饼吃；想走亲访友的，多是切成大小适意、斤两适中的块，装在礼品盒里提着串门。

俗话说，"酒香不怕巷子深"。黄家烤肉虽出自黄家小院，可自清代以来就闻名全国，畅销京津、沪宁等地。

那天翻阅资料，发现黄家烤肉2008年还被收入济南非物质文化遗产名录。

"来，哥，喝一盅！"

我怔了下神，拿起酒杯就喝了一口。"呵呵！刚才，我想起了40多年前第一次吃烤肉的香味。"

"是啊！那时吃块烤肉，都得算计着；就是逢年过节来客人了，买上点，也是打打牙祭，客气的话，倒说了不少。现如今生活好了，微信一扫码，想吃啥就有啥；啥时候想吃，就啥时候吃。街上买，外卖叫，都行。"

"哈哈，这不就说嘛！"

聊着，哥俩的杯子又碰到了一起。

2016年刊登于《散文选刊·原创版》

融进岁月的豆豉香

周六上午，济南市群众艺术馆。游人交织、穿行的缝隙，一行黝黑的大字摄住我的眼球：市非物质文化遗产——老济南豆豉。

豆豉？心头震撼的当口，思绪飘向了岁月的深处。

十几岁吧，那时，秋收时节，家里从山角里、地头边、河沟旁收了那咧嘴笑的黄豆荚，四粒的、三粒的、两粒的，摊在场院里。晒得差不多了，母亲就抡起木锨，猛拍豆荚、豆棵。豆子在空中蹦着，落地就不动了。母亲用扫帚、簸箕收起来，挑去小石子、沙子，把豆子放在大盆里用水淘，再泡上一阵子，就开始在锅里煮。缕缕白汽从盖帘的缝隙袅袅升腾着，锅里的豆子开始欢呼，豆之醇香飘然进入鼻孔。

十几分钟吧，豆子差不多熟了。冷却的当儿，母亲从坡里拔来一些黄蒿，绿茵茵的，散发出一股沁人心脾的香味。母亲先把洗净的黄蒿、香椿叶放在盆底和四周，再把豆子放入其中——放上黄蒿和香椿叶能出味，只有这样豆豉才香。豆子放满了，母亲盖上锅盖，又将两块砖头压上，防那麻雀、老鼠、黄鼠狼什么的偷吃。

过些日子，母亲就掀开盖帘，看看豆子的成色。呀！那些圆圆的、蛋黄色的大黄豆变成了红褐色，彼此相连，表面还浮起一层淡淡的、若有若无的白毛，一股浓烈的窖香味四溢开来。我知道，豆子发酵了——农人称其是焐豆子。

焐好了，就摊在用玉米莛子串起的盖帘上晾晒。其间，还要不断地翻动，把粘成一团的豆子尽量分开。这当儿，我还时不时抓起几粒或一小团往嘴里塞。软软的，嚼碎下咽时，略带苦味，而后才有一缕涩香上漾，弥散在口腔、鼻腔。那时，感觉天天有这个吃，是蛮幸福的，小肚子常常睡觉前还鼓鼓的。

大概到了小雪时节，白萝卜熟了。母亲就将萝卜洗干净，切成半寸见方的方块——现在想来很像一块块白净的东坡肉，放在大盆里。一层萝卜、一层豆豉、一层盐，按顺序添加着，这就是腌萝卜豆豉咸菜。为了味道鲜美，母亲有时还撒上些香菜、花椒，喜欢有葱味的，就再加上章丘大葱丝，盖上盖垫闷一闷，就可以吃了。

我喜欢的，不是这豆豉萝卜，而是那黄褐色、带咸味的豆豉水。这豆豉水，多是卤出来的萝卜水，里面融着原汁豆豉香。记得念高中时，早餐从食堂打上一饭盒玉米粥，把煎饼撕成块放入热气腾腾的粥中，等煎饼泡软了，倒入冰凉的豆豉水，用筷子搅和搅和，霎时间就成了口中美味，那叫一个香啊！

不怕大家笑话，进入不惑之年，我才知道少时吃的那豆豉真真身世不凡呢。最早有关豆豉的记载，当数汉朝刘熙的《释名·释饮食》，称豆豉为"五味调和，需之而成"。近两千年前的《食经》也有了豆豉做法的记述。豆豉含丰富的蛋白质、碳水化合物和人体所需的多种氨基酸、矿物质、维生素等营养物质，既是美味食材，又可入药治病，"初唐四杰"之一的王勃就曾用豆豉治愈过洪州（即今天的南昌）都督的风寒病。值得欣慰的是，目前国家卫生部门把淡豆豉列入第一批药食同源名录了。

我来济南后，才知道老济南同样钟爱豆豉。老济南的豆豉，虽然不像乡下那样土法炮制用黄蒿、香椿叶之类调味，但发酵的原理却无二致。作为土生土长的济南人，伯父告诉我老济南爱豆豉与秦琼有关。说隋唐时期，秦琼在济南住，天天用豆豉调理肌体，结果力大无穷、武功高强，就连妖魔鬼怪也怕秦琼豆豉（"都吃"）附上身，所以不少市民在吃豆豉之余，还把秦琼当作守门神，节庆之际就将其画像张贴于大门之上。

"大姐，看包装咱这豆豉是当地产的，是祖传的？"

"嗯。家传的，得有一百多年了吧。"

"卖得还行吧？"

"还行。这么说吧，打 20 世纪 90 年代开始，豆豉生产厂子转产的转产、停产的停产，没市场了。现在干的，都是些个人。你看看这包装盒上，还写着入'非遗'了呢。"我顺着她手指的方向一看，原来老济南豆豉，是 2015 年被列入第五批市级非物质文化遗产项目名录的。

望着眼前一字排开的各色各式的豆豉包装盒，少年光影里的那缕香味又在脑海中复活，继而在舌尖回旋、萦绕。令我懊悔的是，我永远也吃不到母亲亲手酵制的豆豉了。

2017 年 9 月 15 日刊登于《作家报》

不敢合眼的城墙

"庆幸吧，大地是包容的、智慧的；那些一时被'零落成泥碾作尘'的古迹，历经沧海桑田，终将会化为出土的文明，传承于世！"与我一同参观孟洛川纪念馆的文友似看透了我的心思，感慨地说道。

是啊，斗转星移，世事变迁，昔日再辉煌的世间伟物，也会被无情岁月的风霜雨雪层层剥蚀，留给人的是欲抚不能、欲哭无泪的感伤。

孟洛川纪念馆　徐可顺／摄

凝望着眼前孟洛川端坐的铜像，过往的记忆碎片在头脑中集聚，连缀，浮现。

"那可了不得，全国'祥'字号都是他家的！"小时候，一提起旧军孟家，老父亲就瞪大眼，眸里闪着平日里少有的光，伸出大拇指，对我这样讲。当初只道是寻常，之后若干年，我一直无心、无暇细究孟家怎么"了不得"了，但父亲当时的神情却刻在我的大脑里。

思绪随缕缕秋风飘到了 20 世纪 80 年代初，我到烟台读书。周日里与同学市区闲逛，北大街上"瑞蚨祥"三个大字冷不丁映入眼帘。绸布店！孟家祥字号？我大脑飞速旋转，揣着惊喜半信半疑走进去——精致的中西式二层塔楼，"U"形柜面，布匹五颜六色，整齐排列着。"咚咚咚……"木制楼梯的"欢迎词"响彻楼宇：几人交错上下楼时，颇有万马奔腾的韵味，更感觉有一种灵动或力量盈满楼宇——洋气的城里人，爱惜皮鞋，就在鞋底下钉了鞋钉，走路时声音颇大。抚摸着滑溜溜面料上突起的各色绣花，心里就想着什么时候自己有了钱，给挣钱不易的父母买一身穿啊……后来再光顾这儿，就见一位白发老人，阳光下拍着手教一位小女孩唱："烟台街，东西长，当中一座瑞蚨祥，左边裁云锦，右边做衣裳，云汉天章正中央。"可见瑞蚨祥在当时是如何充盈、牵绕市民生活的。

缘来绕不开。两年后，我毕业了，被分配到济南工作。与烟台相比，这是一个更厚重阔大的城市。我信步来到纬五路附近，"瑞蚨祥"三个大字又让喜出望外。我信心满满地踏阶进去，选好中意的布料。服务员拿起尺子，一尺、二尺……流水似的给我了扯了一件上衣的料，说多出来的这一寸多，是送的，不要钱。我惊诧地点点头，墙面上"童叟无欺"的牌匾进入了我的视线。"买布就去瑞蚨祥，人家用的是'良心尺'。"母亲在家常说的话萦绕耳边，我心里更踏实了。"唰啦啦"，一阵急促的声音从头顶划过，循声望去，一个铁夹子正沿着空中铁丝向里面飞去。"去那边交钱吧！"服务员伸手指向夹子飞行的方向。哇——好先进！

我单位会计的记账凭据还是靠人移步传送的，这儿已是空中的互联互通了！戴眼镜的会计伸手取下单子，把算珠打得噼里啪啦响……

机缘天注定。20 世纪 90 年代的一个初夏，当与朋友路过瑞蚨祥、住脚凝神的当儿，朋友睹物思人："俺老爷爷当年就是给孟家'祥'字号商庄做账房先生的。长辈说，老爷爷当时出门学徒，除了看五官相貌、过说写算关之外，还得经同乡人推荐、保人写保证书、本人写志愿书，再经貌阅、口试、笔试合格后才被录用。看看吧，孟家的用人标准，不比现在考录公职人员低吧，没有一身软硬功夫显然是不成的。"

"起起落落多少事，历历在眼前……是是非非多少事，处处躲不开……"20 世纪 90 年代末，因电视剧《东方商人》，我对旧军孟家首次有了较为清晰的认知，也明白当年父亲竖大拇指的缘由了。旧军古镇离我老家章丘老城很近，十几里地远，状如手掌，在掌根、大拇指、中指尖、小拇指处分别生长出了南、东、北、西四个城门，三米高的城墙用三合灰筑成，"软硬不吃"，坚固得很。城墙里面就是孟氏庄园。父亲略仰着头，若有所思地对我说："孟家最早是推小车赶集贩卖寨子布的，有了积累后，就开始在周村、济南开铺，经过五代人、百余年打拼，祥字号商铺在全国发展到一百三十多家，甚至在日本、欧美开铺。咱开国大典天安门升起的第一面五星红旗用料也出自瑞蚨祥。"由此，我们就可领悟出毛主席当年同民建及工商联负责人谈话时，指出"历史的名字要保存……同仁堂、瑞蚨祥一万年也要保存"是何等意味了。

传奇孕育传承。现在想来，从父亲双眼放光夸孟家到朋友直表与孟家的渊源，从周村、济南到大江南北"祥"字号星罗棋布，从用良心尺量布到流水凭证记账……无不印证着孟家由小到大、从弱到强几经风雨、几度春秋的成长历程。其实，这是左手《论语》、右手算盘，立九州、心向海的文商开放思维，是一支从东方大地出锋向沿海乃至海外运锋的文化经营巨笔;可喜的是，这笔锋一经漂洋过海，就让美国零售业巨头沃尔玛公司创始人沃尔顿书写了这样的遗世证明："我创立沃尔玛的最初灵感，来自中国的一家古老的商号。它的名字来源于传说中一种可以带来金钱的昆虫。我想，它大约是世界上最早的连锁经营企业。"——显然，沃尔顿生前所说的古老商号，就是取"青蚨还钱"之意创立的中华老字号"瑞蚨祥"。

百年兴盛"祥"字号，叫人如何不崇尚。金秋时节，我和周三读书会成员怀着好奇与敬重之情，来孟氏故里采风。这是一次遂愿之行，也是一回震撼之旅。目之所及，除了一些尘封留存的良心尺、"祥"字号发展史、人事管理等资料陈列在孟洛川纪念馆比对历史、佐证传说外，那些曾抗争过风雨冰霜孟氏家园的阁、祠、庙、堂等景观建筑都不复存在，只有村西头挂着无数枪眼的一段残垣断壁，在借用大小、高低不一的枪眼，于阳光与树荫中孤寂地守望，似在等待什么到来，又似一位惊诧、疑惑抑或企望的沧桑老人，时刻瞪着眼，警觉地向世人恳求、诉说什么……

唉! 痴情守义的孟洛川纪念馆啊，你可以带我们抚惜孟家曾经有过的显耀过去，却无力把老物件、老建筑还原于喧嚣当下。你给古镇旧军以沉静与深思，给我们以闲适宽余，痛快地来个时光穿越，在历史的脊背上回味地走一走，看一看……

离开旧军的时候，夕阳穿透路旁浓密的杨树叶，从墙根处缓缓上移，不舍地注视着睁眼守望的城墙。

2015 年 11 月 3 日刊登于《齐鲁晚报》

刻镂岁月的人

——访民间非遗传承人手记

一

那天，经过半个多小时步行，到铁路宿舍朱振启老先生家里，已是早上八点二十分。这离他惯常的起床时间，已经过去三四个钟头。

他虽然已届古稀之年，但看上去身板结实，精神头特别好。这是朱老先生给我的第一印象。

喝茶吧？他拿出茶杯。

谢谢！我带来了，里面有葛根，说是降"三高"的。

葛根？你写下来吧，我也买点。

我拿起笔，从随身记录本上撕下一张纸，顺手写着。

哟！真是字如其人，潇洒啊！

哪里哪里，您是书法家，我得向您学习。说着，我有些不好意思。

我会看，还有你写的六味地黄丸，有形，有间架结构，"六"字走的是形，你看那重心，也把握得特别好，他指着这行字。

写"葛"字时，我略停了一下，一时不会写了。

嗯，我看出来了，停顿了。书法是写字，也是平衡的艺术。练书法可以静心。你看，人抱着一瓶黄河水，一跑，水就混；可是，让瓶子静下来，水就慢慢清了。

老先生这些开场话，我都认可，感觉一聊就投机呢。

他对书法很有造诣。两室一厅的家里，他手书的《厚德载物》《家和万事兴》展现出隶书蚕头燕尾之美，盈溢着浓浓的书香。

我琴棋书画、刻镂等样样都会，不能说是精，就是喜欢。喜欢就是最好的老师。一会儿咱去看看我的工作室。他手指南侧的"镂匋斋"。

他说，自己是南京人，十六岁到济南。几十年来，作为"镂匋斋"主人，他一直与人为善，顺其自然。年轻干宣传的时候，最开始是搞乐器，经常上台表演，后来又赶上了那十年，小时候在戏院里看到的，平时接触到的，加上老伴又是瓷用花纸厂的，这些对他都产生影响。除了唢呐有老师教外，其他基本上是自学的。喜欢加吃苦、执着到底，就能干出点事来，滴水穿石啊！他还信奉天道酬勤，你付出多了，有成绩了，就会有回报的。

这些年来，我可不图回报，就是图个乐和。我画画快，一两个小时就一幅。一些好友，就邀我参加一些活动。近的，就走过去；远的，就坐车；急的，就打的去。出去就是长经验啊。能看到人家的好，人家才对你有感觉。遇上朋友，聊上几句，就觉得人家这方面好，得向人家学习，天外有天啊！现在讲圈子，其实，世上啥都能大，骡子、马大了值钱，人就不能大，大了就一文不值。这就是说，人得有德，德在艺之前啊。做人，就要做好"一撇一捺"。

他说，他最看重缘分，还发展它，朋友多了路好走啊。今天，咱俩就是缘，你一说六味地黄丸还能降血糖，葛根能降"三高"，我就长知识了，我得试试啊。缘分，就是用来发展的，就像扇面，越大，风就越大，收起来，就借不着风了。

哈哈，这些形象的比喻、掏心窝的话，一下子拉近了距离，我俩时而激昂谈笑，时而推心窃语。

其间，他老伴不小心碰倒了一个药瓶，一个劲儿重复道歉的话。

说起来，这些年，《人民铁道报》《中华爱心书画报》《将军画院报》等刊物都采访过我，健康达人老万也报道过。说实话，我不想宣传自己，可宣传出来了，就不能摆谱，就要服务社会，多做公益。近些年，我发现，学习刻瓷的人越来越多，所以就办了刻瓷班，也经常为辖区学校去做义务辅导。宣传了，就要提高技艺，贡献社会。这个，我意识到了。

这些年来，我就是能吃苦，一般一个月就能刻一个盘子。到后来，年龄大了，颈椎不行了，不方便刻瓷，我就开始画梅，一心想把梅花画好，所以，我还有一个名，叫历山一枝梅。

现在呢，年纪大了，就是吃老本，天天吹唢呐；到了一些场合，能吹就吹上一曲。我还写日记，得有好几十年了。有时睡不着觉，突然想起来，就下床记下来。别人说我脑子好使，我说不是啊，是我记下来了。好记性不如烂笔头啊！

二

20 世纪 80 年代初，一个偶然的机会，朱老先生对刻瓷这门艺术产生了兴趣。黑色的盘子，白色的肖像；白色的盘子，黑色的肖像。他说，这些太美妙了！那一刻，魂儿一下子就被摄住了，突然感觉自己也可以在瓷盘上雕刻出多彩的图画。自然就想寻拜名家。他说，有一次，听说那个曾经为撒切尔夫人刻画像、有刻瓷大师之称的马林先生，出差来了济南，住在朋友家，我想方设法，终于见到了这位大师。这是我与刻瓷人的最初互动。那时，济南刻瓷的少，后来，在博山一次活动上，认识了张明文先生，他是淄博刻瓷艺术的创始者，也是我老师，我去他家拜访过好几次。我还常去博山看刻瓷，有时一周就去两三次。说起来，刻瓷比写字、画画快，有了工具，比着素描，砸出来就行。当然，这得研究神态，也得有素描基础。开始刻人物的时候，我先把提供的照片放大，用复写纸描着，画出轮廓。然后，一刻一个白点，连点成线，一点一点就刻出来了。他指着身旁的那个五彩瓶，说，这个是实心的，刻的是"滚滚长江东逝水"……我侧身一看，立体感挺强。他说，最近这几年，不少厂商也慕名而来，把我的刻瓷画作搬上了挂历、台历。

艺术照进了现实啊。我说。

哈哈，我们都笑了。

朱老先生说，也就从那时起，他好像一下子找到了艺术生命的归宿。那间临街朝阳的、不足10平方米的工作室，便成了他的日夜坚守。他说，他几乎把全部时光投到了这儿，后来，有个名家给它取名叫"镂匋斋"。他从另一间房里拿出一本书来，里面这样写道："他只要回到家里，小铜锤、合金刻刀便成了他最亲密的伙伴，一个个瓷盘也成了他施展才华的舞台。有时夜深了，怕叮叮当当的刻瓷声，影响家人和邻居休息，他就用胶皮圈套住瓷盘边缘继续刻。这期间，他几乎花掉了自己所有的积蓄，不知有多少次到刻瓷艺术的发祥地拜师学艺，敲坏了多少把小铜锤，砸秃了多少把钢刻刀、合金刻刀，手上不知被划破了多少道血口子，也不知凿裂了多少面瓷盘。"

就这样，历经三十多载风尘，朱老先生用镂刻、线刻等多种技法，雕琢出一件件精美的刻瓷艺术作品，他刻的鲁迅、齐白石等文化名人，惟妙惟肖；直径一米的龙凤盘，借用传统篆刻的手法，作品显得古朴庄重。其《兰花》获山东省第六届世界兰惠书画博览会金奖；《赤壁怀古》半米隶书刻盘获第一届华人艺术节金奖；代表作品《老子出关》《风雪夜归人》《梅》等，也是刻瓷艺术的精品。

听说，您的刻瓷申"非遗"了。

哦！前几年，我弟子单孟渤申报的时候，我说报你的就行，我不用证书什么的。如果什么奖都要，估计得成麻袋了。他笑着说。作为一门传统艺术，刻瓷是融绘画、书法、刻镂于一身，集笔、墨、色、刀为一体，以刀代笔的艺术，它既不能机制，又不能模制，更不能印制，是实打实的真功夫。一件好的刻瓷作品，充满着个性特征，懂行的人，不看落款，就知作者姓甚名谁。他说，他的临摹作品，如罗素的《公园里的交谈》、马蒂斯的《蜿蜒》、巴拉齐的《复仇志》等，都将书法、绘画中的革新实验，移植到刻瓷艺术中，从而作品带有自己的风格。

据载，刻瓷作为一门传统艺术，可谓源远流长。秦时，便有剥凿瓷釉，称为"剥玉"。清朝时，刻瓷成为职业，大都以平刻为主，点线构图艺术感染力较为自然、平淡。朱老先生的刻瓷，在吸收传统刻瓷艺术精髓的基础上，不断大胆创新，融合了或豪放或婉约的雕刻风格，内在神韵尽显。

朱老师，想问您有刻瓷这方面的书或讲义、教程吗？

没有，我就是看得多，刻得多，主要涉及人物肖像、书法篆刻、山水风景、飞禽走兽、花鸟鱼虫等。

我在座椅旁边看到，他刻的花鸟鱼虫，个个栩栩如生；盛放的冬梅、动感的翠竹等也给我以深刻印象。

奉献社会，多做公益，这是朱老先生常说的一句话。作为省城一名民间刻瓷艺人，他很希望把自己的绝活传授给更多的刻瓷爱好者。他说，中华民族的传统美德就是助人为乐，我就是乐在其中啊！多年前，市福利院一名孤儿慕名前来拜师学艺，她凭借着顽强的毅力和不懈努力，考取了一所大学的工艺美术专业，这给我以极大的震撼。我当时就下决心收这个要强的孩子为徒，还给她买来了美术书籍、纸笔和刻瓷用的工具。这又引得福利院其他一些孩子和社会上的人慕名而来，我都不拒绝。他说，手艺、绝活不是某个人的，应该让更多的人了解、掌握刻瓷艺术，传承下去。

三

　　随着我对刻瓷艺术进一步了解，突然觉得，在艺人面前，自己显得是那么浅陋；在艺术面前，自己的笔力是那么无助。朱老先生指着身边那件刻瓷作品说，刻瓷大体有三步。一是把要刻的图案、书法在瓷器上素描，然后照图刻制，这叫起稿。二是线刻、点刻和面刻。常用的工具有尖、扁金刚凿，金刚刻笔，小铁锤和砂轮片。三是根据画面的需要，涂上各种颜色，这叫赋色。

　　十点来钟的时候，朱老先生带我来到了他的镂甸斋。介绍他一生中最得意的创造与工具，还让我看他各个年代不同场合的照片、不同年代的刻瓷精品等，我看到了各种刻刀，钢的、合金的都有，我还看到了中学时代常用的圆规。他还多次向我介绍林宇辉给他画的肖像。

　　最后，他来到书案中心处，指着自己设计的一个盘子，

025

说，这样的一米的大盘子，刻了一个龙一个凤；还有十几个这样直径六七十厘米的盘子，都在泰安工作室呢。我在茶叶市场还有一个工作室，但因修路，还没有挂牌。

你看，这龙头，是我的创意，头像鹿，中间那个圆的，是太阳，升起在大地上。

我说，这个好，代表了自己的心境。

是啊，我现在就想着哪天去淄博弄个两米的，重新刻个大的，留下来。

哟，挺好，再过几年，您八十大寿的时候，也正好是龙年，刻出来最好。

哈哈，他脸上绽放着笑容。

因了这座馆，爱上大济南

"徐老师，你写了不少赞美济南的文章，加入'爱济南市民记者'吧！"

"好！"不假思索，我爽快答应。

虽非这里土生土长，我却爱上了济南；在我看来，这完全始于最初的那次精神上的慰藉。

三十年前，我毕业后被分配到济南。孤零零的我，工作之余倍感空虚。

"你这么爱看书，去图书馆办个证吧。"早我一年来济的同学提醒我。

第二天，相片一贴，表格一填，证号是三位数的借书证拿到手中。我在图书馆借了很多书，先是人物传记，让我励志向上；之后便是社科书籍，助我阅人处世。书来书往，来济不足百日的我，就黏上图书馆了。早上出家门去单位上班，晚上下班到图书馆借书，"三点一线"织缀着我全部的时光：阅览室高悬的"静"字总能平静我那颗浮躁的心；阅览桌周围同仁们"沙沙沙"的疾书声，悄然轰走我的倦意。六年光阴，风雨寒暑，于此借阅、饱学了《大学语文》《高等数学》《形式逻辑》《大学英语》等近50门课程所涉及的书，先后摘获高等教育自学考试会计大专和本科证书。"这证含金量高。"每每听到同事、同学这样的话语，我心里美滋滋的，初来济南的孤独感减轻了一些，我决心在济南成家立业，待下去！

进入20世纪90年代，我成家了；因了书润，我拿起了笔。十年墨韵、一日积聚的《慎用权力》倾泻在《泉城周报》上；紧接着，针对时事、社会热点等问题的评论与感言，也常光顾《济南日报》《生活日报》《大众日报》《齐鲁晚报》等媒体——我与这儿的文化纸媒好上了！

一个偶然的机缘，我走进了周三读书会。读书会创始人李先生鼓励我："应该尝试新笔法，突破既有写作模式。"我又心向图书新馆了！胡适、孙犁、余秋雨、贾平凹等文学大家的作品以及《宗璞散文》《2014中国随笔精选》《只取千灯一盏灯》等都成了枕边书。至今难以忘怀的是《紫藤萝瀑布》：作者以"我不由停住了脚步"开头，以"在这浅紫色的光辉和浅紫色的芳香中，我不觉加快了脚步"结尾，中间抒发对紫藤萝的所思所感。如此架构，颇显引人入胜之效。受此启发，我的随笔《风情谷里花木深》在红叶谷郁金香花节征文中，获三等奖。

遇书幸运事，馆里盈乾坤。三十年书香走墨，我由一个城外农民的儿子，渐渐蕴满了老济南的"经纬情怀"，在省城的文学路上也相继入会成家，小有收获。

"哇！够气派，比深圳的还高大上！"从深圳回来休寒假的孩子，望着新图书馆，发出这样的感慨。

"那是！这可是我前半生的'老相好'啊！自从有了它，我生命里就常有奇迹！"

"祝贺你获得首届蔡文姬文学奖！"前不久的一天晚上，随着"嘀"的一声，微信里闪出了耄耋之年的老姑祝福的文字。

晚上，端坐电视机旁，四位"泉城蜘蛛侠"于高楼烟火中舍身救人的举动，直让我两眼盈泪。人都说，泉生济南，水润人家。我看，这话中！要不"名士多"的前缀唯独出现在"济南"二字呢。

那夜，我被妻子推醒："你刚才咋咋呼呼的，嘟囔什么呢？"

万事因缘，恋上这座城，是从图书馆开始的！

草木深处

那天，我闻声止步。

"你看这些小草，多干净！"公园草坪上，省作协的刘先生招呼大家。

这儿是大汶河公园。

我蹲下身，用手平抚小草，尖尖的、柔柔的，触得掌心痒痒；定神细瞧，小草根部向上渐递透出嫩亮的绿。微风拂过，无际的绿波一浪一浪向远方漫去，像起伏的绿海。我翻掌一看，掌心如洗，纤尘不染。

"看！我的鞋底，都擦干净了。"一位文友抬起左脚，右手指着运动鞋惊喜道。

"这儿是钢城，咋还这么干净啊？"我惊叹中略带疑问，打开了宣传部门一位负责人的话匣子："钢城服务莱钢，人家莱钢也做得不错。咱当地人都知道，工厂当年选建在山里，主要是这儿富藏铁矿石，有3000多年的冶炼史，还有一个更重要的考量，是那个年代的军工背景，所以呢，冒烟的地方不在厂区，厂区内的烟筒不冒烟。"

这生态做的，超前又到家！谁说工业文明的发达就一定会冲毁生态的文明呢——思忖着那位负责人的话，我在心里叹道。

起身环顾，绿色的山，盈盈的水，众山的刚毅与汶水的坦荡，在这方天地浑然成了一方水土的秉性。冠世桃花园松软的山地上，苦菜、荠菜等争睹春光，它们作为千万年的东道主，今又春容焕发地挺立着寸把高的身姿，迎风雀跃。

"山里人不打药，野菜都是天然的，挖了吃就行。"一位穿着小薄袄、正在桃树下松土的中年妇女直直身子，右手捶着后腰告诉我。

好山好水好生态，自小乐山喜水的我，乍一碰到如此山景水致，哪儿还舍得让梦境占太多的时光。第二天一大早，我就只身走入山水怀抱。可能是山景、水景、街景太多，抑或是自己太专注，府前大街、南湖大街、莱芜四中、商业街、公园等一一闪过，我陶醉不知归路。等肚子一叫，方知该返回吃饭了。

抄近路不走回头路，这是我多年的习惯。于是我就顺道问路："从这儿能穿到莱芜四中吗？"

"我也是来旅游的，整天光在山水里转悠，城里的事，不——知道——啊！"一位大伯操着浓浓的胶东腔说。一声谢过之后，我迟疑地继续前行。这时，迎面走来一位老大娘，手拿敲背棒边走边敲，近于"霜降"与"小雪"之间的头发，被朝阳镀了层薄金。我紧靠前几步，问："大娘，从这条街能到四中吗？""四中？"大娘先是一怔，继而又嘟囔着，顺手向后捋了一把头发，前额上挂着几粒汗珠，发丝间冒出缕缕汗气，笑着朝我道："哟！你这一说，我还一时说不上来了！"我心儿陡凉半截。也是啊，一路上峰回路转，七拐八拐到了这里，又想找近路回去，没有"当地通"能行吗？我暗自寻思，切莫再做古时棋山上的棋迷王质了，以至让他"山中方一日，世上已千年矣"的叹喟在我身上重演。罢，罢！走为上策，我疑虑着前行。刚迈两步，就听后面喊道："哦，想起来了，你往前走，十字路口向南，看到一个卖上水石、山货的店铺，过路口再往西走就能看到四中了。"我循声回头，就见那位老大娘转身朝我赶来，我心头一热。"谢谢啊！"说完我加快了脚步。

早餐的时候，有一碟当地生腌的花椒叶，入口的刹那，先是一阵口舌麻麻，随着叶汁下渗，周身开始传导着一种穿心通肺、由内脏向肌肤散射的爽劲儿。抬头的当儿，一缕朝阳透过半掩的窗帘探进来，对面墙上红底白字"山水之间，爱心钢城"的挂幅，在朝阳映照下，渐次荡漾着温煦、金黄的红润。

山、水、土，大自然的原配，草、菜、人，大自然的后辈。在人与大自然坦然、旷世的交流、交融中，那些自然的音符，大都随了风雨雪霜、镌刻在这方水土的孙儿辈上了，所谓一方水土养一方人。也因了这些，植根火热大地、润生于明山净水的钢城人，心坎上哪会生出半丝对外地人的凉意呢？他们又怎么会对生养自己的大地、河流，不计后果地破坏呢？而这些，或许又都得益于潺潺汶河水的至柔至善吧。其实，这只是钢城人的一面！

那另一面呢？我依稀记得参观抗日阵亡烈士纪念碑的情景：古稀之年的讲解员看了看石碑上的名册，环顾山野，怅然而又很有底气地跷起大拇指："这么讲吧，都说山里的石头硬，可比它更硬的，是山里汉子的骨头；这么多年了，听老祖宗说，十里八乡的，刀光剑影中就没有出现过叛徒和汉奸！"听着老人的讲述，我霎时觉得掩映在青山绿水、刻在英烈碑上的那一排排英勇将士的名字，分明就是一串串刚烈的、跳动着的音符，纵使几隔岁月，现今依然英气逼人，涤荡心灵！

汩汩的汶河水西流，在流经的南北两岸，激荡出了泽被后世的大汶口文化遗址；而大汶口文化作为上承北辛文化、下接龙山文化的文脉中流，正涌动着钢城先民的智慧与热情，穿过山冈，流过草地，拥入黄河母亲的怀里，奔向遥远的东方……

这是自然递生，也是文脉衍传。

呵，钢城草木深！我得继续咂摸这深处的味儿……

2019 年 3 月 19 日刊登于《济南日报》

母亲河畔的那池碧水

那天，秋阳金水一般无际地漫下来，一洼碧水染上琉璃色，一向掩面的垂柳，经不住这秋阳的诱惑、微风的轻拂与波光的招摇，乱了方寸，水草般在水中摆漾，水面泛着动感而厚实的绿波。睡莲织缀的大片水面上，超群卓立的一枝荷叶，绿中透黄，秀着瘦高个子，擎起的一朵圆莲蓬依附上旋的秋风，蓬冠挺立，引颈四顾。

"呱、呱……"左手处芦苇荡里漾出了蛙声。抬望眼，白花花的芦苇，随风律动，时而还向蓝天上的浮云招手私语，那热切劲儿，直接冷落了湖边的花草。会意的蜻蜓，无拘束地飞上飞下，经纬分明地穿缀着苇花与小草的情愫。怎奈，所有这些都被无言的湖面所收拢。此景虽是昙花一现，但谁能保证无语的湖水没有记忆呢？

"走啦，看钓鱼去！"同伴召唤着。抬头环望，就剩我自己了！

金黄色木制廊桥的那边，一位身着白色T恤、戴着浅色遮阳帽的中年男人，两眼凝视水面，从其右脚处伸向水面的鱼竿，伸着细长的脖子探听水面的动静。"师傅，鱼是野生的？""嗯！这黄河水，有养分，鱼也好吃。"

他的话语，让我想到了有名的黄河鲤鱼，想到了鱼儿与滋养它的河水相处共生的日日夜夜，想到了哪天哪个欲跳龙门的鲤鱼，因一时贪嘴，最后沦为人类餐桌上地道的鲁菜。

"里边有虾吧？""有！前一阵子，一个网鱼的，一网下去，一兜上来，活蹦乱跳的，什么螃蟹、虾、草鱼、泥鳅……都有，有个小女孩，'呀'的一声，'蛇、蛇……'嘴里嚷着跑远了。呵呵，那不是蛇，是黄鳝！细长黄绿的，乍一看像蛇。"

这人说着，右手伸进袋子里，摸出一只虾。虾儿一扑棱身子，溅得我满脸是水。他用大拇指与食指捏住虾头，轻轻一拽，撕掉长腿，往嘴里一扔，看着他的吃相，那叫一个鲜啊！这个我有切身体会，生吃螃蟹活吃虾嘛，这可是我小时候的拿手好戏啊！只可惜，那无虑的童年时光都随了河水流走了……

太阳快升到头顶的时候，服务区热闹起来：有的对瓶狂饮，有的忙脱外衣，有的削水果。突然，"嗖"的一声，不远处，草丛里的一只野兔闯入视野，倏而又窜入那边的草丛……

"哟！你这臭棋篓子，厉害了！在家里下棋，没赢过我，来湿地了，倒长劲啦，呵呵！来，再杀一局！""哥们，你可别说，一到这儿，我就清爽了，脑子转得快；谁像你，来这光看'西洋景'，眼不够用！"柳树下俩中年男人闲聊着，楚河汉界又开始布阵……

柳风荷韵，草香美食，生态野趣！我初遇见，爱上了这里！

再临湿地，是鸡年之春。从南门入，走不远就见右手边盈黄一片，在无垠的、暖融的春光下，艳艳、熠熠地起伏。

"这是千亩油菜花风景区。"指着眼前艳黄的花海，工作人员解说道。

蓦地，几道明晃晃的水渠横在眼前，又从脚下向四面蜿蜒，于远处又分汊，折首，再合拢……兴化垛田油菜花景区？我幻想着。

同行的老张移开眼前的望远镜，接过话来："这里面有说头！你看过湿地航拍嘛，这些水沟，从天空俯视，就是一个'西'字。"

我极目望去，神游在这无边的"西"景中。

花海的那边，紧连着湿地生态恢复区。这儿，是水的天下、湿的国度，或大或小的水域连成一片，十来艘画舫游船忙碌地统治着这片水域。工作人员说，水域上约有100个小岛。放眼远眺，阳光下，它们一闪一闪的，像无数肺泡在呼吸。同行的老张说："现在是调试期，用不了几个月就开园纳客了，到那时，'小小竹排江中游''妹妹坐船头，哥哥岸上走'的天籁之音就会从荷花深处、芦苇荡里溢出来，只是你闻其声不见其人罢了！"

望着澄清如碧的荷叶和深幽几许的芦苇荡，我心想着，当年的才女易安，如果降临此间，还会有"争渡、争渡"的激情吗？近俯水面，微红的脸庞竟把这面水镜洇得透红，春风拂过，痒痒的、暖暖的。我按捺不住，蹲下身子，掬一抔水，一品，好甜啊！我想起了那天在壶口，不敢近触它狂奔雄浑的躯体，但水珠的热情滋润了身心；在这儿，我就可以恣意地投入你的怀抱——即使你不允，我分明已融在你的臂膀里。

此时，水面漾起一股略带土腥味的水汽，润着鼻腔——毛孔舒张开了，身子轻盈了，脑袋清空了，一种心入桃花园、体爽乘风去的释然与快意油然而生……

是啊，入景心释。在这儿，生计的压力、人际的烦扰、情感的缠绕、奔波的苦楚等人间杂味，一时间都化作云裳，光顾别人了，留给你的，只是自然景，让你真切地与湖水、花草、虫鱼、天地无缝隙融合，同频度地呼与吸。

春临湿地，我被它诗化了！

定定地凝望这片"国字号"湿地，突然感觉这方水土湿润、灵透起来：斗转星移、寒暑过往中，她静默地吸进了自然的枯荣与人生的霜雪，又呼出了年年葱郁的植被与人间的春华秋实；吸进了物态万千，呼出了文化灿烂。不是吗？湿地东侧的田家庄，远古生命起源的圣土，吸的就是逐水而居的先民，呼的则是他们智慧生活衍生出的6500多年的北辛文化；时序流转中，又吸进诸子百家，呼出婉约与豪放！啊！母亲河就是这样，笃定东流奔海，相约这片热土，吸来贯穿南北的铁龙，呼出人流、物流、信息流；吸来省会文化艺术的滋养和康养名城的抚润，呼出尚德有礼、质朴乐水的城民，更呼出了省城的自然生态和康养宜居品性……

这样想着念着，恍然有所悟：人都说湿地是"地球之肾"，可我觉得，这天上之水恩赐的岛屿及柳荷之园，更像西城之肺——柳风荷韵中，黄河是肺动脉，玉清湖乃肺之右叶，那玉清湖之西、百来个大小不等的湿地湖乃肺之左叶，纵横其间的沟渠水溪恰如肺之支气管、血管及淋巴管……如今，西城的这些呼吸器官，正与西站相约相携，叮咚、叮咚地填词吟赋：

　　湿地　生物的摇篮啊
　　更是文明的传承

呼哧、呼哧地疾书描摹：

湿地滋润了文明哟

文明也涵养着湿地

这，或许就是省城呼吸之韵吧！

2018 年刊登于《当代散文》第六期

岁月深处的百货大楼

"好好学习，等考上大学了，就领你去百货大楼逛逛！"七八岁上学的时候，父辈们常用这话激励我。

在那个物品并不丰裕的 20 世纪 70 年代，一说"百货"，那就意味着，想吃的、想喝的、想穿的、想玩的，啥都有。这对于自小面朝黄土背朝天、没有见过城容城面的乡野孩童来说，无疑是一种神往与招引。

现在回首，一晃四十多年，父辈们当年的应诺，可谓用心良苦——将那种物质诱惑，来激励孩子好好读书。

至今，我还清楚地记得，那时家人们想进城买东西，首先盘算、准备几件事：一是先得弄票，如布票、自行车、缝纫机票等，百货大楼虽然啥都有，但毫无例外也得凭票买；二是得有闲，那时，从乡下到城里没有小汽车和公共汽车，坐市郊车往返济南得用一天的时间；三是得攒钱，进城一趟不容易，多花钱买回点东西才觉得划算。

那时，每每看到同学拿着从百货大楼买来的好吃、好玩的，以及刻着花纹的铅笔盒时，我就一溜烟地跑开，边跑边想着父辈们的许诺，小拳头也悄悄攥得更紧了。这样一路赶来，到了一九八四年九月，我终于在父辈们的期盼下考取了中专，有了逛济南百货大楼的"门票"。

那天，应该是九月份吧，家里凑了十几元钱，由大舅带我去百货大楼买衣服。一路欣喜，一路憧憬，不知过了多长时间，我们来到城里。人多得让我眼花缭乱，心潮荡漾。可能担心我进了大楼，看到东西就爱不释手或挪不动腿，也可能是急着赶时间，大舅站在当时的解放桥西北路口的一棵大树下，指着西南方向的那座大楼，对我说："那就是百货大楼，你在这儿等着，我一会儿就出来，别乱跑啊。"我呆呆地站在那里，看着满街的人来车往。眼光很快就随大舅的背影聚焦到那座高大建筑上。百货大楼坐落于狭长的泉城路中段，与路边树木比，显得高大气派；又加上泉城路上楼不多，它确有鹤立鸡群之势。远远地望去，只见微红的墙体上，挂着几个大字。情不自禁中，我挪步想看个清楚。结果，"噗"的一声，我被树坑边一块围挡的砖给绊倒了。立马有不少人看我，一位老人还劝我走路要小心。我赶忙爬起来，拍打一下衣裤，回看了一下大楼，就朝原地返。我心里想，虽然吃了点苦头，但毕竟看清了，大楼正面高悬的，是"济南百货大楼"六个红色大字。

也不知过了多长时间，大老远就望见大舅一米八几的身影走来。回家拿出衣服，是一身浅黄略带灰色的涤卡学生装。穿上，扯扯袖口，提提领子，一照镜子，哈哈，板板正正的，还真像个大学生。这是百货大楼的货啊，也是我首次来济南，远远地间接式淘宝，更是父辈们兑现的承诺。

20世纪80年代末，我被分配到城里工作。为了上下班或联系同学方便，我攒了好几个月的工资，和同学一起从百货大楼四楼买了一辆五洋牌自行车。自从有了这"坐骑"，我与百货大楼亲近的机会就更多了。

时间到了20世纪90年代初，我已届成家的年龄。为心中的她送点礼物，是我一直的心愿。我多次独自往返百货大楼。最后，一位戴白色圆帽、穿制服的阿姨劝我说："小伙子，就这几个款式，别挑了，这款白色的连衣裙送给你朋友就挺好！"是啊，我也觉得有点看花眼了，人家售货员都认识我了，还是听人劝，买了！只见那位阿姨，低头在纸上写着什么，然后，又见她把写好的小纸条，用铁夹子一夹，"哒、哒、哒……"她指着铁夹飞去的方向，说："到那儿去交钱吧，回来再拿裙子。"循着声音，我眼前一亮，半晌才回过神来。

当我手捧裙子，面对面交给对象时，她腮边一红，嘴一抿，微侧着头问："百货大楼的吧。""嗯。""快闪开，我试试！"

直到现在，妻子还视之为"镇箱之宝"，放在橱柜的底层。当她不经意翻到的时候，总微笑着对我说："这是我情窦初开的信物与见证。"听着妻子若有所思地回述，二十多年前的百货大楼就浮在眼前。

那天，与妻子信步"金街"，走在曾经留痕的那块地儿，脚步不由得慢下来。望着眼前车水马龙的烦嚣和琳琅满目的时尚，我习惯地看看天，环顾前后，移步左右，当年这块地段上特有的景致、诚信的营销修为、与那个时代独有的富足感就丰盈心田……

"要是有那大楼，凭我这苗条身量，真想再去那楼梯扶手上玩滑梯啊！"

妻子若有所思地说着，顺手拽了下我的衣角，想把我从时光的深处拽出来。

2016 年 9 月 7 日刊登于《济南时报》

腊山之韵

近年，几次想拿笔写写济南西城的腊山，但总未成功。直到今天，才算动笔。

每每漫步西城的腊山河西路，向南眺望，一条——不，应该说是一轮——青绿色屏障就横在眼前，它高擎蓝天，蓝天借势就更高远，偶有几朵或浓或淡的白云飘来，俯首吻山，像传递音讯，又似久别重逢；待你正看得入神，刹那间，云朵就淡得无影了。

这段青绿，向东、向西拉长，就是腊山肌体了，山脉借千佛山、英雄山之势，一路西奔；相携而来的是腊山河，也叫腊山分洪道，它绕过老城区，是保佑城里免受水灾的。山、水、云常情缠意绵于此，相伴共生，形成"数十里山水屏藩"，在当地也有"腊山云屏"之誉。

腊山由东向西呼啸而来，像一列火车，昼夜行进，越往西山脉就越粗壮。火车头呢，就在今天经十西路路南、党杨路路东，腊山山门就在这儿——有腊山石坊矗立；其东临不远，闲立着齐烟阁，"助百泉流波锦川如瑶玉河似琨，映泰岱云霞仙峰作幛灵岩为幔"状物出山门之荣耀。旧时，这儿是西出济南的必经之地。

望着腊山丰满的脊柱，我就常想，省城东南部的众山都以拱卫泰山为职，腊山为什么要兀自西奔呢？哦！西城一马平川，少山少岭，它是来找平的，这是舍我其谁的担当啊！那儿有片圣土，先于龙山文化两千五百多年的北辛文化植根于此，它西行是要为文求知的。它达济东西，行下春风望秋雨，似有消除东西差距的意韵。西奔，追求着一种气节，西部人不服输、不气馁，有不到黄河不回头的硬气啊！可不是嘛，这列火车再往西几公里，就到南北走向的黄河边了！可叹的是，这列火车无论风霜雨雪，一直西进，亘古未变！这难道不是一种执着、一种风范、一世信仰吗？

山是自然的、公平的，也是有想法的。它不弃西薄，就用这种高昂的、进取的执着，让西部凤凰涅槃。多少年前，站在百米高的山顶，向东一望，高楼林立，气象烟火；而西眺时，茫茫蒙蒙，偶有几座高楼与天对话，不免有点单调。可近些年来，高铁高速并驾，南北齐驱腊山坊，在西部折头转而东滚的黄河，也似龙图腾。

西水东流，东山西进，西部寂寞不再。

还记得 20 世纪采石裸开的、一入西大门就扎眼的那灰白色"耻辱柱"吗？如今，取而代之的是，腊山肌体的绿化，水质的净化，生态宜居的医养之都，岱青海蓝和着一院三馆——省科技馆、宜家、国际会展中心盛情迎着八方宾客……

腊山之于我，该是挺熟的。这些年来，与同事、老父亲、媳妇、孩子，说不清爬过多少次了。最初是无台阶，踩着乱石、碎石上；稍陡时，抓着树枝或杂草，头几乎与山体相接，留下的汗珠，砸在石面上，石面由深变浅，眨眼的工夫，就融进腊山筋骨血脉了。这山，也便有了人性，更蕴上了人间的烟火味。记得那天下午，与媳妇同游，走累了，直感觉小腿肚子胀得慌，就顺势躺在一块干净的大青石板上，脚与头部稍高一点，温热的石板烤得背部、腰部及腿部舒坦极了，树荫有影无声，顺着山风，轻拂身上。

"这不是现代版的《槐荫消夏图》嘛！"看着我眯眼享

受的样子，媳妇脱口道。

"是啊，是啊，只可惜是黄栌、侧柏而不是槐树啊！"我略带憾意，宋代《槐荫消夏图》即刻在脑海闪过。都说槐荫因槐树而得名，那槐树自然是区树了。"门前一棵槐，不是招宝，就是招财。"要是循着这么有意味的坊言，那街头巷尾，院旁门前，种上槐树，植槐成林，缀槐成荫，这可能就是槐荫的初心和愿景了吧。

山南山北两侧，军事设施和部队营地不少，老人说以前有碉堡、石坦克什么的，这我未亲见；我亲见的，就有封口的山洞，铁丝网也顺山势绵延着。老人回忆说，当年打济南时，腊山是争夺西郊机场的制高点，顺利囊括机场，切断空中增援，腊山功不可没。现在山脚下那条通往经十西路、西郊机场的马路，就是当年拖飞机的专用道，当地人叫它拖机路。后来，此路重修，又叫拥军路。

现在，这段往事，或许只有拖机路我还有记忆。

依稀记得，腊山之阳，半山腰处，有处纪念碑亭，是纪念王光华烈士的。他殉国时年仅二十六岁，被追记为一等功。"就是倒下，也要倒在最前沿阵地上！"英模的这句铮铮誓言，更让腊山有了英魂之气。那天，我们带着上中学的孩子站在纪念墙前，默读碑文时，嗅到鲜花芳香飘萦，心情一下子沉重起来。

无独有偶，20世纪前叶，这山里还真献身了一位抗日英雄，姓徐，名连城，当年在铁路上工作，也以此作掩护，从事革命。那天，被日本宪兵杀害于腊山时，他还高喊着"革命不怕死，怕死不革命"。家人去收尸，发现他的头与脖子仅有一层皮连着，就找了个鞋匠缝了很多针，才勉强能下葬。现在这位烈士的墓碑，就矗立在英雄山烈士公墓内。

这使我想起了，这些年来，每逢初春来临，青白的石山，不几天就绿盈盈起来；来山游玩的三三两两，不论年长发幼，没有高声说话、喊山打闹的。深秋时节呢，黄栌燃遍山丛，间或以青松点缀，阳光下，似红星闪烁，又像迷彩服匍匐。难怪遇到这边的复退人员、聊起腊山时，他们都会眼眸发亮：那些年，围着山不知道转了多少圈！想起这些，情感上涌时，就觉得，这是天地人某种意义上的暗和与心宣。

临搁笔时，媳妇凑上来说，可顺，可顺，言语倒也挺顺的，能不能再缀上几句，凑个名正呢！

噢！创意啊！我朝她伸出了右大拇指。

那我就接着说。

上文提到齐烟阁的楹联，其下句中的那"灵岩"二字，恰好印证了民传的乾隆下江南、过济南去灵岩，刚进腊山，就出现日月同辉的境遇；以至于他大叹大业兴矣！"月、业、日"组合，分明就一个"腊"字啊。这或许就是腊山攀雅的由来吧。当然，民间还盛传另一更早的说法，说东汉开国名将耿弇，常在山上打猎，故名猎山，后被人附会称腊山。其实，我更倾向于古代的腊祭说："孟冬之月，……天子乃祈来年于天宗，……腊先祖五祀，劳农以休息之。"这种登山接天、由官及民，用猎取的禽兽祭祀先祖和五祀的做法，更具广传的因子，所以，腊山的叫法才承袭至今。

腊山这么熟，这么有韵，可你还是忘了，前些年，山脚下还挖掘出了一处迄今为止、济南最大的南北朝时期的北齐大墓呢。媳妇继续说道。

哦！

我恍然有所悟。

2019 年 8 月 5 日刊登于《齐鲁晚报》

湖畔书屋

　　这里窗明几净，四面盈绿，空调会收走你的汗珠，书文会平缓你的心跳。

　　在这儿，没有浮尘的喧嚣，没有你是我非，没有猜拳行令，有的只是静谧的天地、浓郁的绿色，让你随了文字，在故事情节的时空中神游。

　　从森林公园南门入，顺着沥青绿荫大道一直往北走，差不多快到公园最北边的时候，就看到了杉木屋。在杉木屋的西侧，就是新辟的湖畔书屋。别看这是刚建的，来这里的人，三三两两的，还没有间断过。由于正处特殊时期，来这里必须登记身份证。登记身份后，进得屋来，工作人员很热情：这里的书主要分两部分，一部分是园林方面的书籍，另一部分是区图书馆赠送的，也有个人捐赠的。这些书目前只能看，不外借。

　　我是看到书两眼就放光、两腿挪不动的人。大体一看，文史哲各类都有，园艺方面的书也占半壁江山。如果你在绿色中走累了，那就来湖畔书屋吧。这是一处让满头大汗的人，渐渐消暑归静的所在，是一处让人最富有的所在，是一处让人心静的地方，也是一处让你走出书屋，再奔诗和远方的驿站。

　　老师，这里有报纸和期刊吗？一位瘦高的老者问道。

　　目前还没有，以后可能会有的。

　　老师，如果你这里与图书馆的书，能通借通还，那就好了。那样的话，我就可以逛公园还书，健身归来借书了。

我脱口而出。

是的，我们正在上设备。设备一上来，就可以了。

听着工作人员的讲述，我觉得湖畔书屋的书活起来了。虽然这里空间有限，但图书阅读量会几何级增长。

如果真是那样，我就不用走四五十分钟，到图书馆借阅书了。这里离家近，真方便呀，这个暑假我就准备在这里过。听了这些，媳妇也滔滔不绝。

老师，你这里接受捐赠图书吗？我看过很多书，卖了怪可惜的。

我这里有科教科的电话号码，怎么捐书你问问吧。工作人员说。

一对年轻的夫妇用手机记下了电话号码。

我也顺手记了下来。

据了解，这是济南公园设立的第十一处公园书屋。

从书屋出来，一缕秋风吹来，顿觉心胸更开阔了，脚步也轻盈了许多。

书香公园，我还会来。

千年的叮咛

春夏之交。园林示范园。

花草葱笼，绿树成荫，时空中飘来似有还无的泥土暗香，鸟雀"叽叽喳喳"在树梢、田畦间起舞，像是在传递春的音讯。二月兰、郁金香和一些不知名的花木心领神会，斗艳怒放。更有那郁金香，不论紫色、红色、粉色、黄色抑或白色的，不论太阳转向何方，株株蓬勃向上，不改初心……

绿树、琼枝、花海，裹不住我鸟雀般撒野的心。不远处，一铺石工，中年光景，腰一弯，身体成了弓，百十斤重的白长方石块就提在腰际，挪步向东，重重地抛在另一石板的下方；他眯眼下蹲，调整石板，又用小皮槌敲击。抬望眼，一条"S"形石路像银色飘带伸向远处，这头系着我的脚，另一头飘向了偌大的樱桃园。

"大哥，歇息一会儿吧，看你累得后背都湿透了。"

"哪能歇啊，今儿得干完，种上草，要不然下雨就把土冲走了。"

他动着的下颌，一簇簇苗壮的、黑白相间的胡楂附和着。

"大哥哪儿人啊？"

"山里的，能干这活的，只有咱山里人啊。"

看着其他两位同行，铺石哥不假思索地对我说。

"山里空气好，我挺喜欢去山区玩！"我想象着山区葱翠淡香的绿叶、灵动无忧的山间溪水随口飘出了这句。

"青山绿水的，是挺好。"

"山区要建设新农村、开发乡村游了，以后就不用出来干这力气活了，在家门口开店就能挣钱。"

"哎！"另一位铺石哥抢过话题，"别提了，旅游对你们是好事，可庄稼人为多挣几个钱，整天在城里打工，山上的地就顾不上，秋上柿子、核桃熟了，就常被人摘走，留下的塑料袋还弄脏了地……"

说话间，他双手一摊，露出一脸的无奈。我的心更像被戳了一下，可不是嘛——往年夏天，游人野餐后食品包装袋无意间遗留在田野。"孩子，接住！"不远处趴在那棵大核桃树上的父亲，扔下一个略显青涩的核桃，惊喜的喊声略有点刺耳，树下还有游客闷头采摘成熟的果实……

是啊，森林是我们的绿肺，在工作或生活的重压下，在喘不过气来的时候，谁不想去那儿兜兜风、润润眼，放飞心灵小憩一会儿呢；可置身山间农人的家园里，有谁懂得庄稼汉的辛劳与心思，读懂农人们爱田、候果之语呢？

这不禁使我想起了十几年前，那位土生土长的澳大利亚华人海上捕鱼虾的故事。他每次海上捕鱼，鱼虾收获颇丰。可是他每次都把一部分网上来的鱼虾放回海里去。问及原因，他很平静地说："每个出海捕捞鱼虾的公民都知道，只有符合国家规定尺寸的鱼虾才可以捕捞。在澳大利亚待久了你就会知道，不是什么都要别人来提醒、监督才做的！"

这是一种何等的自觉与贵气啊！它源于习惯，而习惯一成自然，就会融入骨髓与血液，铸成一种莫名的、高贵的人文形象！但这需要时间，需要时间的教化与滋养，需要多代人的积淀！

忽一朝日，文明像风、像山涧，唱着歌，弹着琴弦，悄然来到我的身旁。

一个秋日上午，我恍如又现果园：漫山果枝上缀满了羞红的苹果、金黄的柿子，地垄青稞上的毛豆也膨胀着大肚子，借着微风显摆起来，好一幅美景！游人像爱惜自己家的客厅一样，将废弃不用的塑料袋随手捡起，装入挎包；阵阵果香与泥土香味充盈鼻腔……

"老爸，我要吃苹果。"小女孩仰头望着树上的红苹果，揪着父亲衣角嚷嚷着。

"乖，那是果农伯伯的，伯伯不在，我们能摘了吃吗？"小女孩忽闪着大眼睛，摇了摇头。一幅多么怡心赏目的一幅秋景图啊！

"老师，别光看啊，来园里阴凉地喝点茶！"我神游的当儿，不远处，一位乡人放下手中的活，冲我喊着。

"好！"我应承着、幸福着、回味着，几滴水滴在脸颊上……

超然梦境，脑际萦绕：原来旅游是一次做客，主尽主谊，客守客礼，天地之道也。正所谓心对了，位正了，事就对了；人美了，景绿了，情就融了。

我开灯下床，起笔抒怀："夫天地之间，物各有主。苟非吾之所有，虽一毫而莫取。惟江上之清风，与山间之明月，耳得之而为声，目遇之而成色。"

试回首一想，我们有多少时候，在多少个场所，不需要提醒与督促，就检点约束自己的行为，恪守做人的本分，尽可能为别人多想一点呢？

呜呼！东坡居士赤壁游留下的这千年的叮咛，不知还要随时光漂流多远？叮咛到何时？

忘不了那山，那花，那人

"杏花宜在山坞赏，桃花应在水边看。"

郁金香宜蹲着品——这是我说的。

蹲着品就是近看，就是贴眼近闻。

瞧！那清瘦硬朗、绿中透白的茎秆拔节蹿出地面，似剑的叶子翘指苍穹，护养、滋润着铃铛般大的花朵；花瓣六片交头接耳，环绕相簇，扮成一个朝天的铃铛，张口吮哑天赐甘露；花心六点，与花朵颜色相映成趣，连成六角形恭候居中的花蕾；花蕾受宠但心境淡然，浅浅地吐出三条短线撑起六边的平面，晶莹的露珠嵌入蕾中，盈满心房……

极目远眺，阳春的红叶谷就是郁金香的海洋！单看个头，都八九不离十，六七十厘米高，倍显精神地玉立迎宾。再论色泽，艳黄色的，燃成火海，火心黄中透白，一派蒸腾向上的耀眼；白色的，似鹅毛覆地连成银海荡漾，给人以洗心革面的静谧；紫色的，像起舞的少妇，端庄大气中洋溢着些许的雅……

近旁靠山斜坡上，芬芳郁金香的根部土层上裂开了些许口子，有三角形的、四边形的，抑或像闪电劈向远方……一阵山风吹来，高处盛放的郁金香开始摇头晃脑，清瘦的花茎稍稍摆动，而根部与开裂土层接壤处却岿然不动，足见其扎根的深度；阵风过往处，铺石工的红色上衣也被掀了起来，像风吹红绸，噗噗直响，就见几颗泛着七色光的汗珠，在幽黑发亮略显单薄的脊柱旁向下流动着，越变越小，最后隐身于颜色加重、已经浸湿的裤腰里……

是夜，一声春雷驱走了我的睡意。白日里摇曳亭亭身姿、把至美大韵呈给世人赏悦的株株郁金香又晃动在眼前。这些来自异国他乡的出嫁女啊，入乡随俗，以瘦弱但颇有韧劲的躯干擎着大她几倍的迷人花冠，默默固守在这方并不肥润的山地上，而她的生存却只需一寸土、一束阳光、一滴甘露！随夜潜降的这丝雨会让她们更鲜艳、更精神！

我思量着，回嚼着。忽而记起，那些来自他乡、整天蹲在半山腰、开辟山路、养护花径、只拿微薄汗水钱的铺石工，此时又夜宿何处呢？

"我们只要有个窝，挡风遮雨，能搭个床，安安稳稳睡个觉就行啊！"

"还是得出来干活啊，有钱挣，才有钱花啊。"白天他们对我漫不经心说的话，又萦绕在耳畔。

呜呼！漫山的花确实太娇艳媚人，铺石工又太过平实和朴华……虽有如此迥异，但这班异乡之客又有哪个不是真正的强者！反观像我一样的娇弱人，在风雨中，在骄日下，会作何样答卷呢？

怕是比不上这谷里的生命，不管是贵雅的还是朴质的，总是那一股骨子里透出的铿锵韧劲最是感人……

我随百脉回故乡

"泉水又喷了，逛百脉泉去！"

"泉水泡茶，就是香！"

"还是免费七天游！"

秋后的那天晚上，在沙发上打开微信朋友圈，惊喜一波一波，撩动着久渴的心房。

望着手机屏上一行行闪动的文字，撒欢的涌泉图片里，泉水的湿润一下子罩住了我，思绪也随之回到几年前那个年假里。

"初一到初三，游园免费啊。"回老家刚落下脚，父亲就提醒我。

我离开家乡已三十多年了，但每每回到故乡，除走亲访友外，去百脉看泉也是少不了的。这时，父亲就是最好的讲解员，把他听到的、看到的有关泉的事都说一遍。偶尔因事看不上泉，就像一斤的酒量只刚喝到二三两，心里皱巴巴的。

应了老父亲的提醒，那日，天刚擦亮，我们父子俩就出门向公园走。四十分钟的路程，父亲讲了我儿时调皮的那些事：偷吃他在院里种的青涩柿子；学着母亲的样子，和玩伴给鸡食里添土；趁大人不在家，偷偷弄开墙上挂着的小喇叭，从其后面找整点报时的人。听着的当儿，看到父亲那认真的样子，我的心里就像涌泉一样，感觉这个时候，是一生中最幸福的时刻。

话间，不觉来到公园南门。看到前后来的人，大多绕过公园门口，各奔东西了。泉水涌动的日子里，这儿可是够热闹的，人头攒动，喧嚣、叫卖声萦绕耳际。"奶奶，我要吃糖葫芦！""等等你姑，我们买票一块儿进公园！""来两张半票！"一位母亲踮起脚，伸出藏在棉袄里的手，把一张 50 元钱递向售票员……可今天咋了？

"看看，今日人就挺少，本地人都不来了。"

看到我愣神，父亲似是提示，又像是解释。门口右边的儿童乐园近在眼前。那些花花绿绿、往日曾供孩子们玩乐的设施静默地躺在那里，摩天轮座椅上蒙上一片灰尘；滑梯中央下端，厚厚的尘埃中亮出一道小手指粗的划痕。

"没了水，小孩子就不来划船了！"寻着父亲的目光，我看到左边的湖里泊着几只船，心里咯噔了一下。

那欢笑呢？

"去看梅花泉吧。"我急于想见那眼泉。记忆中，寒风吹拂着领口，我会不由自主地跳上泉水荡漾的石板，弯下腰，抽出藏在衣袋里的手，撩撩温润的水，深深地吸几口泉气，顿时，心田着了几丝湿润，久居城里的那颗被灰尘遮住的心，仿佛被洗涤一般，亮晶晶的，眼眸也蓦地发出光来！大明世界，清泉洗心啊！稍远处，水面升腾起缕缕温丝，慢慢地围拢过来，此景彼境，绝对让你有飘然世外，不似在人间之感。

太阳高悬，水汽像蓦然遁世一般，再也寻不见；清澈透底的泉池，只剩下悠闲的鱼，红的、黄的、白的五颜六色，放松你的眼球；风儿稍息的时候，这片水面，又将蓝天、白云、淡淡的舍不得离去的月儿，以及泉边的亭台楼阁、划弧掠过天空的鸟儿一一收拢进来，一池一天，天池一色，织缀着水上人间。

"看那五个泉子。"父亲伸手将我的眼线引向远处。哟，见底了！我只觉得心蹿到了嗓子眼。只见池底被太阳晒裂的、巴掌大小的小土块无序地排列着，块与块间留下了或宽或窄的缝隙，它们像是相视倾诉，又像是保持社交距离、彼此打着气执着地守护故泉。用铁皮笼罩起来的五个泉眼，像五星一样，相视排序，相拱成弓，朝天的大口，似在呼风唤雨，又像力竭气弱的老人喘息，不由得使人叹息那丝丝轻盈的雾气、涌动的水面、如织的人流，怎么如此薄情？再细看，泉眼周边零星地湿着，极像是被落泪浸了一般。

"水没了，公园值班的就没事干，都回家了。"父亲的话，让我想到了水之于生活、之于自然、之于人类的重要性，想到了先民择水而居、聚乡集城、城因泉存、人依城长的循环……

"这儿有水！"望着龙泉寺内泉池，我惊喜地道。"这水啊，是从附近水库里调过来的。"身旁的一位老者像是自言自语，但我分明也听得清楚。

可不是嘛，原来泉池中的水是透明的，池底的硬币、水中的鱼儿、飘摇的水草等一览无余；如今的池水，黄黄的，浓得看不清底呢。再早些时候，这水可就是绣江的源头。宋代易安居士便是在如春时光里，伴着从这儿出发的潺潺泉水，撩拨着漱玉之弦，成一代词宗的。每每想到这些，我就因年少时曾与词人分住河的上游与中游、共饮河水、共戏鱼虾而小有得意。反差巨大的是，词人当年"争渡，争渡"，惊起的是一摊鸥鹭，而我儿时光着腚、扑通扑通下河，惊扰的是水草中呱呱叫的几只青蛙罢了。

于箭刘村绣江河畔　王玉红／摄

　　"墨泉！"我们开始靠近泉眼。池中，用石头围做的泉眼，被一块白色的石板覆盖着。池周围一样的干涸、龟裂。看着失去往日声势的偌大空池，我极力幻想当年"一泉成河"的盛况。"据说，此泉因当年一著名书法家涮毛笔而得名。"一位戴眼镜的老先生左手指着泉眼，对右手边的小孩道。我会心一笑，多诗意的解释啊！其实呢，之所以称之为墨泉，是因了泉池四周全用青色石板围成，喷薄的泉水自然就呈黑色了。

　　"爷爷，这么多泉子，为啥都不流水了？"小男孩的手摇拽着爷爷的衣角。只见老人仰面看了看灰蒙蒙的天，环顾四周，撸着胡须说了一句："旱啊！"

　　是啊，这些泉骨朵，若干年前曾因地下水宫里压力大而雀跃不停；如今又因无雨水浸润而沉寂。

如何让这泉群永远欢唱呢？母亲在世时常说的一句话萦绕在耳边："糟蹋水和糟蹋粮食一样，老天不容！"

"老公，咱明天也去看泉吧，人家都去了！"

"好啊，正有此意！"

媳妇的一句话，拉回我神游的心，从故乡拉回。

当天夜里，我做了一个梦，梦见我变成一只小鱼，从百脉泉池顺流而下，来到村东的绣江河畔，与儿时的玩伴们戏水畅游……

泉城"输液"工

　　我是泉城"输液"工,但各大医院里很难看到我的影子。我与水网打交道,我是城市水务人。

　　我与常人并无差别,可作为"城市血管"卫士,我的工作就注定要在方圆五百平方公里、长三千多公里的城市水网上谱写人生。平日里我就像医院里负责输液的护士,为几百万城里人用水奔忙不息。来自南部山区的自然水,还没有洁净到生活用水的标准。

　　我们水务人首先要做的,就是对这些河水进行脱胎换骨——先在水厂对河水进行凝絮,加注药剂沉淀过滤,再进行消毒化验检测,然后逐级加压,最后才输入城市供水管网。我的青春和着潺潺自来水的欢唱,悄无声息地流进了大街小巷和市民生活,充盈着泉城人家的锅碗瓢盆。

　　然而,被"驯化"了的自来水也有不甘寂寞的时候。在水网管道内待得时间久了,总有不安分的偷偷地集聚溜出水网,或集体罢工阻塞管网,或酝酿事端制造管道爆裂事件,而且好像摸准了我的作息规律跟我作对似的,偏寻着我与家人团聚和消遣的当儿,在人口密集的小区挑衅安宁,出尽风头。迫使我那颗想享片刻宁静的心时时吊着,神经也像上足了弦的发条紧紧绷着。这是一桩全天候、没有休止符的差事啊,随时接警、处置是我工作的常态。

　　我还依稀记得,几年前的一个元宵夜,"小白热线"突然响起——某小区四楼以上供不上水了,居民洗碗、洗衣服都成了问题。铃声传递着命令。我本能地放下碗中漂浮的、还冒着热气的元宵就直奔该小区。和队友们一番探测、度量之后，我们初步断定，在一公里之外的马路管道有处漏水点，估计那耐不住寂寞的水分子或许正在那儿聚集呢。

我们旋即驾着抢修车赶到事发路段，目量，标注，建围挡，启动挖掘……随着机器一阵"哒、哒、哒"的有节奏的轰鸣，被剖开的路断面由黑色的沥青变为淡黄的土层，继而看到了潮湿、泥泞的黄土层。突然，"嗞"的一声，一股浑浊的水柱向上蹿起，冰冷的水滴落在了我身上，又从脖领口处钻进了我的衣服，我冷不丁打了几个寒战，一股寒意顺着脊柱向脚下流去。我顾不得这些，继续铲出土方，清理管道周围淤泥，拓展作业平台，以方便对爆管处修补。

可能由于天太冷，麻木僵硬的五指开始变得不听使唤，合拢不严，手中的铲子也在颤抖。就在我正要脱下手套呵气时，只觉我的队友猛然弯腰拉我，示意我在地面上做个辅助。这我懂得——修补管道就像护士处理"鼓针"一样，图的是快速与利落。因此，我便没有坚持，会意地跳出了作业平台。要知道，修补管道若是赶在酷暑时节是一件极惬意的事，清凉的水喷出，凉意幽幽，清爽无比；可要是赶上寒冬腊月、"三九四九不出手"的时候，这工作就有点让人吃不消了。

就在我不断搓手、呵气驱寒的时候，发现队友皮上衣、胳膊上和手套外面都结了一层晶莹薄冰，他用力转动工具，那层薄冰就碎了，随即抖落下来；可是不时溅出的水花又恣意地在他的衣服、手套上凝结，在白炽灯照耀下闪着星星寒光……那个夜晚，我们就是在冰结、冰碎，气焊、切割，扎紧回土、填平压实的节律中完成了管道的修补……

那天夜里，我钻进蓬松的热被窝，可透体的寒意还缠绕着我……那天夜里，我梦见自己酣睡在煦暖的日光里，熨帖极了……

2014 年 12 月刊登于《济南时报》

我的经纬情怀

初闻济南经纬路，是 20 世纪 70 年代。那时，给亲戚寄信，父辈都让写济南市经一纬 × 路 × 号。作为土生土长的乡下孩子，写下这些字的当儿，自然联想到地球仪上那些弧形的经纬线，心里也就憧憬着哪天能去济南见识见识。

徒步经纬路，是 20 世纪 80 年代中后期的事了。那时，毕业分配刚来济南，就去经三纬五路中山公园附近的装具厂找同学。出行前，人生地不熟的我向同事打听线路：知道天桥吧？知道，从火车站来单位时师傅告诉过我。那就好说了！由北向南走过了天桥，面前横着的那条大马路就是经一路，向南依次是经二、经三路……下了天桥向南直通的那条路就是大纬二路，向西顺次是纬三、纬四路……这样细数着绿荫蔽日的条条经纬路，果然如愿以偿。从那以后，灵秀时尚就成了我概括济南的关键词，感觉在济南要找个单位什么的，犹如在地球仪上数经纬度，只要知晓它在经几纬几，心中画个坐标就八九不离十了！所谓大道至简是也！

我一时沉浸在驾轻就熟的喜悦中，心里美滋滋的。

有一天傍晚，在经七路上的一家木材厂工作的同室同学打电话让我过去喝扎啤，我爽快答应，哼着小曲，直奔心目中的经七路，可怎么也没找到同学的单位。借着路灯看看门牌号，蓝底白字分明都写着纬七路 ×× 号。见鬼了？红晕的灯光倾泻在白色字上，醒目的白也模糊成了褐黄色，似乎更凝结了我的疑问。看着天色已晚，我只好重返单位。

同样以单位为家的同学在电话中叹息，我也才知道济南经纬路与地球仪上经纬线是相反的！

　　真正让我"经纬分明"的是家住老商埠区的刘大爷。作为 20 世纪 50 年代大学生，他鼻梁上架着的眼镜后面总闪烁着睿智的光。他告诉我，初来济南都这样。你知道织机吧，那织物上纵向的纱线就叫经线或经纱，反之就是纬线或纬纱；经长纬短，经宽纬窄，济南的经纬路也从这个理儿。这或许还与咱济南纺织业发达、织机家喻户晓有关。可不是嘛，济南的国棉厂那时就有十好几家，真是百年商埠、织纺经纬啊！细思量，这何尝不是劳动启迪出的智慧呢。大爷由远及近的点拨，逐层撩开我脑中的迷雾，我又神游到了经三纬五路——我认识济南的起点——并以此为原点在头脑中勾勒着经纬济南的轮廓，仿佛一下子置身于纵横交错、商铺林立的商埠区，经七路上的木材家具厂应在经七路与经十路交汇处这一带，我恍然大悟！现在想来，商埠区的经纬路是何等别致新颖且富历史底蕴！劳作在其中当然成了最好的媒介，穿针引线、成就经纬有其功。难怪如今这些经纬路上，仍会看到有不少洋行、银号、商号、教堂、影剧院等的古建筑。

　　恐迷经纬路，频示城外人。带着这样的大彻大悟，在以后的时间里，我如祥林哥一般，见人就说，逢人就讲，特别是在写信的末了，总要提及商埠区经纬路，好让想来泉城游玩的亲戚及外地同学们不再重复我昨天的故事。

　　就这样兴奋着、回味着、咀嚼着，忽有一日，我在图书馆听讲座时，凝望着 20 世纪 20 年代济南地图，那些在我心中镌刻多年的经纬路，突然膨胀、凸立起来，穿过二环路与绕城高速，游龙般伸向无垠城际，继而又细化成为乡野的阡陌小路、田间的经纬畦垄，方方正正地站立着的青稞……

是啊，"田"字一出头，瞬间就成了"井"，"井"由"田"生，"田"促"井"成，农田与市井本是同根相生、一脉传承，在那条绵绵发展、休养生息的链条上，乡村是城市的开始，城市是乡村的发展，夏商周时期的井田制、《孟子·滕文公上》的"乡田同井"与老商埠区内的经纬路不也有异曲同工之妙吗？

心里想着，我在嘴里哼出了这样的小调：世间本是棵常青藤，城乡都是藤上的瓜，瓜连着藤，藤连着瓜，时空演进的路上，只有先后，没有……

2015 年 6 月 16 日刊登于《齐鲁晚报》

七夕月下听语

　　小时候，在绣江河桥上乘凉的时候，一位老爷爷指着那片密密麻麻、闪闪亮亮的星星说，看见了吧，那就是天河。话说当年牛郎挑着担子去追织女，眼看就要追上了，王母娘娘心一狠，拔下头簪，划了一道杠，就成天河了。这样牛郎织女就永隔天河了。还定下规矩说，每年农历七月七这天允许他们见一次面。当时，我听了就觉得这个王母娘娘心太狠。

　　七月的晚上，一家人坐在院子里乘凉拉呱。月光从西边洒下来时，母亲就说，你仁快上葡萄架底下，听听牛郎织女说了些啥。兄妹仁就赶紧跑过去，谁也不说话，蹲在那里，静静地听。可除了不远处大人的说笑声，除了风拂葡萄叶和虫鸣声外，啥也听不到。这时候，弟弟往往最先跑走，边跑边喊，啥也听不见，光哄着俺玩。母亲就说，小孩子家，听不懂啊。

　　后来，河边纳凉，一位老奶奶左手指着天河，右手摇着大蒲扇，一会儿转过身子给我扇，说，你知道七月七这天喜鹊都上哪里去了？我摇摇头。

　　给你说吧，喜鹊啊，都上天去了，搭桥去了。它们一大早就飞上天了，搭桥让牛郎织女约会啊。你看看，河这边是牛郎星，一前一后是那两个筐，河那边，是织女星，在朝这边看。顺着老奶奶手指的方向，我似乎看到了牛郎织女星，但又不知道对不对。从那以后，我也就开始留意喜鹊，果然，那天喜鹊还真不在树上叫了，它们去成牛郎织女之美了。小学老师也说，牛郎织女约会的时候，牛郎挑着那副担子，前后筐里，是两个孩子，这是他们一家去相会。这个时候，我就很感激那些花喜鹊，它们用自己那轻盈、瘦弱的身子，搭个拱桥让牛郎织女过。心想，我要是能长上翅膀，飞上天去多好啊！

现在想来，牛郎一家人的幸福就只有在这短暂的一刹那，其余漫长的日夜里，就是无尽的隔河守望。民间是这样说的，具体细节当然不必细究，但是它寄托了人间对爱情和美满生活的一种心愿与憧憬。七七鹊桥会，千百年传为佳话，或许就源于这段亘古千年不变的爱情。

正是这种经风历雨的爱情，才在人世间投下了一轮又一轮的涟漪，也成了世人的追求。昨晚从公园回来的路上，就看到一对恋人在微暗的路灯下拥抱，两人之间的一束鲜花，让爱意充满芳香。不远处，也有一位漂亮的女孩，身倚着栏杆，身旁摆着束鲜花，她正在和手机那头的男孩甜甜蜜蜜。这是当今生活中的爱意镜头。

诗词曲艺中，也见证、叙述着爱情。像《诗经·周南·关雎》里的"窈窕淑女，君子好逑"，唱听不厌《天仙配》里的"树上的鸟儿成双对……夫妻恩爱苦也甜"，走向世界的中国古代民间四大爱情故事之《梁祝》，《红楼梦》中贾宝玉、林黛玉之间"枉凝眉"式的相爱，"时光之恋，如约而至"的庐山国际爱情电影周，还有异国他乡的凄美爱情故事《罗密欧与朱丽叶》等等，总能在舞台荧屏上不经意间唤起世人的感同身受。

刀光剑影、戎马生涯中，革命者的爱情也在成长。这往往是信仰上的笃定，硝烟里的浪漫，刑场上的表白。听听这些誓言吧："我失骄杨君失柳。""让反动派的枪声，作为我们婚礼的礼炮吧。"清贫的方志敏烈士，为了表达心底的爱意，写信把"我们要成为革命战线上的一对勇敢战士"送给战友缪细；婚礼时还把自己名字中的"敏"字，送给新婚妻子缪细，缪细从此改名为缪敏。白色恐怖中从事地下工作的罗亦农与李文宜，"家庭化"工作，从假夫妻到真伴侣，罗亦农是这样表白的："我心中只有你，我初次见到你时，就喜欢你。"可是，正当他们要享受新婚甜蜜之时，危险降临，罗亦农被捕，6天后惨遭杀害，时年26岁，这对革命伉俪从相守至相别只有短短104天。

其实，爱情就是一段情缘，因爱而聚，因情递爱，由纤纤黑丝到白头偕老。爱情也是一种信守，你信我守，你盟我誓，自然也会爱丝情缕。爱情是天上人间一种挚爱洁情，不因时空转化，风雨雷电而夭折或窒息，却因相思情长而缠绵，一如一年一度的七七鹊桥会。

哦，那窖香萦绕的地方

　　人们都说"近乡情怯"，然而于我来说，似乎更怯故乡的年酒之香。这不，鼠年就要到了，心里就开始嘀咕了：这次回老家，会因发小窖藏多年的情谊难却，重演"喝时不知醉，出门迎风倒"的闹剧吗？

　　时光要回到约三十年前吧。那一年春，我与新婚妻子回清照故里过年。大年初五，儿时的同伴置酒相聚，真真玩了个天南地北、不亦乐乎。

村口绣江河新桥　徐可顺／摄

随着酒令展开，举杯前那"相聚在情不在酒"的共识，逐渐被入口的酒水稀释了。随着春子小时玩炮仗、不小心那炮仗飞在新子耳朵上的回忆，大伙相视一笑，一个共同的进酒点瞬间被点燃，只见大家豪情上涌，仰脖杯酒尽。酒精落肚，发哥又想起了放学回家、绣江河边那条小路上，突然看到一条约一尺长的小黄蛇，正在前方一米多远的地方过路。我们惊叫起来："长虫！"刚停下脚步，继而仗着人多势众，相互跺脚壮胆追蛇，那条小黄蛇吓得窜入草丛里，逃之夭夭了……

　　酒酣之际，自称清照当家的小辉夺门而入："不好意思，俺来晚了，自罚一杯！"只见略带酒意的他，笔直地站着，话尽酒光，酒气中透出了章丘人的豪气。酒醇情更浓，小辉落座，又一对一祝各位新春如意，好事成双。这样，十来杯酒下肚，这位同学就踏踏实实地在椅子上"稳重"起来，刚才那万丈豪情烟消云散，只是看着大家在相互敬酒，不语，像是桃花源中人。

　　此时，被小辉逐一敬酒的玩伴们豪情又起："爽！重情义！"每人又起身、伸杯向小辉敬酒……就这样，能敬酒的话题接连翻新，引发思绪共鸣的情节一浪高过一浪，而紧随其后的就是一声接一声的碰杯声……

　　突然间，大家忽然都安静起来，目光不自觉地朝向了班长："班长，喊个班！"

　　班长看着还剩下的半瓶酒，有条理地、像是字斟句酌地说："咱光喝不行，咱是清照故里人啊，人家饮酒填词，我们就背诗喝酒，谁背不过，谁喝酒！"

　　"这个好！不乱得慌。"在一旁的妻子欣赏地赞道。

　　"生当作人杰。""死亦为鬼雄。"末子刚一出口，我就抢先背出了下句。

"沉醉不知归路，尽兴晚回舟，误入藕花深处。"

"争渡，争渡，惊起一滩鸥鹭。"

…………

大伙你上句、我下句，得意着，恍惚中回到了课堂，约定着明天去看望同村的班主任老师。

后来，听妻子说，那天晚上，我因接错了一句诗，多罚了一杯酒，八个小伙子连酒带溢的一共喝了九瓶酒……最后，我趴在酒桌上睡着了……

如今弹指三十载过去，又逢新春回家时。已进知天命之年、酒量急降的我，只愿看看当年的玩伴们有几个还没生白发，又有几个当上了爷爷或姥爷了；所不愿的是，相聚酒香继续发酵，再次重复那酒前"在意不在酒"的约定……

红房子公所在述说

如果要用某种颜色来形容槐荫，最贴切的莫过于绿色与红色了。

之所以说槐荫颜色是绿色的，是因为大槐树庄一带的故事一直在这儿流转，国槐泽荫就是其自然色调。这是表象上的色泽。

之所以说槐荫的底色是红色的，是因为大槐树机厂（铁路大厂）里诞生了全省第一个工会组织、全省第一个企业党支部。由此西进，闫千户这儿还缔生了全省第一个乡村党支部……这是意象上的红、精神上的红。

从百年征程看槐荫，这里革命先辈灿若星辰，革命大潮风起云涌，革命胜迹星罗棋布，革命意志和理想信念比钢还坚……这是一片写满光荣革命历史的红色热土，这是一片饱经鲜血浸染、烈火洗礼、百炼成钢的红色热土，红房子、五七车站、四五烈士纪念碑等红色基因早已伴随奔腾不息的清河水，深深融入槐荫儿女的精神与血脉。

百年征程上，槐荫大地遍布革命先辈的红色足迹，西城之域矗立着共产党人信仰的丰碑，三山六水浸润着革命先烈的殷红鲜血。更为可贵的是，这里锻造了一系列伟大的革命精神，时至今日仍是激励我们前行的动力之源。最为动人的是，这里传颂着许多可歌可泣的感人故事，如今读来仍令人心潮澎湃。

（一）由张家大院到红房子公所

在济南，上了年纪的人都知道，在槐荫区槐荫街（以前当地人也叫红房子街）有一片房子——十多排的小平房全用红砖建盖，这就是津浦铁路大槐树机厂工人的居住区，时称机车工厂九宿舍。因房子为红砖色，人们形象地叫它"红房子"。

20世纪20年代，津浦铁路大槐树机厂有1200多名工人，分住在城郊与农村，其中，住城郊闫千户、辛庄、段店的有300余人，住大槐树南街、北街、中街的有700多人，其余200多人就住在红房子这儿。这200多人当中，多是从天津来济南的技术工人，他们拖家带口住在一起，少说也得有三四百人。当时工人在厂里一天少说也得工作14个小时，可薪水比监工、工头们少多了，工人们总觉得憋气，一肚子怨气撒不出来，以至于有的去赌博，有的偷偷借酒消愁。

这些被红房子里住着的一位姓张的老人看在眼里。这位张师傅从天津远道而来，是名钳工，见多识广，能说会拉，还会几路拳脚功夫，又是独身独户，就寻思着不能让这些年轻娃这样消沉下去，他们都有家有眷的，将来老人孩子怎么办？得想法子让他们学点东西，再苦也得活下去啊。

下班后，他有空就邀红房子里的年轻人到自家大院里来，海阔天空，说书习武。最先是讲《水浒传》《西游记》《三国演义》什么的，后来又教打拳，强壮身子骨。这下子，红房子里的年轻人工作后总算有了去处。附近的老人们听说张家大院里热闹，能学好，就让自家的孩儿去那儿。一时间，张家大院成了这一带年轻人娱乐的场所。

有一天，张师傅看到自己院里的年轻人玩得挺带劲，非常高兴，就顺口说了一句：呵呵，我张家大院成公共场所了。就这么一句，点燃了大家的情绪，你一句我一句，最后啊，大伙说就叫公所吧。不久，张家大院门口就挂上了公所的牌子。

是场所就得有规矩：老少爷们到我这里来，是看得起我。平时大伙在厂里受累受气，收工后到这里来乐和乐和，我不想把大伙卡得太死，既然叫公所，咱就一不信教，二不拜佛，来我这里的人，不管男女老少，不吸烟，不喝酒，不嫖娼，不赌钱。有坏习惯的人，改了之后就可以来。张师傅爽朗的一番话，说得大伙心服口服。后来，这几个"不"字，就成了公所的规矩。

时间一长，一传十，十传百，公所在济南就小有名气了，也吸引了周边的不少人来。话说1920年下半年，一个秋高气爽的日子，公所里来了一位头戴呢子礼帽、身穿长衫的人。张师傅就对几个管事的人说，来了就是客。人家到咱这里来，咱就要以礼相待，让人家随便看看好了。之后的几天，张师傅就发现，这位先生可不一般，这么几天，就已经跟公所里的人打成一片了，根本看不出生分来。于是他就把这位先生请到了屋里：我们都是工友，平时自拉自唱，自娱自乐，不成体统，还望先生多多指教。敢问先生尊姓大名？

那人回道：本人姓王，也是干铁路的，没外人，大家不必客气。那位先生抱拳施礼。

就在这时，厂里的油漆工李广义赶进屋来，就问：你们认识？

我刚把这位先生请到屋里来。张师傅说。

李广义就顺势介绍：这位先生叫王荷波，也是干铁路的，咱们的好伙友，也是我们的先生，知书达理，还知道许多帮穷苦人出气、解救穷苦人的道理呢。

张师傅和几个管事的听到这些，非常高兴：俺们盼望已久了，快请王先生给指条明路吧。

王荷波先生见势，就滔滔不绝地讲了许多无产者受压迫、求解放的例子。大家听得津津有味，觉得可找到贴心人了。就这样，他们一直谈到深夜。最后，大家商定公所要办得更好，就要让大家学识字、长见识。

之后，王荷波先生常来这儿给工友们讲课，工友们也亲切地叫他王老师。这就是公所的后期，或者说是工人夜校、工人俱乐部的前身了。

据《济南工运史料》记载：王荷波是福建人，1920年在浦口筹建工人俱乐部，先后来济南、四方机车厂等地开展工人运动。中共三大上被选为党中央执行委员会委员，同年9月参加中央局的领导工作。1924年他与李大钊等人，代表中国共产党出席了在莫斯科举行的共产国际第五次代表大会，后担任全国铁路总工会委员长等职务，1927年11月11日遭奉系军阀杀害，时年45岁。

（二）从红房子公所到觉醒阵地

津浦铁路大槐树机厂，地处南北交通要道，全国各地的信息，很快都能传到这里，一些新文化、新思想、新刊物往往也最先在厂里传播；一些接触了马克思主义进步思想的年轻人，也常来这里演讲宣传。

1920年，李广义闻知北京大学马克思主义学说研究会，就最先加入进来，成为大槐树机厂最早加入这个研究会的。

之后，他和北京的罗章龙、济南的王尽美也有了联系，并以各种方式积极开展马克思主义思想宣传。1922年李广义光荣加入中国共产党，成为厂里第一个加入组织的人。

李广义是章丘龙山人，地地道道的工人油漆匠。由于年龄大，大伙常常叫他李大哥。他有文化，会写字，毛笔字写得特好，工友们家里有红白喜事，一般都叫他去写字。由于他接受进步思想早，道理一讲一大套，讲的还都在理儿，工友们都信服他。有一天，工友们在上班路上和工作案板上都发现了传单，如《中共共产党宣言》、告工友书等，感觉上面说的话，都是掏心窝子的话，就很想知道这传单是谁撒的。费了好大劲，才知道原来是李广义撒的。

1921年5月，北京共产党早期组织在长辛店建立了工人俱乐部，各地纷纷学习效仿，建立当地的工人俱乐部。济南的王尽美、王荷波等人经过仔细考量，首先做通了津浦铁路济南机车厂架工车间监工刘俊山的工作，随后联合各车间的监工，购置乐器，于1921夏天，租用中大槐树北街增盛东酱菜园后院五间房子，正式成立济南大槐树机厂工人俱乐部。这个时候，监工们还认为吹拉弹唱搞俱乐部不是什么政治活动，还可借此抬高自己的身价。殊不知，这是共产党早期组织开展工人运动的方式。大槐树机厂的李广义等也紧锣密鼓，在红房子公所基础上，在北大槐树等处办了四处工人补习夜校。这些工人夜校与工人俱乐部，从表面看，是工人玩乐、游学之地，监工们也并不以为意，实际上，在李广义联系下，王尽美、王荷波等经常到厂里来跟工人谈心、了解大家的疾苦，还给工人讲课，宣传马克思主义，在工人中发现和培养骨干。有位老工人现在仍记得俱乐部里经常传唱的那首歌：天下工农是一家／不分你我不分他／不分欧美非亚、英美日法俄德和中华／全世界工农联合起来吧……这不正是工人们团结力量源泉吗？教工友们唱《天下工农是一家》这首歌的，正是济南共产党早期组织的领导人王尽美。

厂里一位离休技师也动情回忆了参加夜校学习的第一课：夜校里发石板石笔，老师先在黑板上画一道横，说这好比是天，接着又在下面画一道横，说这好比是地，然后又在两横之间加一道竖，说这是一根顶天立地的柱子。这就是咱工人的"工"字，没有咱们工人就要天塌地陷。当时我们听了感到既新鲜又踏实，也知道了"劳工神圣"是什么意思，知道了"我们种麦子，人家吃白面，还嫌白面不好吃；我们忙蚕桑，人家穿绸缎，还嫌绸缎不美观"社会不公的原因，我们就是要团结起来，让工人们都能吃饱穿暖，过上好日子，建立一个自由公平的社会。显然，这位老师就是王荷波先生。

凭借包括公所在内的工人夜校和工人俱乐部这几个平台，大槐树机厂有300多名工友最终走上了革命道路，红色大厂基因谱系开始织就。

（三）从觉醒阵地到红色教育基地

2010年，正值铁路大厂（现为济南轨道交通装备有限公司）建厂100周年和工厂党组织建立85周年，大厂人为了用好红色资源，赓续红色血脉，组织编写了《红色大厂》，用大量翔实的第一手资料、亲历者的讲述，生动再现了工厂从1919到1949年波澜壮阔的红色斗争史。与此同时，铁路大厂厂史馆正式竣工开馆。厂史馆其实就是原来的厂部办公楼，建筑面积1434平方米，收藏了企业不同历史发展时期照片500余张、文物300余件，并录制《大厂百年》和《红色记忆》等纪实片。每年，特别是庆祝中国共产党成立100周年之际，前来学习参观的社会团体、组织单位和个人络绎不绝，这里俨然成了红色打卡地。

现在回头来看，当年包括红房子公所在内的工人夜校、工人俱乐部，实实在在成了山东共产党人组织开展工人运动、发展建立组织的政治场所，是那个觉醒年代里的济南觉醒之源。

写下这些文字的时候，我耳边又响起了那天参观完厂史馆、采访结束的时候，厂部韩先生说的一句话：现在有人就说嘛，中国的红船在嘉兴，山东的红船在济南，济南的红船在槐荫，槐荫的红船在铁路大厂。

《诗经》里的九如山

一

"快看啊！水母！"不知谁咋呼起来。几个人朝池塘围来。

这是秋日里，九如山里的一幕。

"哪有啊？"

"刚还露头呢，这会儿沉底了。"

"看，打转的水纹，就在那里。"

几个人争论着，紧盯着，水面逐渐平静下来，像没发生过事情一样。

池塘里到底有没有水母，我没有亲见。也许就是当时那人放噱头取乐罢了。但我感觉，身入九如山，心便回自然了。

我和老王逆着溪水、顺着木梯一级一级向山上攀。

"这山真陡啊，也不知多高。"

"看吧，一会儿一个山头，转来绕去的，加上绿植覆盖，根本看不到顶。"

"有些累了，不想爬了。"

"不爬了！踩玩小溪水也挺好。"想起自己小腿部的静脉曲张，我附和着。

秋日晴空，虽说气爽，但在阳光下稍一动弹，汗水还是冒出来，缀在脸上、头皮上、背上，大有跟着游山赏景的意味。我用手不停地抹，怎奈它也狡猾，有的往你腰带处钻，有的向你眼里钻，有的朝你嘴里跑。有时浸进眼睑，热辣辣的，咸得睁不开眼，只好蹲在溪旁，撩水洗眼。

"水从哪儿来的？"

"应该是山里的吧。这儿属泰山山脉，山有多高，水就多深。你听远处的瀑布声，肯定是山上流下来的。"

"有道理。之前咱光听说南部山区有个九如山，如今来了一看，峰回路转、郁郁葱葱、幽幽静静，进了原始森林一般，到处都是原生态，真是个好地方！"

"刚才导游不是说了嘛，这山海拔 800 多米，有半个泰山高，植被覆盖率达百分之九十几了！"

"是啊，不光山高，山的名字也挺有意思。忘记听谁说了，九如，就是九个祝愿祈福。"

"是啊，我也在琢磨它的身世。"

"小心你脚底下！"老王突然吼道。

我收眼一看，是一条黑中带黄、黄黑相间、又粗又长的蚰蜒！这家伙，像列载重的火车，慢悠悠地游向我脚边。

可以说，我从小见过、玩过的蚰蜒无数，个头都挺小，还真没见过这样大个头的。我愣着，不敢动手——当然不是怕，而是打量、审视着，想它会有家乡蚰蜒身上那种微香，还是别有一番苦味儿。

"你看，树上！"抬眼一望，近处高低粗细不一的树干上，全是爬上爬下的蚰蜒，大的小的都有。看到这些，我想到了车厢内的各色人种、职业男女，想到了"天下熙熙，皆为利来，天下攘攘，皆为利往"……"现在乡间地头，很少见到这么大号的了，说明山里生态好啊。"他随口道。

"是啊，导游也介绍了，九如山开发建园，致力生态休闲游，保持和谐发展环境。难怪，我们所到之处，沿途除了开辟的攀山小路、栈道和休息亭外，根本就看不到雕梁画栋的楼台廊阁，看不到普度众生的庙宇神灵，看不到雕刻山体的诗赋墨迹，更听不到牵强杜撰的传说和故事……绝对没有人工干预的痕迹！

我们起身漫步凉亭的当儿，就见几个小学生，坐在亭边写生。画板上，秋阳下的九如山，万木红遍，层林尽染，板栗拱出硬壳，合柿泛着金黄，各色植物都在这儿绽放、炫耀着最强的色彩与魅力！

这是景呢，还是画啊，我一时分不清了。

早已悟透山景的李先生快人快语："这是诗画的西营，诗作的九如山。"

二

人来人往的游客中，不乏美女帅哥，但多不在我的关注之列。你看吧，来山里游玩的，年轻人都穿休闲服饰，举止洋溢着青春气息；中老年朋友也火一般热烈，沉寂多年的运动细胞都被这无垠的山色野景给唤醒了！

游人中，还有这么一族，他们默不作声，双脚深深地在木栈道上交替上移，但听不到一点响声。如果是走在光滑的水泥路面上，偶尔会发现其脚底下，有水珠滴落，接触地面的当儿，迅速地滋润、扩大着，颜色由深到浅，最后拼尽力气，化为乌有。所不同的是，这水滴没有雨的酸性，它是咸的，它是从人脸上、身上落下的。汗水的主人，就是山里的挑山工。他们每天把游人需要的矿泉水、小食品等，从山下挑到山上去。你看，一到游人多的地方，他们就停下来，让游人先过；如果你想问路了，他们就用手指着。

看到这些，我就想，人都说大山是硬朗的、倔强的、不屈的，可我觉得挑山工，是一样的硬朗、倔强和不屈！离开了人的支撑，再硬的山、再茂密的植被，也可能载不动装束轻盈的游人。

难怪在山涧边休息时，一位游客说，山里有个能人，看场的、保洁的、防汛的、做饭的、管安全的、管线路检修的，所有管事的、各工种的人，都在他眼里，他把这些人的故事，编织成了"九如山·十二时辰"。听到这儿，我头脑中即刻出现一些人的身影：深更半夜、雷雨交加之际，与大山一起站岗的防汛人；二三更，用手电光亮划破夜空、爬高走低、巡检山林安全的人；五更起大早，和面烧水做早餐的人……山色不语，但见证足迹；山峦不言，但敬畏汗水——面对此温此度，大山选择了沉默……

临搁笔时，想起了几年前妻子和孩子逛九如山的事。那天下午，快六点时候，娘俩回家了。刚上中学的孩子连蹦带跳，嘴角和眼眉都往上翘，好像眼睛在说话。

"这么高兴啊，吃欢喜团子了？"

"哈哈，老爸，今天没花钱买门票。到了那里，好多人排队，手里拿着纸，嘴里嘟囔着，一问才知道，公园答对题免门票。我十分钟就背过了，老妈费了半天劲也过了。呵呵！"

"厉害啊！你再背一道，我听听，背了免费吃晚餐。"

"如山如阜，如冈如陵，如川之方至……如月之恒，如日之升，如南山之寿，如松柏之茂。"

"这么多'如'啊？到底几个啊，你重复一遍。"

随着孩子的语速减缓，语调抑扬顿挫，我右手食指，又一次落在了左手无名指上。

"九个！"

"对了，这就是'九如'山的来历。"

现翻书一查，孩子背的那段九"如"，出自《诗经·小雅·天保》。

噢！天保九如，山有诗焉！

大观园里的少见多怪

大观园对我来说是有触感的。

这倒不是说看了《红楼梦》，留下过什么触目刻骨之类的印记。但有这样两件事，与刘姥姥进大观园一样，记录着我青年时期的少见多怪。

记得刚来省城工作的时候，月工资不到四十元。所以不是太远的路，往往乘"11号车"。这正好给了我熟悉济南筋骨脉络、五脏六腑的机会。

周末前一天，同事问我要去哪儿玩。我说，找同学去。他说，也别光找同学，可以去大观园看看，从咱单位出去朝南走，上了天桥，从南头下来，就是经一路，再往南是经二路，大观园就在经四路口。第二天，应了同事指给的地图，"11号车"开动了。

哟！还真是刘姥姥进大观园了！一个壮阔精致的四合院，四围都是古朴典雅的建筑，琳琅满目的店面，三三两两的人群。茂昌眼镜店、精益眼镜店、大观园商场，还有一些小吃类门店……字体各异的店铺名称逐一映入我的眼帘。哦！还有大观影院，改天可以来看场电影了，我的心里琢磨着，一丝惬意涌上心头。

突然，狗不理包子的招牌跃入眼帘，目光锁在那个"狗"字上，想起母亲在世时给我说的一件事：狗不理包子挺有名，好吃。

名字这么不好听，狗都不理，为啥还有名啊？

你别这么说，你姥爷说过，人家狗不理包子是半发面，水打馅，和面用料都讲究，皮的皱褶也多，蒸熟了像绽开的菊花，馅吃起来肥而不腻，济南就有卖的。你姥爷干营生，天南地北跑得多，他说，狗不理包子创始人是一个姓高的先生，小名叫狗子，天津人，为人厚道肯干，从学徒到自己干，名气越来越大，生意也越来越兴隆，店铺门前买包子的人常常挤成一团。他卖包子的时候，别人叫他，他没空理会，时间一长，就有了"狗子卖包子，不理人"的说法，后来就传成了"狗不理"。原以为母亲说的"狗不理"应该写成"苟不理"，是说包子太好吃，假若不理它，那就会后悔、遗憾，直到写这篇小文时，引经据典才知道，理解成"苟不理"是不对的，狗不理包子是百岁老者了，据说老佛爷也吃过，并作诗赞美过。目前，狗不理包子已经列入国家级非物质文化遗产名录。

　　漫步泉城大观园，就联想起北京、上海的大观园，三者都源起于《红楼梦》里大观园，但却各有特色。那天与同事闲逛，他说，几经岁月雕饰，大观园商味浓了，文味淡了些。以前大观园是老商埠区"说学逗唱"的地方，有名的晨光茶社就是这地的文艺符号，当然，这不排除更多的当街说唱献艺的，所以当时就有京城学艺、津门练艺、济南踢场子的说法，那些想在全国混点名气的，一般绕不过这三道坎。据说现在济南有"曲山艺海"之称，也多源于此。商味是文化潮的衍生物，这应是当时的写照，也是顺理成章的。联想北京、上海大观园，除了充裕的文娱功能、体量大之外，还多由山水景观点缀，树木等植被也为典雅古朴之韵融入清新自然，目前上海大观园是市五星级公园，北京大观园是国家3A级旅游景区。

　　另一少见多怪的事，也发生在大观园。记得三十多年前，一次和对象去看电影。临进场时，匆忙买了两盒健力宝，一人一盒。至于看的什么片子，已经想不起来了。昨天问老婆，她说也记不住了，可见当时的心不在焉。只记得那天开演不久，就想把健力宝打开。先是用手撕盒顶部凸出来的那个硬纸角，挺厚但不长，撕起来挺费劲，怎么撕也撕不开，就开始用牙咬住，用吃奶的力气仍没撕开。年轻小伙还制服不了一个硬盒子，我心有不甘，继续尝试各种方法。可能我的执着举动被邻座发现了。他说盒子那侧有个吸管，吸管插在上面那个小孔里就能喝了。我把吸管撕下来，可又找不到吸孔，怀疑这个盒子本身可能就没有吸孔，又开始起先的动作，当然心里更添了焦急与无奈。

孔就在盒子的顶部，邻座又提醒。趁着荧幕一亮的刹那，我看到了一个小小的闪光点。呵呵，这下轻而易举就解决问题了，接着又如法炮制打开了第二盒。这应该是进城不久发生在大观园里最难为情的一件事了，至今我们老两口还常常以此为乐子。

因了那天中午与同事游走大观园，无意间闲话着其前世今生，夜里就做了一个梦，大境是恍惚之间，再逛大观园，园子大了，北连老商埠区，西通中山公园，从老图书馆出来，曲曲拐拐，随了人群，沉醉于经三路上小广寒电影博物馆，直到同事喊我，惊醒……

觉得有点意思，就顺便把它写出来。

腊山之巅的一抹红晕

记得前几年，"齐鲁晚报"发过我的一篇散文《腊山有韵》，文中讲过这样一个故事：20世纪前叶，这山里有一位抗日英雄。英雄姓徐，名连城，当年在铁路上工作，也以此为掩护，从事革命工作。那天，被日本宪兵杀害于腊山时，他还高喊着"革命不怕死,怕死不革命"。家人去收尸，发现他的头与脖子仅有一层皮连着，就找了个鞋匠缝了很多针，才勉强能下葬。

这是多年定格脑海的一幕。

如今，这一幕有了一个完整的内核。这得益于去铁路大厂厂史馆学习调研和韩国力先生详细解说。

20世纪初，徐连城出生在一个铁路工人家里。他是老大，家里兄妹五个。在济南度过童年、少年的他，初中毕业就考取北平东方高级中学。也就是在那阵儿，在北平，他开始接触一些进步思想。

随着日军向关内入侵，激起了他强烈的爱国热情。1935年，徐连城积极投身北平举行的声势浩大的学生示威游行，后被中华民族解放先锋队吸收为队员。

从此，他怀着极大热情，慷慨激昂宣传共产党抗日救国主张，以至当局下令缉拿他。他就躲到天津亲戚家。后来天津局势紧张，他又回到济南，依然积极参加中华民族解放先锋队省市队部组织的抗日宣传活动。其间，还加入了中国共产党。

韩先生指着一个画面说，那年代入党，不是现在这样的程序，对着红旗，宣誓几句，就可以了。

后来，日军沿津浦铁路南下，逼近济南。徐连城的母亲就带着孩子们去兖州避难。就是在那个人生地不熟的地方，徐连城也积极投身抗日宣传活动。他演讲时，围观的常常有一二百人。"中国人不当亡国奴，中国人不打中国人！团结起来，共同抗日，打回老家去！"他的激情呼号和动情演讲，令现场不少人落泪。

约莫两个月的时候，他们又从兖州经泰安转回济南。可就在泰安等车的时候，小妹妹要吃东西，徐连城就带着妹妹去买。结果，返回来时，车已经开走了。无奈，他和妹妹费尽周折，只好乘一辆单机头回到白马山，又从北马山步行到家。

"妈，要不是小妹妹要回济南，我就不回来了；现在，我把妹妹送到家了，我也该走了。"他刚进门就急切地说。

母亲拉住他的手，哭着说："孩子，你看看咱这个家，老的老，小的小，你爸爸又不在家，你还是老大，你再走了，叫我们怎么活呀？"

"好吧，妈，我暂且不走了。"徐连城留了下来，但并未停止革命斗争。日寇横行济南期间，他积极投入中国共产党在济南城市斗争的行列。这期间，他和陈隐仙一起成为中共济南地下工委成员，宣传群众、扩大组织的担子更重了，往往很晚才回家。有时大半夜里，窗户里微弱的灯光下，几个人忙碌着，当母亲更不知如何是好。母亲虽然对孩子所从事的工作说不上个一二三，却知道孩子是为了这个国。

为开拓济南工人运动工作，徐连城按照党的指示，想方设法打入铁路大厂。那时，正赶上铁路大厂招工。徐连城凭自己的聪明才智，轻松考上了铁路大厂。从此，他便以此为基地，秘密发展工人党员。这当儿，他还机智地躲避敌人监视，把"打倒日本帝国主义"之类的标语，贴在日本鬼子厂长办公室的门上和他们宿舍的墙上。

由于经常早出晚归或在家里秘密开会，刚结婚的妻子和疼爱儿子的母亲常常为他揪心。

"孩子，你不怕死吗？"母亲常常提醒，也常在追问。

"杀头有什么可怕，20年后又这么大了！"就这样，徐连城怀着大无畏的革命精神，一门心思从事抗日工作。不久，在工委领导下，他以支部为核心，组建了一个名为"抗日大同盟"的外围组织，发展了十几名盟员。在他的影响带动下，他的二弟也参加了这个组织。可是，由于警惕性不高，不久，徐连城及抗日大同盟全体成员及同行者30余人被捕。

在牢狱中，敌人用火钩子烙、灌辣椒水等方式，对徐连城进行折磨。韩先生说，当时的那些逼供方式太血腥了，所以很多刑具没有展出来。非人的折磨并没有撬开徐连城的嘴。日特们就把徐连城母亲、妻子的衣服脱光，当着徐连城的面，用燃着的烟头烧她娘俩的身体，折磨得娘俩惨叫不止。徐连城咬牙切齿，骂道："你们这些畜生，你们没有父母妻子吗？你们这样对待我娘和媳妇，只能说明你们丧失了人性。再说了，我做的事，她们根本不知道，与她俩无关。你们要杀要剐，就对着我来吧！"

话说，当时他妻子已有7个月的身孕，徐连城只能含着泪高喊："你要忍住啊！"

最终敌人啥也没得到。

1939年4月25日早晨，日军押着徐连城到腊山刑场。突然，徐连城高声喊："请你回去给我家中捎个信，就说我走了，不要再等我了……"原来，徐连城在围观的人群中发现了小学时的一个同学。

是啊，在那个年代，那种情况下，他还有啥好办法告别家人呢？

"革命不怕死，怕死不革命。你今天杀了我，20 年后的今天，我又这么大了，只要你们一天不消灭，我还要同你们斗。"

"中国共产党万岁！打倒日本帝国主义！"

听着韩老师动情的讲解，我的脑际总是回荡英雄激昂的声音。

现在想来，他是用生命坚守信仰的。现在他的墓碑，就矗立在英雄山烈士公墓内。

漫走在腊山河西路上，读近来写就的这段文字，抬望眼，一抹红晕升腾在葱郁翠绿的腊山之巅！

2021 年 8 月 17 日刊登于《山东广播电视报》

"水哗哗" 就是我的歌

"刚打完电话来，没想到你们来得这么快，我那水表感觉有点不大准，就想叫你们过来看看。"

走廊过道的东头，北墙上有个虚掩的浅黄小门，打开，里面黢黑。抄表员从工具箱里拿出头灯，戴上。霎时，里面现出真容：交错纵横的管道上串着一个个圆圆的表盘。

"你的房间号是？"

"160号。"抄表员稍一停顿，就朝门内的右上角望。顺着他手指的方向，是最上头靠最边的那个。按地图来说，就是东北角那个。那地方，头伸不进去，没法看表；头灯光束照到的地方，也只是表盘的外半围，蓝色的。

我赶紧搬来小椅子。抄表员踩上去，说还是看不见，太靠里了。

那怎么办呢？就见抄表员拿出手机，举在表盘的上方，打开手电筒，脸靠着管道，硬朝里贴，还是看不到表码。他把手机退回来，好像打开了照相功能，又把手伸进去罩在表盘上方，按下了快门。收回手机看，照片显示表盘脏兮兮的，还有不少光斑。他用手在表盘上擦了下，又把手机放进去，倾斜个角度按下快门。这下，他从椅子上下来，气喘吁吁地看表盘。几粒汗珠抢先占据了手机屏。他把手机在身上一抹，看了看，说："应该是这个数了，这比上次那个数多了两方多。多出的这两三方，可能是夏天天热洗澡什么的用的。"望着抄表员缀满脸的汗珠和前胸后背贴身衣服透出的汗迹，感觉他胸前的党员徽章在闪耀着光。

目睹此景，突然想起住简易楼的时候。那是寒冬周末的一个下午，我们发现室外自来水管旁的水表炸开了花，一道道裂纹，发散着。打完电话，修表员来了，说水表坏了，得换水表。那时候水表是共用的。我们那几个住户也没合计，换就换吧。就见修表人先到楼下小马路上，掀开直径一米左右的铸铁井盖，蹲下去关总阀门。看来是够不着，他顺势趴在地上，伸进右手去关。可能长期不用，阀门给锈住了。他从身边工具箱里拿出管钳，双手下探，去拧，还不时看到他的双脚在低空中有节奏地上下动。返回楼层的时候，他说，幸亏发现得早，不然管道破裂，水流出来就麻烦了。他三下五除二，就换好了水表。但当我们再看那块被换下的旧水表时，发现表蒙上有一丝血迹，在洇着。

"你的手破了？"他下意识一看，右手指肚上有道小红口子。"没有事，可能刚才把玻璃当成冰了。"这时，东邻阿姨回屋给他拿碘酒消毒，他连忙说不用，有创可贴，一贴就好。我看到，那表上冰碴和碎玻璃都晶莹透亮，真不好分辨。当他去楼下开总阀门回来的时候，我们拧开水龙头，可是水龙头并不出水。"可能这边水管冻住了！"修表员让我们拿来两暖瓶热水在管道上浇。约几分钟，管道里清澈的水束又发出"嗞嗞"声，水表盘里的指针，也不害冷似的，欢快地旋舞。修理人员微笑着说："天这么冷，还容易冻坏。"说着，就见他用泛黄的保温棉，给管道和水龙头缠了几圈，又用胶带固定住，说："这样，就不容易冻坏了。"

望着他眉毛上那缕哈气凝成的冰丝和左裤腿角上那一挂薄冰，我说："真不好意思，这大冷的天，还让你弄破手，快进屋里暖和暖和吧。""没事，干这行，这是常有的事。"后来，跟供水服务热线的朋友说起这件事，他一笑："这才多大的事。"难的是冬天里，户表在一个背角的角落里，或是个墙角里，你站不进，蹲不下，有劲使不出。这时候，你就必须趴下或是仰着脸，双手伸进去干。手下探或是上伸，时间一长，就麻，就酸，就得停下歇一会儿，有时候仰面拆卸的时候，还能把眼给迷了。更要命的是，冬天肚子着地，虽说隔着多层衣服，但久了，肚子就冰凉冰凉的。有时候，就直接直不起腰来，湿气上来了。所以，在一个旮旯里，夏天抄表，冬天换表，都是头疼的事。可工单到了，你不动，就耽误老百姓用水。哪头轻哪头重，明摆着。

晚上八点来钟，手机"嘀"的一声，屏上亮起一条短信：尊敬的用户，我市将迎来 70 年一遇的极寒天气，呼吁广大市民，尽量保持家中水龙头"滴水"状态，如遇家中供水设施被冻，请拨打 24 小时供水服务热线"968133"及时报修。

看到这些字，我心里暖暖的。

百合花

十几岁时，从中学课文《百合花》中闻知百合的芳名，但由于没有配图，就一直未目睹其芳容。我幼小心坎处盛开的百合花，是洁白、温馨、可人的，这自然暗合了作家笔下的那束百合——小通讯员与农村新媳妇间清纯质朴、高雅自然的情感。

得以近观百合，源于夏日去山区百合园游览。那天，骄阳下身临园地，清新清爽之气拂面，山谷透出的凉意湿润着肌肤。园中成片的百合像朝天的金钟，多姿异彩，高低错落，于微风中向游人秀着亭亭玉立的身段和姣好的面容。金黄色的，像充满活力的少女，洋溢着青春的芬芳；橘红色的，像待嫁的新娘，映透着几分秀丽与端庄；雪白色的，像圣洁美丽的天使……

我漫步百合园中蜿蜒小路，不禁惊叹于百合之艳丽，感悟于百合之高雅，竟一时没有归意。园中老人告诉我，可别小看百合，它终生是宝，入夏能赏心悦目，秋冬之后又能食用或药用。这使我想到了济南西部有些村落，从外地选购了一些百合种子，辟出数百亩地，让它繁衍生息，花香一方。种了有销路吗？有，我都打听好了，种这花，能观赏，还能药用。当地人这样告诉我。

此时，唐代诗人王维"冥搜到百合，真使当重肉"的诗句回荡在耳际。看得出来，早在千年前，人们对百合的食、药用价值，就有了精到把握。而英国作家斯蒂文森小说《诱拐》中的"取幽谷百合花数朵，置于袋中蒸馏，用时服一至二匙，即可……使中风失语者口若悬河，痛风病者药到病除，安神舒心，健脑强身……男女皆可服用，有病治病，无病防病"的描写，更是百合花药用价值举世公认的见证。

老人说，百合的妙用远不止这些，它埋在土里的球冠中不少成分还对多种疾病有好处。哦，多么可亲可敬、善解人意的百合花啊，对人无所求，荣艳时向大自然倾情奉献清新、高雅、美丽、芬芳；枯荣之后，又将圣洁身躯奉献于人类用以祛病去寒，救疾治病。这使我想起了那些呵护、延续他人生命的人，用身体堵敌人枪眼的黄继光、忍剧痛燃烧自己的邱少云、舍身炸碉堡的董存瑞……还想到了用光芒诉说志向与远方的蜡烛，想到了身后捐献器官的普通人们。我至今清晰记得，那天随市民记者团去市某骨髓捐献点采访，一位讲解人员这样说道，对一个自然生命来说，捐献遗体（器官）的人拥有高尚的人格，拥有对自身对社会乃至对自然的一种科学的态度和价值观。遗体（器官）捐献以挽救人的生命为目的，体现着"人道、博爱、奉献"精神，展现着人性的光辉。

是啊，他们就同百合花一样，长成于自然，最后又都奉献于自然与人类。他们这种不计名利、无私奉献社会的高尚情怀让人肃然起敬，心生暖意。

"更乞两丛香百合，老翁七十尚童心。"凝视着万顷百合，我那颗似曾消停的心悄然而动……

绿·动泉城

　　朋友，鸡年之首，如果你驻足济南，游逛大街小巷，体验风土人情，你或许会看到，省城街头巷尾，常常被人支起帐篷；某些小区的行路旁，汇集着一些大小不一的铁皮屋、塑料板房；高架桥侧，盈目广告遮望眼，想目睹桥的另侧情景，那可是望眼欲穿而不得……这哪是省会城市啊？像个大县城！——此刻，你或许会在心底生出这样的疑惑，甚或面对至亲乡人的评论，不好言亦不好语。

　　嗯，这个嘛，我承认；可这毕竟是半年前的省城呢。如今，如果你有空，或许就在这深秋初冬吧，再临济南，你定会有另一番感慨在心头！

　　比如，漫步一处你曾经光临过的小区时，你会眼前一亮，咦，路怎么变宽了？那些高高低低的搭建房呢？或是徜徉在那条并不宽阔的大街上，哟，视野这么好了，那些大型广告呢？如果你是周边城市小伙，开车来济南过烧烤瘾，本来信心满满地在老地方下车，可就是寻那烧烤摊不见，只闻其香，不见其影，哦，它们大姑娘一般羞涩地大门不出了！这些啊，都不是虚幻，我觉得这是营造干净、整洁、有序的居住环境的壮举。好，不再多说，你还是有空来亲历一下，感触可能更深。

　　就在你惊异空间变得敞亮的一刹那，一股股绿意的潮水就会无边无际地漫过来。哟！那外环桥下，杂乱陈列的物流运输企业呢？取而代之的是绿化带。这使我想起了那天我与妻子来到绕城高速桥下，望着郁郁葱葱的绿化带，只觉心神宁静得很，很有回归自然的意味，凝神的当口，一对老年夫妇在此驻足拍照。

说起这涌来的绿，家住乐山小区的朋友也得意有加。他说，就在半年前吧，这里还是商贩摊位林立，交通不便，少有绿色，如今可是大变样了，流动的小商摊位被代之以几米见方的街边绿化池，人行其间，如履草坪，宁静了心中的几许烦躁。

放眼西部，景色俱佳。就在上周，我随人大视察团来到睦里闸，作为小清河源头，这儿葱郁一片，流水潺潺。怪不得"睦里清源"成了槐荫八景之一，"小河九曲"和"茂木千章"成了这方天地的主题。只见一股清流跳跃着，犹如一支蘸满墨汁的巨笔，从桥下向东北方向画出一条长长的捺；奔涌的溪流将偌大草坪一分为二，头也不回地勾画未来。

前几天，闻听一位记者说，在水库大坝上采访时，遇到了一位画家。谈起山区的拆违建绿，画家放下笔，面向群山，诗意喷涌：仰望南山绿意葱茏，俯瞰北水波光粼粼，静坐廊亭闭目养神，信步游园舒爽身心，这绝对是一种远离城市喧嚣的享受。顺着画家的豪情，我仿佛又看到了山间不远处"绿水青山，就是金山银山"几个大字。

为啥变化这么大啊！原来市里早有设计："拆违拆临之后，建绿透绿为原则，不建绿透绿为特例。"于是全市上下摈弃土围子思想，能绿则绿，可绿必绿，这不省里有的宿舍院也加入退墙透绿中来了。据测算，这一轮建绿透绿完成后，泉城绿地率将达到 36.1%，比上一轮提高 0.5%，绿化覆盖率将达 40.5%，比上一轮提高 0.5%。可不要小瞧这 0.5%，在平时，绿化率想要提高 0.1% 都很困难。这 0.5%

是老百姓身边的 0.5％，是市民实实在在能感受到的 0.5％。

是啊，这变化，这绿色，是装在我心里、挂在我嘴上的，也成了向亲戚朋友炫耀的又一资本。前几天老家来人，隔着公交车的玻璃，指着窗外，我说，这块地是刚绿化的，你看看，过街天桥上的广告没了吧！乡亲赞道，济南真的变好看了！

传说在遥远天上／闪耀着光芒／有一座美丽的城／隐隐漂浮在云中央……欣喜之际，我哼吟起来……

齐鲁大讲坛

　　我这个人，半辈子了，读书不多，但喜欢读书，说话不多，但沉醉于听大家讲座。我遵依这一习惯，就自然而然地接触齐鲁大讲坛了。

　　其间有些事，挺有意思的，今天说一说。

　　记得有段时间，我很关注经济运行趋势及时政之类新闻。但由于身在基层，接触了解的少。身边不少人也有同样的想法，于是我归纳了条建议，给大讲坛发了个邮件，建议增加这样的专题讲座。之后，一看预告的下期讲座题目，就知道自己的建议慢慢地体现在讲座的选题上了。

　　近来讲座，内容形式各异，印象最深的，是中国政法大学李德顺教授关于"人类的信仰"那节。李教授讲得很到位，分析把握社会现象也准，他认可"天地的眼睛通过老百姓的眼睛去看，天的耳朵通过老百姓的耳朵来听"这一说法。这里的天，其实就是人，就是老百姓说的世道人心。我觉得这个讲法本身就体现了民为邦本。因此，教化信仰的基础与重点，就是人文，就是百姓。民众思想信仰有了，社会治理与情感激励就容易同向共振。从这一点讲，李教授这节课，就很有现实针对性。回家的路上，与我一同听课的妻子说，李教授的讲座让我明白了不少生活的道理。呵呵！是啊，我也觉得来讲坛很受用。

　　前段时间，与同事朋友聊。他说，孩子上大学了，有了真正属于自己的中年二人世界时，特别是周末时光怎么过好？

当然还是去省博听讲座。好！就这样，你吆我喝、一来二去的，我们上了瘾。

这些年来，只要周末有讲座，我就会从城西花两个多小时的路途时间，去博物馆听课。现在，老父亲跟我住，也是有讲座时，我们就会相约同去。有时候，确实不能分身了，就关注之后《齐鲁晚报》关于讲座内容的报道。

听讲座不光从专家那里受益，现场的人也是相互感染影响的。讲座，直接提升了人们的精神素养与文明素质，明显的标志有两个：一个是讲坛最后环节的互动，有些听众提出的问题，很专业，表达也流利，听了很受启发，直让自己惭愧不已，心想自己什么时候能像人家一样，静下来学点东西；另一个是会场秩序好，有事晚来早走的人，总是蹑手蹑脚地进出会场，生怕影响他人。这点也让我感动，以至于我必须中途起身、离开座位时，总是猫着腰走出去。

每一堂课，常常欣然有所得，但其妙处却一时难以与君说。

写下这些的时候，我又想起了那条回复："你的意见很好。感谢您对讲坛的关注，也欢迎您到现场来听讲座。"

嗯，俺一直在听讲座的路上，只待疫情早日遁去。

织缀与水相融的时光

我从小就喜欢水，愿听小溪潺潺地私语；也爱把墨汁滴入盆里，静观墨丝在水中恣意地舒展、绽放，最后与水融为一体的景致；还钦佩水的踏实与执着，所行之处，皆浸透后而又毅然前行，雨过地皮湿不是它的性格；更膜拜其润利万物而不语不争的情怀，总是贴紧大地，居洼储势……长大了，这种恋水情结，又从百脉家乡流到了天下泉城；不，更准确地说，是宛如大地经络的泉脉传承了我幼时的嗜水本性，自然又结出多个水做的梦。

这自不必说毛头小伙时大明湖岸畔与恋人的并肩散步，也不必细述趵突泉边出神守望三支泉水盛夏蒸腾的壮观，单是回忆第一泉风景区那些临水相看不厌、护航泉之盛宴的时光，就会让我心旌摇曳。

第一届水之盛宴，曼妙的时光浮在眼前。那天晚上，作为首届泉水节志愿者，我们一行几百人，身着蓝白相间的泉水衫，来到大明湖西南门集合。淡蓝的泉水衫，在粉色晚霞漫披下，微染出醉意的红晕；各位素不相识的志愿者在广场上跑前跑后，左右穿梭，忙碌地分领任务，接受培训。"公共场所，救人者先要自救，遇险先要下蹲、抱头……"专业人员在教我们观船人潮中如何自救、施救。

分头护航开始了。我所在的组被分配到大明湖西畔垂柳下的一座小桥边，这儿是南来北往重要通道，平时人就不少，加上晚间花船巡游，驻足观看的人就更多了。我们十几人列成一行，就近提醒过桥的人，劝导观众远离水域，避免发生溺水事件。这样，每相隔二三米，就有穿泉水衫的人劝导，观赏秩序井然。"大姨，您慢走，这边是上桥，要不我带您绕过去吧。""不，我就想上桥在高处看花船呢！"说着，近处两位志愿者靠拢在阿姨两侧，一边一个，扶着阿姨上桥观看。花船上五彩灯光，映在水中摇曳；湖岸边飘逸垂柳，伏身拨动水面。湖面红彤彤的、细碎碎的，老人扭秧歌一般蹒跚着。"小朋友，不能撒开妈妈的手，别钻到护栏线内啊"，桥南边传来一位志愿者的喊声。红光垂柳下，影影绰绰看到，一个小男孩拽着妈妈的手，直往湖边挣。

微弱的灯光，闪射出北边不远处宋哥的身影。他好像有点累了，在伸着懒腰，又转身打了个哈欠。发现我面朝他看，就冲我说："老徐，帮我留意着点儿，我方便一下去。""嗯！"我深深点头应着，不想说话。这当儿，突然感觉自己也有了尿意。低头看表，哟！快晚上九点了，我们站了三个多小时了。

"借光，让一让啊！"循声北望，一群人在依次与志愿者握手。走在前面的那个高个子，在一束花船灯光映照下显出了英俊的脸庞，哦，他是市局的。我正愣神，他道："你也来了，辛苦。"说着就握住我的手，"不辛苦"，我一时不知道说啥好，这三个字脱口而出。一阵凉风拂过，我心里却温起了小酒。

"你刚走，领导就来看我们呢。""咱也不是冲领导看望来的，保证不出事，才是我们要做的。""嗯，有道理。"霎时，我隐约看到，高出我半头、身着泉水衫的宋哥的长方脸更有形了。

快晚上十一点的时候，我回到家里，拿出手机，给宋哥发了个短信：我已到家，你呢？手机屏幕随即闪了一下：

到了！站了四个多小时，你我早休息吧！

第二天醒来，进群爬楼，相互问好的信息充盈了屏幕。读着读着，我不禁泪水盈眶。这支志愿者队伍才组建多长时间啊，这些天南地北、未曾谋面的人，感情咋就交织得这么深啊！

后来，我才悟出，这是水缘啊！千里有缘水来牵呢。是水的至柔叮咚醒了我们彼此内心深处的那份善意。上善若水者，然也？

之后的几届泉水节，我们又在不同的区域扮演着相同的角色；箱底的泉水衫也因浸了汗水，显出些许的土黄色与厚实感。那就让它沉在箱底吧，一如那久渴的心遇到了大地的甘霖。

五十载时光，半世纪回首。从"一泉成河"争渡到山水泉城，我哪时哪刻少了泉水的滋润？从天南地北到第一泉群，又有谁人没沐浴过女词人的婉约？

人因水而朴善，情因水而绵柔。从春秋战国的"比德说"到《管子·水地》篇，再到孔子对"比德"新释，又到孟子"人性之善也，犹水之就下也"，无不叠证着自然万物对于人类道德伦理的启发。泉城大街小巷活跃的"啄木鸟"，关键时刻挺身救人的"蜘蛛侠"，危难之际医院门前"献血龙"等凡人善举，皆是因了那水内化于心而外化于行。

由是观之，大凡来过泉城，或与泉水相拥过，或亲历过泉水宴，或熏染于"二安"的人，都会在心底深处抚念那些与水相伴的人和事、诗与文，织缀那些与水相融的时光。

第二辑　行悟

宁波武岭景区一瞥 徐可顺／摄

读年

20 世纪 70 年代中期，正值我读初中。

那年冬天，放寒假了。除了帮父母做点力所能及的事，就经常听到他们盘算事：快年根了，老大的裤子不能再穿了，老二的棉袄得换棉花了，老三个子长了、裤腿短，得买新的了，过年来人得买几斤鱼、猪肉吧……听着这样的絮叨，感觉家里用钱的地方多着呢。可整天地里来地里去的，庄户人家哪有什么进项。最后，父母商定把埋在南墙根下雪地里的香菜拉到城里卖了。记忆中，逢年都是指望这点菜能卖个好价钱来置办年货的。

腊月二十六晚上，父亲赶集回来，接着装满一平板车香菜去济南卖。由于路途近百里远，担心父亲一人拉车太累，我又是长子，就毛遂自荐与父同行。父亲上下打量了下我这个半大小子，也没有说什么话。这时，母亲给我爷俩煮熟了一锅热腾腾的面条，唠叨着进城里卖菜嘴要甜、要活泛，别亏了肚子。爷俩每人三碗面条下肚后，整装出发。结伴同行的还有胡同里的我大舅、小舅，他兄弟俩也拉着一车菜盼望能卖个好价钱。在那个年代，虽说是拉车徒步进城，但也并没觉得多苦，总感觉大年三十前进济南是一种生活仪式，是绕不过去的，也颇有带着希冀去战斗的意味——殊不知这是一场因音讯不通而输不起的赌。

晚上七点多，两辆地排车像拉着一座小山，一前一后出了村头。这是我有生以来首次进济南府，心里还想着终于可以看看"楼上楼下，电灯电话"了。百里之行，之于我虽说是一件毅力与体力的考验，但倍感欣悦，脚步迈得也特轻盈。"我有劲吧？"一路上我驾辕当主力，与父亲说笑着，不觉间，到了龙山大桥。刺骨的寒风无法阻挡我们周身洋溢的热情，汗水在棉袄、棉裤与肌肤间无声地来了个大面积亲密粘贴，一会就变得冰凉起来，浑身不自在。

歇息了约一袋烟的工夫，父亲磕掉了烟袋锅里还带点小火星的余灰。"还有一半的路就到济南了，你在一边拉绳，我在中间驾辕！""为啥要换位？""这一路上我几乎没使劲，是你拉着车跑，后来就感觉你的劲不如刚开始的时候大了！"想想已浸汗被风吹凉、紧贴在身上的棉衣，我就到边上拉车。为了能使上劲，证明体力还行，我就把拉绳缠在自己的左前胳膊上，绕过肩膀把绳拉得直直的，车轮"吱吱"欢笑着吻过脚下每一寸黑亮亮的路面，慢慢向前翻滚着。

漆黑的夜空里，晶晶亮的星星从四面八方挤着眼注视我们，苍茫间就只剩下四人步调不一的"噗噗"脚步声。间或有小吉普车颠晃着大灯，"嘀"的一声，从身边驶过，眼前的光亮瞬间洒向身后，留下眼前片刻的黝黑。也有从身后赶超过来的车辆，远远地就把我们收拢在渐亮的光束中，俨然戏中主角范儿……

第二天早上约九点，太阳升到头顶时，我们来到了王舍人大集。经历了一夜奔波，人困马乏。父亲看看我，拿出两角钱让我去买点吃的。我这才感觉肚子在"咕咕"不停地唱歌。可当我抬腿迈步的时候，突然感觉抬起的脚不敢落地了，好像没有了知觉——不，也好像脚底板暴露出来，不敢触地了！是麻了吧？我再试另一只脚，一个样，也不能迈步走路了，一走就疼，是从脚底沿脊柱瞬间传到头顶的那种疼。

这些，被父亲看进眼里。"他小舅，孩子脚不能走了，你先驮他回家吧，菜，我和他大舅卖！"小舅骑上备用的自行车，用了不到4个小时就把我驮回家；而我们拉车用脚丈量这百十里地却用了近14个小时，时间的反差诠释着负重前行的艰辛。

这都是为着心中的那个年啊！打字间隙，我长舒了一口气。

一天后，我的脚慢慢能动了。我们兄妹仨就常去村西头看父亲回来没。又过了两天，终于在大年初一下午，一夜未眠、眼睛有些红肿的母亲带我们再次来到村头时，正好看到由远及近拉着车、拖着疲惫身子缓缓走来的父亲和大舅。他俩一脸灰土、面无表情。父亲低着头，似乎是自言自语："年三十中午就开始返程了……"我向车上看看，用草苫和破棉被盖着、还未卖出的香菜足有半车多……

父亲这年根的一赌，直让我心头憋闷，莫名的泪在眼眶里打转转；也是这一赌，让我猛然读出了那段时光中之于我、之于我家的过年的滋味，更读出了父亲在那个年代对我、对我们家的爱……

那年，还有七天我就满十四周岁。

2015年6月9日刊登于《济南日报》的《趵突》文学副刊

心灵深处的那次高考

"税务不能报啊，那活儿不好干！""交通监理也不咋地，可能就是监管交通，也不好。""还是选个会计吧，整天坐办公室，风刮不着雨淋不着的。"昏暗、飘忽的煤油灯光下，半辈子没走出过县城的父母在争论我填啥志愿好。我知道，此时的凉风，是从窗棂和差不多五厘米宽的墙裂缝里钻进来调节气氛的。

放学回家时，每每经过庄西头，我总会看到几个老人在那儿坐着玩。见有人过来，那高个子老人就用长烟袋锅指着东面："看看啊，离远点，那后墙裂了道大口子，说倒就倒。"我经过自家北屋后墙时，只见墙面上的各种标语已模糊不清，同时，它像受到向外的拉力，斜斜地立着，人在其下，真有一种压顶欲塌的危机感。我明白，父母一门心思供我上学，哪有闲钱翻盖房子？每每这时，我就暗暗攥拳，快速跑开。

油灯下一旁的小桌上，妹妹在沙沙地写着作业，还时不时用铅笔盒压住被风掀起的书页。眼前的几页志愿表，也在莫名的风的鼓动下，动感十足地撩拨我们的目光。"不管那么多了，能考出去就行！"经不住蚊子的叮咬，很快，财务会计等几个志愿名跃然纸上。与现在高考不同，20 世纪 80 年代初是先报志愿后考试的，颇有"填个志愿赌明天"的意味。

紧张的复习备考拉开帷幕。一周一模拟，一天一小考是主旋律。晚自习睡觉，早自习打盹，也是同学们的家常便饭。在镇中学那片不大的天空下，那时各科老师很敬业，眼光也是向外的，总是想方设法通过各种关系，讨要省实验中学及其他名校的模拟卷子。每每得手，迅速油印成卷，他们满脸洋溢着荣耀与得意。"要珍惜，认真做，彻底消化了。"说话的当儿，他们眼睛是发光的，嘴角是上翘的，好像抓到金子一般。

高考前的那天下午，班主任老师反复交代不要忘带准考证和2B铅笔，还说晚上要去县城住，不用再睡大通铺了，要早睡觉，休息好，气定神宁，才能发挥好。闻此喜讯，我们在奔向县城的车上就叽喳起来："这可是人生大觉，一定得睡好！""你打呼噜,真不想和你一个宿舍！""你打吧？要不咱们一个宿舍？""他呼噜可响了，谁跟他一个宿舍谁倒霉！"班主任老师听着，最后双手一拍："同学们静一静，我想好了，都知道谁好打呼噜，这是你们睡通铺的好处；这好办，打呼噜的同学一个宿舍，看谁打得响！""哈哈……"同学们一路笑声，车轮疾驰，间或颠簸着我们的憧憬。

考前的晚餐，主食是馍馍，菜是土豆炖肉。我拿着饭盒排队，老远就闻到了那闻所未闻、入胃盈肺的香味。脚尖连脚后跟地向前挪，等轮到我时，厨师把一勺并不太满的土豆从大铁锅里舀起，淡黄色的土豆块，沾着黏糊糊的汤汁，簇拥着一块肥肉、一块瘦肉，瞬间就落户我的饭盒。我立在那儿，看师傅的脸，心想你行行好，再给我半勺吧，我饭盒里还有五分之四的空间呢……呵！抚今追昔，那次晚餐是我半生中吃过的最香的一顿。

第二天，怎么考试的我不知道，我只知道语文卷子有道填空题，前半句是"他山之石"，让补充后半句。由于当时没有课外书读，也没有其他工具书，语文课上也没有学过，我最后觉得靠谱的是"可以砌墙"四个字。呵呵，当时多么滑稽啊！考最后一门时，应该是英语吧，或是其他科目，考试不长时间，我就觉得两眼直冒金星，脑子空蒙，手心出汗……累了，营养没有跟上！是啊，七百多天马拉松式的生命抗争、人生冲刺，身心能不累嘛。

之后的很长一段时间，就是家里蹲，不愿意出门见人，我除了帮父母做点家务打发时间，就是坐在老榆树下，听小喇叭广播，抑或看着蚂蚁队伍浩浩荡荡地行军，有时还用臭蛋（樟脑球）从队伍中间画一两道白线。霎时，蚂蚁部队就一分两段，前面的继续前行，后面的裹足不前，偶尔有个特别勇敢的，在白线前面缩一下头，稍作思考，像是获得机宜，又单枪匹马地前行了……

终于有一天，快中午的时候，同村的姐姐从学校回来，兴奋、急切地敲响我家的大门："兴儿，教务处叫你去拿录取通知书！"我兴奋地骑上家里的"大金鹿"就直奔几里外的学校。

我手捧着通知书，左看右看，正看反看，停下自行车再看，生怕不是自己的名字。我睡前又想起去转户口和粮油关系，一种进城吃馍的场景一幕幕地萦绕在脑际。第二天醒来，母亲说："夜里你睡得挺沉，呼吸挺匀和。"

2018 年刊登于《文苑》第 6 期

总忘不了那抖动的手指

"兴儿，我走了！"循声望去，只见母亲重返青春，脸色红润，笑得像桃花一样灿烂，穿着花花绿绿的新衣，边飘然升腾边向我挥手，一副十分开心的样子。

这是母亲去世约两个月后，梦中与她神会的情景。之前，在我的现实世界里，母亲好像并没有离去，总感觉她的身影在我眼前飘来浮去，等到刚要张口喊娘时，她却又倏然不见。

现在忆起梦境，依然清晰，感觉那一刻是母亲一生中最漂亮的瞬间。屈指算来，整整十二载的时光已经流过。

母亲生于 20 世纪 40 年代初，近邻结亲，娘家、婆家只隔一道墙。她念过高小，识文解字，写得一手娟秀的毛笔字。记得邻居参军的儿子来了信，他母亲总是小步快跑来我家，说："他二姑，别忙了，快给我念念信。"母亲连忙放下手中的针线，开始读信。随着语速声调的变化，思儿的娘一会儿抿嘴笑，一会儿低头不语，末了，边说边让我母亲代写回信。从这些信件往来中，我读出了世上的母子连心。

我上中学开始学写毛笔字，每每写满一页大仿，被母亲画圈认可的，通常只有三五个字。然后母亲就从我手中接笔蘸墨，亲自写来让我看、让我模仿。看着母亲额际舒展的头发，我感觉她笔下的捺笔和走之旁犹如她的发丝，飘逸、舒展、流畅，心里很是佩服。

母亲快人快语，手脚麻利，常听人说是刀子嘴豆腐心。

记得小时候我调皮，母亲总是教训不停："小祖宗，手就不能闲着吗？"由此我就经常在树荫下被罚站；可哭着哭着，心思就散了，开始专注起蚂蚁在粗大的榆树上爬上爬下、忙"运输"的情景来。这时，母亲做完饭，快步走来，我倔强不走，她就用嘴在我的前额上猛亲一口，"乖孩子，跟我吃饭去！"说着，拽着我的手就走，刚才的怨气随着热气腾腾的粥饭烟消云散。这时，如果有登门要饭的人，母亲总是起身掰下一半窝窝头或拿一个煎饼，或是给人家抓两把玉米，说省一口饭给人家吃是行好，谁都有个难处。

有文化就通事理，无论家境多么困难，母亲都支持我们兄妹读书。记得那年高考，我发挥失常，没有被录取，母亲坚定地说："学习好才有出路，我和你爹再苦再累，哪怕借钱，也要供你上学。"正是由于母亲的坚持，第二年我以优异的成绩升学去了大城市。由此我的人生轨迹就彻底改变，几年后分配工作，挣了工资，吃了"国库粮"。每次从城里回家，母亲总是嘱咐我说："年底发了工资先给你爹买双皮鞋和一件呢子大衣，他活了半辈子，还没尝尝穿皮鞋的滋味。"看看吧，母亲总是先想着别人呢。

就这样，六十多年的辛苦劳作，母亲供养了两个上大学的孩子，膝下也陆续有了孙儿辈。不幸的是，这些年来，她也落下了病。每当我给母亲捶背揉肩时，她总是欣慰地说，孩子长大了，懂事了。

然而，天有不测风云。就在母亲历尽人生的秋凉冬寒，将要享清福时，一个初春的早晨，正蹲着洗衣服的母亲突发脑干出血，永远地离开了我们。令人心痛的是，从发病到离世的几个小时内，"娘……""姐，醒醒啊！"面对亲人的召唤，母亲紧闭嘴巴没说一句话，也没有睁眼看看她一直牵挂并引以自豪的孩子们，只是右手的无名指偶尔抖动一下，就默默地走了。

经历了寒暑过往，没享秋实之福的母亲，现在我想对她说："娘，您当时之所以走得那样安详，那样安静，或许还是因为对孩子们的眷爱吧。"

清明时节，一个丝雨飘飞的夜里，我突发奇想，到那时，我要跪在母亲的房前，泣诵："娘，您对儿的爱，天高地厚。儿已打扫好天空和大地，每一个祭日，都盼您转世或复活。"

2016年5月8日刊登于《齐鲁晚报》

门诊纪事

届天命之年的时候，说不具体是哪一年、哪一天了，确切的感觉是天冷下来的时候，直觉得左下肢间歇式的麻，小腿里像下细雨，虽不疼也不痒，但不舒服，用老百姓的话说，就是木乱得慌。

每当这个时候，我就站起来走动走动，似乎并不太管用，仍有麻的感觉；然后就开始不断地猛跺脚，脚底跺得疼了，麻感依旧。

媳妇说，要不去医院看看吧？

心想也是。身在省城，医疗条件不错。我就择时在网上预约挂号。

这是一家三级甲等医院。初访血管科，说明情况后，医生就说去做个超声波吧。结果出来了，血管没什么大事，反倒是静脉曲张得厉害，建议做手术。我当时就觉得，虽然左下肢青筋暴出，但并不妨碍走路。夏天在公园里走路的时候，路人看到这些，也劝我少走路。这些，我并不以为意，因为那时，一天走个十里八里根本不在话下——以致年前我到一家商店买牛仔裤，面对上千元的价格，我笑着对媳妇说，不买了，我的腿不值钱——你想啊，腿都不值钱了，那裤子还算得了什么。对吧？呵呵！当时的营业员，也是无语。

我依然如故，不间断运动，麻的感觉还是常上心头。因此，我就又预约挂号，同科另一名医生，还是建议做曲张手术。

再去看脊椎科。专家让我躺在床上，上下左右伸腿曲腿，左翻又转伸曲腰部，敲敲膝盖下方问哪里疼，哪里不舒服，我说都没有不舒服的感觉。医生就说，脊柱没啥事。

这之后，一有了麻的感觉，我还是变着科室去看，好像也去了神经科、中医科等，做了磁共振等，依然没有发现病根。

这样，腿麻的事就放一边了。

另一个问题却浮出来了。

在我问医腿麻时，多位医生不断地说，你静脉曲张得厉害，不手术可能更重。我拿不定主意，思量再三，总觉得腿看起来是蚯蚓腿，但并不影响走路，只是偶尔感觉走远了，脚踝处有种胀感，必须坐下来休息个十分八分的才好。随后，这种感觉就没有了，又可继续行程。当然，这期间，我也尝试性地做一点中药冷敷等，最后以不太见效、收费过高而止。

对这静脉曲张，媳妇还是有心的，说，还是再去医院找别的专家看看，是不是非得手术不可。我觉得有道理，就又开始新一轮预约挂号，又到医院血管科。结果，医生看过超声诊断书，还是建议住院手术。这期间，我也在医院看到不少同类患者，有的是术后不几年又反复的，有的是到了皮肤色素沉淀的地步，有的是腿部出现溃烂现象。这些我看在眼里，幻想着自己有一天可能也会这样……心里开始七上八下起来。

病是由不得你执拗的。我又一次去这个科预约挂号。当然，医生还是建议住院手术。不过这次让我心动的，是这位高个医生说话畅快，语感上有一种侠气，且自信中带着一种和蔼，不知怎的，我感觉一下子有了着落，做手术的念头萌发了。与妻子一商量，妻子也说，这个时候正好，一是老人刚回老家去，暂时不用照顾；二是孩子放暑假了，也多了个帮手；三是妻子也正在休假中。这么三合一，就定了。之后便是住院、查体、调血糖、做手术等，直到康复出院。这段时间发生不少难忘的之事，暂不提，以后再述。

话说曲张问题解决了，可是手术之前的左下肢麻木还依然存在，不见好转。

其实，麻倒没有多大妨碍，就是麻得木乱。我想到了中医气血调理，试做了艾灸，效果并不明显；又去看了中医，喝了一剂药，似乎管点用，气血通了点，但不长时间，麻又袭来。

有"麻"乱投医。突然有一天，向一家二甲医院的中医咨询多年的"麻"事，就把前后这几年的经历全倾倒出来。她听后给推荐了整脊门诊，并提前预约。在电话里，我听得是"整集"门诊，心想，啥是"整集"啊？我按约将信将疑地去了医院。

前面的几个人走了，轮到我了。说明来意后，这位年轻、帅气的医生，看了之前的片子，说，你得再拍个片。我就拿出了不久前在三甲医院拍的片子和超声诊断报告等，他说，这个不行，我需要你骨盆正侧位片子。我只好去补拍。拍的过程中，医生问我，腿受过伤吗？身子受过伤吗？我说倒是没有大伤，只是十几年前骑电瓶车时，让小车外后视镜给拐了一下，摔倒在地，当时起来走，也没大事，就自己买了点红花油抹了抹，正常上下班。约过了一个月时间吧，受伤的膝盖处起了个大泡，不疼不痒，不碍走路。还是在这家医院给刺破，说是有一些滑膜积液等。之后，再也没感觉有什么影响。

这位年轻、身材略显瘦些的医生，看了看片子，说，引起腿麻的原因有很多，静脉曲张、腰椎间盘突出、椎体滑脱、椎管狭窄、骶髂关节紊乱、梨状肌综合征……都可以引起腿麻。对待同样症状的不同患者，或者同一患者不同时期的同一症状，都需要具体问题具体分析，辩证施治。你这种情况，可能是椎间盘突出影响所致。在我向床上躺的时候，他说，椎间盘突出症，一般通过牵引、推拿或手术等方式治疗，但我不是这样看，我是调骨盆架子。他看着我，平和地说，脊柱就是一挂骨头，它原本匀式坐落在骨盆上，上牵在颈部。椎间盘突出，多是因为骨盆架子失去了平衡，这就如盖房子，地基不平了，房子也就偏了，所以得调骨盆。他让我躺下，侧卧位，双腿、双臂叠放，放松呼吸，不经意间，他在我身后腰部一推，我应了一声。之后，他就让我起来，走走看，有什么感觉。我说感觉身子轻了呢，小腿似乎不怎么麻了。

他说，先回去吧，再麻的时候就来。从那以后，还真感觉轻快多了。而且，我几十年的右肩膀下斜现象也没有了。说这些话时，得有半年多时间了。

后来，我看资料才知道，人的脊柱跟脏腑联系密切，每一个内脏都有神经跟脊神经相连，所以说，只要脊柱调整好了，练好了，内脏的很多问题就会随着好了。可能有人也听说过，有一门医学理论就叫整脊医学，可以通过整脊治疗很多内脏的病，原理就是这个。

有了上述这些神奇的变化，我又想到了膝盖。我总感觉这受伤的左膝盖比起右膝盖来，不清爽、不明朗，像阴雨蒙蒙，我就又去医院看医生。他又看了看片子，思考了下，就让我仰面躺下，抬起左小腿，在我膝盖左侧外，好像摁住了一个穴位，让我轻抬轻放左小腿，十来个回合吧，他就让我下床试试。我一走，膝盖里面感觉好像清亮了许多。我就问他，在治疗过程中，为什么有时候你停止不动呢，是在发功吗？他笑了笑说，不是发功，是在思考，是在想力的平衡、骨骼的平衡，计算骨架调整的位置。他又说，人的骨架是符合力的平衡原理的，人体一旦受了伤，虽说身体有自愈功能，但有些伤是自愈不了的，这就得靠外力恢复平衡。骨架恢复平衡了，脊柱也就直了，其他部位的问题也就解决了，也就不会疼，不会有软组织水肿或滑膜积液什么了。

哦，我似乎知道点整脊治疗的意味了。

写到这里，突然想到，人从呱呱落地那一刻起，就两眼向外追逐身外之物，而不太把身体当回事——这是医生的事，哈！真等到哪天不舒服了，才去问诊医生，期望着从医生那里得到一种希冀，得到一种力量，这时，医生一个自信的眼神、一句有担当的话，或是一缕善意的微笑，或许就能改变患者的意念。

巧遇石英先生

"看，石老来了！"靠近会场东门、前排座位上的一位文友，用胳膊肘捣了一下右手边正看手机的同伴。

来得这么早啊！还有十来分钟才开会呢。我正寻思着，就见身穿棕褐色的斜竖条纹休闲服、衣领处围搭一条枣红色围巾、高约一米八的他，在会服人员引领下迈进会场。

上午九时许，主席台上空充盈着红润的灯辉，以海上日出为背景的会场热烈起来。

"下面请中国散文学会名誉会长、《人民日报》文艺部原副主任、著名作家石英先生宣布大会开幕！"

石英先生麻利起身："我宣布：第五届中国作家新创作论坛暨中国文艺名家泰山采风笔会现在开幕！"即刻掌声响起，石英先生高抬右手，呈六七十度角向斜向上方挥出。

"石老是山东人，你看，显得多么潇洒、多么有活力啊！"身旁的李先生目视前方，偏着头对我说。

"身体就是好啊！比我还大，可人家腰不弯、背不驼的！"坐在第二排、陪我一同来领奖的老父亲怕我听不到，声音稍大点地赞叹道。

"以前看过他的简历，当过兵的，身体差不了！他还是名校中文系毕业，文武双全啊！"

对话间，我的思绪飞出会场，来到了早上二楼餐厅的圆桌边。

"您就是石老吧？"我抬头向走过来的老人问。

"嗯。"他端着自助餐盘子，朝我点着头，顺势坐在我的左手边，眸子里闪着光。

"您气色真好,红润润的。"我没有准备地冒出这么一句。

"呵呵，都这么说。我的秘诀呢，就是运动。这么多年，都成习惯了！这么说吧，我离休后，有两件事没有停下来。"

"哦！哪俩啊？"我有点好奇。

"一个是大脑，不停止地转。我啊，不管是坐公交车、还是逛马路、买菜什么的，脑子总在闪，发散式的，没规律、无章法。比如：看到白菜，可能想到雪天，想到农民，想到冬天里一家人、一桌子的美食；坐车听到邻旁对话，可能勾起回忆，也可能插话问一句，还可能构思一个细节……呵呵，很离奇哟……"

"几十年文字生涯，您这是思维惯性吧？"

"你说对了，多年习惯了！"

说话的当儿，我想加碗紫菜汤，起身顺便问："石老，给您来一碗紫菜汤？"

"好！谢谢！"他微微起身，抬头看着我说。

盛回汤，一碗放在他右手边，另一碗我用嘴吹着气。

"吃饭、喝汤一定不要太热，胃黏膜很脆弱，会受损伤。"

"嗯。"我应和着。

"哟！太咸了！"

"太咸？那我就不喝了，一咸了，我的血压就升上来，可准了！"他转头向我说道。

"哦，那还是不喝了吧。第二个不停呢？"

"就是腿不停。退下来了，可我还是每天去单位，连上走路、倒车、上楼下楼，每天都运动十几公里，甚至二十公里以上。其实呢，去单位倒也没事做，就是去看看信。那些信件，牵着我的心，一天都是几十封甚至更多；时间长了，传达收发人员就专门给我捆一个捆，我去的时候，提着就走。这些信，不看，心里就闷得慌。还有些时候呢，是去单位给别人寄书。我一年出好几本书，送给亲友和喜欢书的人，全走快递，一本书也就七八块钱，不多，我承担得起。但是，我绝不送给那不喜欢书的人——呵呵！我的判断挺准的。"说这话的时候，他用左手左右摆了一下。

慷慨啊！典型的山东大汉性格。我在心里默叹。

他稍一停顿，接着说："我家太小，女儿就借给我一房间用。我不会电脑，也不玩手机，凡事就用手写。这不，近两年，老伴又不允我给别人写序了，担心伤着身体。"

我脑际即刻闪出一些电视画面，生活中不少耄耋之年的老科学家、文艺家，很少有追求物质享受的，我们常常看到他们是在并不宽敞的居室接受领导看望和慰问。

"你看我没有老年斑吧？"他又朝我征询。

"嗯！您肤色挺红润，真看不到，怎么保持的啊？"

"我觉得除了因为肾好外，还因为多动。"他从座位上挺了挺身子说。

这时，我的双眼聚在他双耳上，耳朵真大——我重复着"肾开窍于耳"这话！

"我观察过，现在的年轻人，肤色不如以前好了。记得早先的时候，人们的小脸蛋像苹果，红润、活力、健康；特别是乡人，脸总是红彤彤的。可是现在呢，就算上白领吧，脸灰黄的多，重一点的就是灰暗，没有亮泽。"

"那些小年轻的，一看，就是没有血色啊。"老父亲插话道。

"嗯！你说得对。这和作息不规律、运动量不足等有关系。你想啊，一运动，脏器就动起来，气血就通，精气神就来了，肤色当然就好了。我每天运动，都有目的，从不瞎逛，一天得完成十几件，甚至三四十件事情，呵呵，当然买菜也算了。"

"是的，生命在于运动嘛！"我应承着。

"下面开始颁奖！"

呵呵，颁奖！我一下神回会场。

金银奖、二等奖之后，颁的是一等奖。石老对我有印象，在向我递过大红证书时，身体稍倾，伸出右手向我祝贺。我连声说："谢谢，谢谢！"

现在回想，他的手是温软的、暖的，那暖，彼时从手心传到心田，聚光灯下热得我心直跳。

颁奖典礼中间，又穿插与会作家文友集体合影。苍净的蓝幕下，巍巍泰山向阳处，我寻机又与石老并肩留了个影。

现在，端详照片，看到石老腰杆是硬朗的，微红的脸颊、背手而立的姿态，透着几分沉静与自信。

"石老今年八十有二了，几十年来，耕耘不辍，每年都有几本新书行世，出版各种书籍也七八十本了，说是著作等身，不为过。"凝望着照片，主持人的话又回荡在耳边。

当下，各种新媒体频出，真是全民阅读、全民创作时代了。全国从事散文写作的，也达数十万人，光中国散文学会会员就有七八千人，加上省市区和行业协会的，数量就更多，但总体上作品质量并不太高。记得改革开放初期，全国有一定影响力的、能经常见报的有上千人，现在恐怕达不到这个数了。原因有很多，但很重要的原因是，不少写作者只局限于个人的小天地，笔触过琐过细，小情小怀小调，缺乏弘扬浩然正气的高度，也没有关注、观察到当下的大情大爱，能打动人心的作品少。我几十年写作，觉得有两个基本要领:一个是生活积累,要善于积累生活经历,扩大人生阅历,生活况味多了,写作才有养料;还有一个就是提升素养,要多读多欣赏,用欣赏的眼光看书,哪怕是名不见经传的作者的书,也是他招待客人最好的佳肴,有热度,有闪光。刚才那位作者送我的《潍北纪事》,我就得好好读。

是啊,是这个理儿。半个多世纪风雨兼程,兼收并蓄,博观约取,石老不光耕耘着文学,还收获着对世事苍生的参透,而这,或许又成了他"写作用以解闷"的养分。

那天早上,我们用餐差不多一个小时,直至中午了,饿意还没有来。

现在后悔的是,当时没能让石老给留个墨宝,因为我常期见字如面的欣然。

2018 年 5 月 27 日刊登于《济南日报》

《电视报》

与《电视报》结缘，该是 20 世纪的事了。

记得 1996 年，一个大热天，晚上，我从《电视报》上看到一则消息，大意是说一病人去医院看病，因未向门口保卫值班人员说一声，就被铐起来。

读罢，心里很不是滋味。病人去医院看病，有谁规定必须给保卫人员打招呼啊？退一步讲，即使应招呼一声而未为之，也不至于如此上刑啊。

看不下去了，满腔的激愤诉诸笔端，一篇 800 字左右的小杂文，当晚填满了两页多的红色小方格稿纸。修改、补充、誊写、校对……第二天，心怀远方、穿过大街小巷，小心翼翼地投入邮箱。

几天之后吧，接到电话："是徐老师吗？我是《电视报》的，你的文章很好，适合我们栏目，修改了几个地方，准备下期用……"天哪！我欢欣得心一下子"咚咚"加速跳，人像要飘起来。

不几天，当我听到街头"晚报、时报、电视报"叫卖声时，三步并作两步直冲楼下。看到《慎用权力》一文刊登在报纸上，忍不住先睹为快，边走边看，最后竟然不知道怎么走回家的。

这是我平生首次写东西，首次通过《电视报》变成规整的铅字，从此也就与《电视报》结缘了。因了这一缘，以后常有感而发，多次在《电视报》上发表。

如今二十年，弹指一过，自己也由最初的杂文撰写向随笔散文、诗歌转向，登载的媒体，也由《电视报》转向《散文选刊》《作家报》《大众日报》《齐鲁晚报》和舜网、广播电台等多种媒体，还成了有关刊物的签约作家，获得过诸如首届蔡文姬文学奖、散文年会奖等，有的作品被收入作品年展、散文集或城市丛书，有的被列入高中作文美文系列。

前年和去年年末，《电视报》又分别刊发了我的随笔《读年》《我心中的老父亲》。刊发的当天，我和家人激动得一早买了十份；老父亲听说后，也让孩子转遍了大半个明水城，买了份看看。

日月交替，时光轮回。每每回想起最初的这段文字经历，感怀有三：一来《电视报》编辑有公心，草根新人的稿件也不嫌弃，作者都一样有出彩的机会；二是编辑巧用心，常把自己用词不当的地方，抑或是文章架构做微调，读来更是顺畅有范；三是编辑很谦虚，稿件即使给刊登了，也常说"主要是您写得好"，以此来鼓励作者。

正是因了《电视报》编辑的"三心"，我才有了今天的文学之旅。如果说文学路上有诗意和远方的话，那《电视报》及其编辑们就是我出发的发令枪和助推器，也必将是我后半生最好的向导和伴侣。

晚上，在键盘上敲击这些的当儿，隐约从厨房传来妻子的歌声，声音不大，但很深情、入心："……也许轮回里／早已注定／今生就该我还给你／一颗心在风雨里／飘来飘去／都是为你／一路上有你／苦一点也愿……"

我忽然一怔：知夫莫如妻啊。老伴唱的，不正是我与《电视报》的情缘嘛！

与我相伴的那些岁月

　　年末岁尾的时候，我心里不免多了一些感慨。

　　感慨什么呢？感慨半辈子风风雨雨，感慨走过的那些路：茫茫行程上，有哪些想起来是欣慰的？有哪些让人有点酸楚？有哪些至今恋怀着……

　　顺着这思绪，突然间闪出一个跳动的字符，让我心潮起伏，让我宽心释然。它，在我的时光隧道上点缀上光亮，携扶着我前行。

　　这个字符，说出来挺"高大上"的，但也是与生俱来的。它也许会吓跑不少人，还可能会有人觉得我酸，在转词。这个字符，有人对它毫无兴趣，难生眷恋，甚至忙而淡之，闲而远之。日子里，不是常有人这么说嘛，没事打打牌，跳个舞，唱支歌，喝点酒……当然，当家长的常会督促道：没事你就静下心来，看看书，学学习。

　　好了，谜面既已揭开，那就请与我一起回首顾路，剖析履迹，看看这个字符是怎样与我附体不离的。

　　我是20世纪60年代中期出生在一个农民家庭，没上过育红班。记得上小学的时候，在庄稼地里，或是大街上，看到有字的纸张，哪怕上面还有便迹，也要拾起来，展开皱巴，看上面的字。那些字，多是课本上看不到的，当然更有不认识的，但我能顺着句意，读个八九不离十。

　　快扔了！这么脏。大人们常在一旁催促。

　　那时候，小学学制五年。20世纪70年代末，我面临升初中。记得一个暑假里，生产队队长见了我，说，你不出来劳动，就不推荐你上学。一个十来岁的孩子，能在地里干的活儿，就是拾麦子。父母说，拾那点麦子，不如在家给俺们做饭，俺俩按时吃上饭，出去干的活儿就多了。父母是这样安慰，可我心里还是有些忐忑。不推荐上学，在农村可就要做睁眼瞎呀！

时光转到了来年。上初中改成考试，不用推荐了。那时，并不觉得自己是学习好的，考试也未见得一准能考上。可是，再细想，在班里也不是差的，平时很少吃上老师送来的红"油饼"（得个"丙"），更少有得过"钉子"（丁）的时候。没承想，考试红榜一发，几个村里的学生，有小五十人吧，我是前三名，前几名都成了班干部，班主任让我当班长。在我印象中，在小学当班长就是喊班的：起立，敬礼，坐下。但上了初中，有时候，老师还让我帮发作业本、试卷和课本等，这样一来，我就认识了全班同学的字体。到后来，发作业本，我根本不用看名字，一掀作业本，凭字体就知道是谁的，隔着几张课桌一扔，作业本就物归原主了。

后来呢，数学老师不断地跟我说，当班长，除了学习好之外，还要维护班级秩序。从那以后，上自习的时候，有同学大声说话或闹着玩，我都会及时提醒和制止，一时间教室里声音哑然，没过十分钟，杂声又起。这时候，我常因制不住而干生气。戴一双大眼镜的班主任闻声就过来敲桌子，维持纪律；然后对我说，你不用管那么多，自己学习好就行。哈哈，现在想起来，挺有意思，总感觉那时权力用得不够、不活。

这时候，初中学制也由原来的两年变成了三年。感觉这时光的节奏，就是铺给自己的，怎么着也得踏着这个点往前走。初二那年吧，我得了风湿性关节炎，请了半个月的假。在家里闲待着时，就在床上看书，那时不知道这种行为有一个高亮的名字——自学。期末考试，我做梦也没想到，总成绩还是全班第一，级部仅此一个班。现在想来，当年竟自学了合并同类项、因式分解等相关知识。当然，落下的语文课本上的那些五言绝句，在上学的路上，跟同学念上几遍，到班里一照课本，也就记住了。

这样，三年下来，升高中预选考试时，预选上不到十人。我们当时是农村联中，学生少，开不起课来，就去城联复习。那两个月的考前复习，可是开了眼界，更知道了与城里孩子的差距。人家一般都会做的化学物理题，我竟然是第一次遇到。经过不断地心急求教，当学生的学生，如愿以偿考上了高中。

这时，高中学制还是两年。只是从毕业那年起，才变成三年。这学制的变化，我又赶上了。这几年，应该是比较吃劲的。上早自习、晚自习不说，还有住校。给我印象最深的是，新建的教室，玻璃窗子玻璃门，挺亮堂，可冬天没炉子。虽然棉裤、棉袄、棉鞋全副武装，依旧冻得发抖，双腿不由得在课桌下交叉盘起来，小手还不愿意伸出袖子做笔记。一下课，同学们就跑到室外，在南墙根下排成一溜儿，感觉在太阳底下晒着，是最幸福的。

寒冬的一个傍晚，回家拿干粮。晚饭前，母亲让我洗脚。在热气腾腾的脸盆前脱袜子，可左脚的袜子怎么脱也脱不下来。我将袜口慢慢往下翻移，突然发现脚后跟与袜子粘在了一起，再往下看，是一条长血块斑与袜子粘在了一块。我只好连脚带袜子伸进盆里，一会儿袜子泡软了，与脚后跟分开了。还有一回，也是回家拿干粮，竟然看不到屋梁上吊着的干粮筐。母亲说，就在你头顶上啊，一抬手就够着了。我两眼含泪，说，娘，我眼睛看不见了。那天晚上，我是看着天上的星星，寻着路旁的树，辨识着方向才赶到学校的。耀眼的灯棍下，上了两节自习课，回宿舍，还是看着天、望着星空走，结果，整个身子趴在了路边的一堆黑炭上。第二天一早，父亲送来一斤油条，视力就慢慢好了。即使这样，学习依然没有间断。

学习的刻苦与在难事面前的不屈，最终还是没能抵住考试竞争的激烈，高考落选了。

你可不能在家里待一辈子啊，地里来地里去的有啥出路，俺找人也得让你去复习一年。父母有些沉不住气了。

这时，我得到消息，虽说我的总成绩不够，但英语成绩在全县名列前茅。果不其然，过了几天，学校捎来信说，英语底子好，有很大的提升空间，如果愿意，可以回去复习。结果第二年我考上了一所不错的中专。

这时候已经是 20 世纪 80 年代初。

接下来的中专两年，是人生最光亮、鲜活的一段时间。个儿一下蹿到现在的一米七不说，首次见到的、学校的图书馆成了我业余时光的留脚处。我知道并爱上了心理学、哲学、社会科学等，我的眼界、世界一下子大了！

毕业后我被分配在单位干财务会计。这活儿最忙的就是月底和月初，中间的时段并不太忙。我除了平时看报纸、看评论文章之外，还做一些笔记。那天女儿翻到我的绿色笔记本，直夸字写得好。这期间，我开始参加会计自学考试。六年近五十门课程，一门一门的单科合格证罗叠着，还取得了大专毕业证书，后面又拿到了本科毕业证书，法律专业本科也还有七门课就获得毕业资格，但终因工作放弃了。

自学考试就是"吃"书的。我自学时，第一遍是通读，有时画出惊己的句子，这是浏览书的大概。第二遍是细嚼，找重点。第三、四、五遍，就是加深对重点的学习、理解和把握。一本书经过这么五六遍的咀嚼，也就基本入脑入心了。考试成绩上个及格线不成大问题。这期间，通过不断的"吃"书，语言分析和表达能力得以很大提升，大学语文的学习更是提高了自己的文学鉴赏能力，法律知识的学习还丰富了生活技能和维权本领。

六年自考路，推我进入而立之年，开始干文书工作，上传下达、起草通知、写调研报告、给领导抄讲话稿等等，由此，也实现了由与数字打交道向与文字打交道的转变。这期间，我接触阅读大量的文件材料，通过写文和给领导改文，还逐步悟出了文字表达的技巧。同样一个意思，可以有多种表达：有的委婉，容易让人接受；有的庄重，而定性更准确。当然，在撰写、誊写过程中，自己的思路逐步朝着领导的思路靠拢，感觉这又是一个很大的提升——它是无声的，也是不自觉的。有两件事可以印证。一是由乡科级副职到正职的公开选拔，专业学习，加上平时积累，笔试成绩全区域第二名。另一个是县处副职的一推双考，只准备了两天的时间，同样也取得全区域第二名的笔试成绩。回想这个过程，感觉学习就像春雨一般，润我无声。

当然，近四十年的人生历程中，我还利用业余时间去图书馆。我的借书证是1986年办的，是个三位数，足见办证之早。近年，我又荣获市图书馆授予的"读书达人"徽章一枚。

一晃半辈子过去了，总感觉人生路上的几个重要转折点，都是学习牵的线，搭的桥，拉上的路。

还有几年就退休了，但学习没有停止，工作之余读、写、看，依然充盈着日常生活。

记得汪曾祺先生曾撰文说，人得有点业余爱好。他的业余爱好就是：写写字、画画画、做做菜。孙犁先生酷爱文字，也说写作是他最好的休息。那么，我想怯怯地说一声，从书本上、新媒体上学点东西，长点知识，是我的爱好。

学习是一位与我形影不离的老师。

从掉头发到生活味道

今年我参加各类文学活动少，但是创作思维细胞活跃，只是忙一些，或者更露骨地说就是懒，见诸纸端的文字少。虽然成果体现少，但感觉能写的素材多，写作的兴头时而在头脑中翻滚，只是惰性占上风，没及时记录下来，这不能不说是一种遗憾。

就感觉前几年，特别是 2020 年，也是做静脉曲张手术的第二年，写作处于停滞期，感觉没啥可写，确定了个题目，也是狗咬刺猬——无从下手。现阶段就是想写了，由头还在增多，或许这就是写作瓶颈突破的征兆吧。

真期望空闲的时候，能把这些念头付诸笔端。

随手翻去年的一张照片，发现头顶上白黄白黄一片，有半个巴掌那么大，阳光下、灯光下熠熠生亮，一时间成了有"前途（秃）"的人。原来都说时间如流水，可流水终有个归处，其流线韵律依稀可见，甚至缕缕水草飘摇中还弹出潺潺之音。哪像这掉去的头发，无声无息，无影无踪，等你哪个瞬间回顾的时候，它曾占领的地盘已不战自溃、拱手相让了。

这使我想起了那次理发。我说，头发少了，也不好理。理发师傅说，你头发挺会长，能看到的地方，长得挺好，看不到的地方，才是没有的。这话我至今难忘。理发师傅道明我的"前途"，我反没难堪，相反还有某种程度上受安慰的自愉感。与朋友说起这事来，朋友说，这位理发师傅会说话，不伤人。他那家理发的，每次去了就说，白头发太多了，染染吧。从那以后，他就换了一家理发的。一说起这个，老婆就说，你当啥来，人家这是有说话的艺术，是智慧的体现。

是啊，现实生活艺术地表达，并将之落到纸上，就升华到了文学范畴。

这使我想起元旦期间爷孙俩的那段对话，远在外域上学的孙女，用清脆的普通话向爷爷问好：新年快乐！

今天挺热？爷爷脱口而出，像没太听懂。

哈哈！你爷俩在说相声啊！坐一旁的我，禁不住笑了！

爷爷也笑了，露出浅浅的笑窝。

虞建华教授在谈到文学时曾举例说：小说与人类的原始文化同时诞生，文学与最早期的人类活动交织在一起。"当黑暗笼罩世界其他部分的时候，一旦原始洞穴人有闲坐在点起火堆的四周，小说就诞生了。他带着恐惧的颤抖或胜利的自得，用语言再现狩猎的场景，重叙部落过去的历史，描绘英雄的业绩和谋略，讲述奇迹，努力在神话中解释世界和命运；他在转化为叙述的想象中为自己创造荣耀。"

看来，生活处处是文学。记录生活，反映时代，是责任与担当。

时光如脱发。紧收光阴吧！

2022 年到了，生活的味道还得继续品。

情系香港回归那一刻

今天是香港回归祖国 25 周年。此刻，我的心情并不平静，奔涌的热血不停地冲刷记忆闸门。

1997 年，"七一"前夕。

那天，夕阳目送我回家。

时逢香港回归之际，电视屏幕上、收音机里的多是各种迎回归活动场面、人物专访或音乐，我的身心也沉浸在这喜庆的氛围中。

"各位观众，今天是 1997 年 6 月 24 日，星期二……"《新闻联播》开始了。之后是《焦点访谈》，主要讲述香港的百年沧桑。随着主持人右手中指杆移动，我的目光多次聚焦在《中华人民共和国地图》香港的所在——大地图上这米粒般大小的地方。蓦地，当目光再触香港时，我心头一颤，在大雄鸡下腹处"香港"字样右下方，还有带括号的"英占"标注！

此时，中学地理课上的那一幕浮在眼前：那是十多年前暑天的一个下午，第二节地理课，随着班长"起立、坐下"的喊班声，老师开始给我们讲大中国的方位——北纬多少度……对于这样的抽象说教，同学们没几个能听进去的。我的神儿也早就溜出窗外，寻那知了声了，瞎想着它会伏在操场边哪棵杨树上……

"啪"，一个粉笔头弹落在第三排课桌中间，之后又侧落在了我的手上。

"×××，你来回答！"

我缓过神来，教室一片静寂，感觉老师、同学们的目光正齐刷刷地射向我。

我怯生生的，闭口无语。这会儿，耳旁的知了是彻底消声了，振荡耳膜的是老师低沉而略带感伤的声音："香港是我国的……1842年8月《南京条约》丧权辱国……第一个不平等条约……"老师引经据典为我们讲述的当儿，无意识地在黑板上香港"英占"下面重重地画了道白色斜短线，最后又打一个大的"？"。"咔嚓"，可能由于用力过猛，老师手中的粉笔被拦腰折断，粉笔头落在黑板边框后，又掉地上。此时教室里沉寂下来——但分明听得见同桌及前后同学的喘气声。我不由得攥紧了那小小的右拳，感觉那粉笔头像是落在了自己的心上，喉结在不停地上下翻滚。

"1997年／我深情地呼唤你／让这世界都在为你跳跃／让这昂贵的名字永驻心里。"眼前屏幕传出的歌声把我拽出记忆的旋涡，我开始在心里嘀咕：还有7天香港就要回归了，这老地图上还有"英占"，别扭……

第二天（即6月25日）一上班，我即向市新华书店咨询："请问老师，咱这儿有新版的《中华人民共和国地图》吗？""没有。""请问咱们省里是否接到出版新地图的计划或安排？""没有啊。"同样的答复，令我感到失望和震惊。这可是件大事啊！我思忖着，双手放在了键盘上，随着有节奏的"哒哒"声，电脑屏幕上很快闪出了"建议尽快出版新的《中华人民共和国地图》"的字样，正文中我详细陈述了基层群众盼新地图、收藏新地图的愿望以及老式地图不宜继续悬挂的缘由。到8月下旬，带有回归纪念性质、镶金边的新版《中华人民共和国地图》就在全国各地新华书店上架销售了。

"有心人啊！善于动脑子！""真是小信息，大作用！"这一消息的发掘、采用以及新版地图的出版，使我在工作上获得了前所未有的成就感，腾涌的心潮一波波向外澎湃着。

"……你就像妈妈一样把我培养大，教育我爱祖国，鼓励我学文化……"那年教师节一大早，歌声就钻进耳朵，把我挠醒。我突然心血来潮，音乐即时又传到了电话那头："老师，节日快乐啊！起得这么早啊，嗯，老师，您还记得当年那堂地理课上折断的粉笔吗？谢谢您对我的培养与教诲……"

十年后，我把这段情缘变成千把字的文稿，邮寄给了《秘书工作》。大约二十天吧，我就接到了电话，对方告诉我，这个稿子准备用，并问了我的职务。一个月后吧，我就收到了邮寄来的印刷件。打开一看，我的这段情缘作为本刊特稿，刊登在 2007 年 5 月 10 日出版的《秘书工作》第 5 期（总第 226 期）第 9 页上。

这段往事，也由大脑记忆变成印刷品的文字记忆。

风火轮

一家传统医院的医生告诉我，补阳最好是自然补，就是晒太阳、晒背，还不能隔着玻璃晒。在时光走到一年最尾处，阳光并没有因此而消沉，相反，又将一日长一日的辉光洒向大地，以温红的光热，暖煦世间的那丝冷郁。想到这些，脚下总会升腾起属于自己的风火轮。

——题记

即将过去的 2020 年，是很不平凡的一年。这年于我来说，同样感同身受。

回望自己的小家，周边的亲人，感觉也不那么爽朗。八十岁的老父亲，一年两次脑梗，恶心、呕吐、头晕，立时不能动弹；幸好发现早，医治及时，住院个把周就出院了，大面上没留下什么后遗症。让人想不到的是，刚出院不久，由于下楼不小心，父亲右脚踩空，小腿又骨折了……可老父亲硬是没有当回事，跛着脚又绕公园转了一圈，五里多地啊！当我发现时，他的脚肿得像个发了的长馒头。我一下子就蒙了，上医院、拍片、上石膏、卧床……这下，每天惯常走万多步的老父亲，必须在床上待三个月，伤筋动骨一百天嘛。两个月左右的时候吧，父亲能下床走路了。可怜八十岁的老父亲，一生没有拄过拐杖的他，一下硬是给配上了双拐。双腿拐杖，需要两脚交替前行。可刚开始，老父亲就是不会，觉得别扭，干脆放着不用。那怎么办呢？老父亲自有他的笨办法。我们家有一个圆形的高脚凳，凳腿是一个合金的大圆盘，与圆形的座面一般大。他用手推它一步，另一只脚就跟着蹦一步。这样，蹦上几步，就得歇一会儿。他说，这样倒替着就能去大小便了。看着老父亲一步一步地跳，我心里不是滋味，担心底座不稳，立不住，依父亲前行的惯性，会让他向前倾倒。还好，这一幕没有发生。当然，从他跳动的身子上，我也看到了农人们用汗珠凝结成的两个字：抗争——抗住病，争口气。

半年过去了，他走路，丝毫看不出跛脚了，而今又成"万步侠"了。在病魔面前，老父亲硬扛了过来。我现在还能想象出他扶着凳子，单脚一步步往前跳的样子，听到他出自胸腔深处，经过口腔、鼻孔发出的"吭哧、吭哧"的声音。

与兄妹们照顾好老父亲后，我突然感觉身体不知从哪天开始透支了。身在空调屋里，双膝和腰眼部位老感觉进风；一顿饭下来，双脚已是冰冰凉。每当这时，就必须放下筷子，躺在沙发上盖上被子捂半个小时。还有就是左脚后跟发木，几乎没有冷暖触疼的知觉。多方比对，一说是气血的事；一说是骨里的事；一说是阳气不足；一说是术后神经恢复得不好。这些，我觉得似乎都有道理，也都能在自己的生活中寻到痕迹。

其间，我从电视上、从周边的个体上，间或悟到了生命的宝贵与脆弱，也掂量出了一个承上启下的生命，置于一个家庭的分量。

常言说，冬病夏治。我决计夏天里于自己的身体上燃把火。思量着大医院里人满为患，想想自己得的又不是什么太大的病，就想选家中小医院治个究竟。那天，来到这家医院的中医科，坐诊医生是一位年轻的博士，人很活泼，爱笑爱说话。我说，我就喜欢找您这样博学的医生看病，哪儿不好，您可大胆下药。她边给我号脉，边问我详细的病史，末了，又再号号脉，我感觉她在这二十几分钟甚至半个钟头的时间里，来了一个实践—理论—实践的演示。她说，你这病还没到吃汤药的时候，我给你开点成药吧。这药呢，大体是疏肝、壮骨、通气血的，这与我之前听其他中医说的相吻合，就连续吃了四五盒。这期间，医生又给推拿和针灸。说实话，活了半辈子的人了，这是第一次针灸。看着那一排细长发亮的长针将要刺进自己的肌肤，我心里多少有些发怵：担心那针不准，扎坏了自己的神经，落个后遗症什么的，可不是闹着玩的。又想起了小时候娘常说的，邻村的人，由于医生扎针不准，导致一只胳膊抬不起来。就在这乱想神游之际，银针在胳膊上、手指上、腰上、腿上，蚊子叮咬一般扫过了，根本没有想象中的痛感。这样坚持了七八次吧，当时没有特别感觉出好些了。直到有一次查体，经络仪器测试显示，与周围几个熟人一比，自己的经络畅通指数是高的。

如今一个冬天快过去了，感觉自己的左脚后跟不木了，对于冷热痛痒敏感了许多，现在在屋里穿凉拖鞋也不觉得冷了。这使我记忆起去年冬天，在家里穿着棉拖鞋，看到父亲穿着单拖鞋，我就说，你脚不冷啊？父亲摇摇头。弟弟从明水过来过年，也在室内穿单拖鞋，我也问，不觉得冷吗？他也摇摇头。唉，怎么就我觉得冷呢？

我知道，畏寒的人，多阳虚。传统医院的医生告诉我，现代社会的人，多是脑力劳动者，上班坐办公室里，下班就坐车，晚上回家了，还是多坐在沙发上，这样坐来坐去，身体不动，那么阳气得不到升发，气血就瘀滞，长此以往，不得病就怪了。动精神损耗我们的阳气，动身体则能升发阳气，所以要想身体好，就得让身体动起来，当然得有个度。想想也是，工作半辈子了，长期在北屋里伏案，很少在阳光下摸爬滚打，久坐与手术抵耗了不少阳气。我遵医嘱，天气晴好的日子，就多接触阳光，周六周天去公园晒，茶余饭后散步走着晒。总之，脚步多奔向自己的诗和阳光。

几个月下来，一个明显的变化就是，晒了太阳，晚上睡觉好，往往一觉到天亮。如今，夏秋冬三个季节过去，我才真切体会到，阳气已经运攻到我的脚底了——我也成了一个阳刚之人，说话有力气了，声音也高了，也乐于参加一些活动了。

"天时人事日相催，冬至阳生春又来。"想到此，脚下总会升腾起属于自己的风火轮。

年根的馍馍

我从小在农村长大，对年的记忆，差不多都与吃有关。我至今还记得四十多年前，那白胖胖大馍馍的味道。常常思忖：儿时馍馍的滋味经过近半个世纪时光的稀释，为什么还能升发出诱人的香味呢？

我知道，这香味是从年根处飘来的。

在乡下，过了腊八就忙年。父母先是卖粮卖菜，换来钱，买新布，做新衣。这些，我都不太在乎。吸引我的，就是那股馍馍香。

话说到了腊月二十六七的时候，母亲就从大缸里拾掇出当年的新麦子，筛去糠穗，挑出里面的小石子后，就放在一个大簸箩里。麦子黄黄的，没招虫子不说，粒大也饱满。母亲端来一盆清水，蘸湿抹布，在簸箩里一圈一圈地搓抹。搓抹，是从簸箩心开始，一层一层向外抹。一搓一抹，节奏快了，就有点像推磨一样，"轰轰"作响。平时在缸里倍感寂寞的麦粒受了抚慰，不着家似的在簸箩里乱窜。

麦粒搓干净了，就摊晾在一块大布上。风干后的麦粒，黄中透白，圆润可爱。这时，母亲就叫我过来帮忙，挣口袋。她把麦粒一簸箕、一簸箕地倒进去。系上口袋，母亲让我帮她把口袋架到半米高的一块石台上。母亲朝口袋一倾腰，说，来，拿给我。我双手架起袋子的两个底角，顺势向上一摇，口袋就上了母亲肩。她左手叉在腰上，形成一个三角固定，右手绕过前颈部，抓住袋口，朝磨坊走去。

磨坊离我们家有百十米远，拐过街头就是。母亲常常一口气就扛到那里。她给磨坊里的人说，快点给俺磨磨吧，三个孩子等着馍馍吃。磨面的人点点头，说，钢磨快，明儿早晨来拿。

第二天，我醒来的时候，就发现麦面盛满了大半个簸箩，高高低低、蓬蓬松松、层层缕缕的，起伏着，白白的一片，间或还散发着一股类似炒面的清香。母亲用木铲子不停地搅拌。面铲在面堆里穿来穿去，面铲过处，白面又像海水一样聚拢过来，像没发生过什么。

我循了那股香味，下床抢母亲手中的铲子翻面。可能是手里没劲儿也没数，劲儿不知往哪儿使，有时候铲子搅不动，有时候铲子带着面向空中飞去，随后就白了一地。

撒了吧，小祖宗，快给我。母亲有些着急。

我哪儿肯啊，直接用手抄面。小手伸进面堆的时候，一股暖流在手上传导。

接下来，就是发面、和面、蒸馍馍了。

母亲事先从面缸里找来一块掌心大小、不圆不方的老面头，硬邦邦的，放在大盆里，倒上点水，放在炉子旁边暖着。第二天早晨一起来，发酵的面头丝瓜瓤一样，蓬松着，张开的小口散发出阵阵酸香味儿，入鼻，让人有一种透彻心扉、神清气爽的感觉。

用发酵的老面和新面，新面里就融进了发酵的种子。再经过双手揉搓，面团揉为一体，表皮透出微亮。

母亲说，你去烧火吧，蒸熟了，你吃第一个。

我获得应允，有了动力，也不管天冷，敞着怀，不戴棉帽，就跑向饭屋，开始添水烧火。

水开了，母亲端来两箅子馍馍，分两层放在大锅上，下面一层小，上面一层大些。盖上隆起的大盖垫，母亲说，上了大热气，半个钟头就熟了。

那时候，庄户人家用的多是风箱，拉风箱这事，挺单调无趣的。有时候，看到炉膛里的火苗随着我推拉的节奏时高时低，心里就有一种快感，心想，这火苗真好，能把我想吃的馍蒸熟。有时候呢，觉得半个钟头太长，拉风箱就有些心焦，推拉时就时快时慢的，本有节奏的火苗也跳动得急促了，"咕咕、哒哒"声也尖锐起来。现在我就想，凭那馍的灵性，它可能感觉到我那时的心境了。

差不多的时候，我多往火堆上放几缕柴草，跑到大屋里去看表。还有一刻钟……五分钟……

半个钟头了，半个钟头了！我嚷着，好像完成了大任务。母亲过来说，稍微等等，让它凉凉。我只好耐着性子，等热气漫去。

掀开锅盖的时候，蒸汽火车发动一样的一大团热气，把我们娘俩给隔开了，谁也看不到谁；馍馍呢，也是云里雾里，不见真容。热气散去。哇！又白又胖的大馍馍，精神饱满、雄壮敦实地站着，等待检阅。虽然我吃馍馍心情急切，但这时母亲不让我动手去拿。几分钟后，她用手拿起馍馍再递到我的手里。

快吃吧，吃饱了再蒸一锅。

我用手撕开馍馍一角，里面千层饼一样，一层一层的。我就喜欢这么一层层地撕着吃。嚼着馍馍，一股香甜味就弥漫全身，细胞醒了，人就格外有精神头。一个馍馍吃进去了，那股馋瘾还没消去；吃第二个的时候，就开始摆弄那油亮的馍馍皮，一撕一大片，如果用力均匀，一个圆形的馍馍皮会被完整撕下来。卷起来一咬，又甜又有嚼头。

带着这种对吃的渴望，不用就一点菜，哪怕一口萝卜咸菜也不吃，两个馍馍就下肚了。由此，我想起了路遥写《平凡的世界》的情景，桌上除了烟头，无汁、无肉、无菜，只有大葱、白开水，伴着吃馍。

我揣着鼓起的小肚子，又去催第二锅馍馍了……

跟干了一辈子农活、八十多岁的老父亲聊起小时候馍馍为什么那么香，老父亲抬起头，若有所思地说，那时候，从种到收，再到饭桌上，搭进去多少工夫啊，有苦才有甜来！

是啊，苦乐伴生，苦尽甘来。世上万事万物，皆从其理吧。

2021 年 2 月 1 日刊登于《齐鲁晚报·青未了》

"你不薄它，它就厚你"

一

20世纪70年代中期，我上小学。那时，书包里、家里甚至同学家，除了学校统一配发的课本外，几乎见不到其他有字的纸张。不知道是爱看东西还是好奇，上下学路上，或是跟大人走亲戚什么的，只要发现有带字的纸在地上趴着，或是飞在低空，抑或是别人用过的手纸，我都不由自主地捡起来读上面的字，一些课本上没有的，如孙悟空大闹天宫、大字标语、天仙配等，都是这么七看八看、一字一句印到心里的。

那时的作业本，纸页多是灰色的，偶尔还会看到手指头肚长或一韭菜叶宽、闪着微光的麦秸秆嵌在纸里，突兀着。行笔到此，要么搁笔，要么笔尖"嗖"地一下，滑梯一样划过去了，变成一条走形的一撇一捺或一横一竖。

就这样的一张大纸，拦腰一折，再折，再折……然后沿垂直方向再折……用剪刀拉开，就成了16开或32开的纸页，用针在纸上端穿三个眼，缝起来就成了演算的算术本纸、作业本了。每当老师暗红色"甲""好""阅"等大字爬上页面时，就能想象到老师油灯下带着眼镜看作业的情景；看到老师写的暗红色"乙""丙""重做"等批注时，就在心里埋怨：什么破纸啊？这么粗糙！有时还把写歪的字用铅笔乱涂一阵，以致把纸穿破。

我快上五年级的时候，有天晚上，当家的一个叔叔来家里玩。看到我在煤油灯下写作业，他就站在我身后，边看边说："孩子，学习这么好，明天给你拿白粉连纸来！"霎时，我脑海里闪出了有钱人家的同学的白粉连纸本子，白色纸面上黑黑的字，还有老师那鲜红的大"√"。我没说话，也不知道说声客气话，只觉耳根一热，红润向脸上漫洇，我一笔一画，写得更认真了。

第二天晚上，叔叔就带来从集上买的两张白粉连纸。我眼睛一亮，赶紧用抹布擦了遍桌子，找来剪子，折、割、缝，三下两下，手里就有了自己心爱的白纸本子，感觉眼前的煤油灯也亮了许多！

后来，当算术老师的妗子也时常给我买点方格本、横格本、小演草什么的，这些本子都是白纸的。每当打开本子时，纸张里略散的清香味就扑入鼻孔，大脑本能地清爽许多，学习劲头螺丝帽一般拧得更紧……

二

纸不言不语，不艳不俗。

约小学五年级的时候，有一天放学后，老师把我留住。

"你昨天的作业呢？"

我明明写了作业的——此时，白纸面无表情地与我对视；本子的上端，留下了未被撕下的纸梢。

谁给我撕了？我脑子一片空白，两行热泪顺着鼻两侧往下淌。

后来，母亲说，家里来玩的人多，抽烟的也多，上来烟瘾，见纸就撕。

"为啥不撕不写字的纸呢？"

"孩子，你想啊，买个本子容易吗？"

再后来，我才知道，那时候差不多所有人都认为，不写字的纸能做作业，撕了可惜；写了字的呢，就没用了，所以……

从那以后，为了作业纸不丢，做完作业，我就把书包放在枕头边，伴着纸香，逐梦朝阳。

三

我十来岁的时候，街上时兴玩纸牌，就是把纸沿长的中轴一折二，另一张纸同样一折二，十字交叉相压，然后十字的四端，依次折成一个角，上翻，形成四角并肩相连，最后一角塞进最初叠成的那个角里，形成一个四四方方的纸牌。

玩纸牌的时候，两人依次用自己的纸牌，摔对方放在地上的牌，只要把对方的牌摔翻了身，这牌就物易其主了。

呵呵！在这方面，我感觉自己是个英雄！我赢得纸牌，放在椅子下面，一摞一摞的：大的小的、厚的薄的，新闻纸的、牛皮纸的、书本纸的，写字的、不写字的……都有。

为了赢更多的牌，小舅念过的书，也被派上用场。那时，我特别留意的是：写过字的纸不能撕——那是作业！能看懂的，也不能撕，有用啊！除了这，其他就是我手下的猎物了！记得有这样一本书，每张纸上都整齐地印着密密麻麻的数字，还带小数点，数字还有些重复，这肯定没用——心里想着，手中动着，把纸撕下来，叠成最硬气的纸牌。同伴说："用书纸叠的牌，摸起来硬，摔起来响！"

等我上初中了，才知道那时撕的是《对数表》。

四

我长大了。

我看到了从未见过的大纸——叠折起来的高考试卷。那年的试卷，首页上端，姓名、考场号、座位号、得分等，一字排开，每项的后面，都有一道横线。现在想来，横线上的那些字或数字，决定着我人生的去向，也在很大程度上勾画出我的人生轨迹。

接下来先是注音、填空、辨析什么的，字很小，铅印的，很工整，然后是右页面，掀起来，是试卷的第3页、第4页，之后就是重复这样展开。我小心地、快速地在上面嵌上从心中搜出的每一个字，最后我用150分钟答完题，满满的16页纸。现在想来，当年试卷纸的折折叠叠，其实就暗含着人生的曲曲折折。在试卷纸上写的每一个字，其实就是人生之旅迈出的每一步。

过了高考门槛，"农转非"的我就坠进了纸的海洋。

城里书店、图书馆里的四大名著、大众心理学、会计基础、企业管理、人物传记等，还有大小不一的报纸、各种名目的杂志等等，一股脑儿撑开视野、钻入血脉。一时间，我成了纸的富豪，不是在纸中醒着，就是在纸中做梦，于此也领略出薄如蝉翼般的纸的厚重和文的博深。

五

进入20世纪80年代，"一人吃饱，全家不饿"的时光浸融着我。抄写讲话材料和各种报告等就成了我的工作。

纸与镶嵌其上的字码，成了目触手及的对象。

依稀记得，我抄写材料，一张信纸能写四百多字，一小时能手抄四页信纸。那时，领导常问我什么时候能抄完，我边数张数，边脱口而出："两个半小时。"——准着呢！

那时候都是手写，纸的背面，凸起的是字的印迹。由于字迹深，纸的背面往往就不好再写什么了。

转眼到了 20 世纪末，见到了一张张切得整整齐齐的A4 纸，心里多生憧憬。比如，要在这么好的白纸上写字，从哪儿下笔呢？字写多大啊？行间距多大啊？几页纸能写开啊？在一连串的考量后，才肯动手。现在想来，当时黑字落白纸的心情，就是冬游前下水的心理较量。

打印机普及后，每每看到单面打印的纸，逃脱不了被扔进垃圾箱的命运时，我就先下手为强，捡起来，放打印机旁，伺机让它再次进机……

如今五十华光已逝，从幼时对纸的渴望、中学对纸的坐拥，以至今日对纸的珍惜、怀敬，我突发感念：是纸成就了我吧！你看，学习、阅读、爬格子，这都成我生活的一部分了。

看来，沉默的纸也是有灵魂的，你不薄它，它就厚你……

2019 年刊登于《散文选刊·原创版》第 4 期

那网　那人　那事

最先"触网"，是作为游客钻进去的。

那是冬季的一个周日，我无聊地在论坛浏览。什么摄影、二手交易、住房信息之类，都没有太吸引我的眼球。我想到了"百无聊赖"这词，此时此景此情是也。

突然，页面上冒出"文学论坛"四个字。这对于一个略有文学情缘但终未进文学之门的我来说，可以说是眼前一亮，精神抖擞起来。点进去，哇！别有洞天啊！

南辛庄人、庄子溪、明湖逸士、清水弯月等，多么有趣的名字啊！这些，又都被框在驻站作家的栏目里。驻站作家——多么显耀的字眼，又需要多强的创作实力支撑啊！寻了姓名看进去，哟！题目一篇篇地竖列着，展示着作者的创作轨迹。哪个题目最先入了我的法眼，自然会小心虔诚地叩门而入。原来，这些文章，有的是作者的生活随笔，有的是对某些事的看法与议论，有的是往事记忆，有的是红楼人物评说，有的是长篇连载，总之，万象纷呈。这确实是工作之余一处精神栖息之地。在这儿，没有喧嚣，没有你是我非，没有猜拳行令，有的只是静谧的天地，漫演的世相人生，让你随了文字，在文章情节的时空中神游。这是一处让满头大汗的人渐渐消暑归静的所在。

时间长了，就想在这大雅之堂立个门户，不想漂泊游走，于是按了提示注册。叫什么呢？咱是泉城人，就叫泉城可顺吧。一番操作之后，作为初级用户，我在这个网有个家了，也可以说在此网之中有一席之地了。这期间，看得多，说得少；学得多，评得少，生怕有个闪失。事情就是这样，往往越是小心，学记得就越多。当一切都不在话下时，或许就意味着原地踏步了。

随着上网时间增多，评论发文数量增加，我由初级会员又升至中级会员、高级会员。这时，遇到刚入门的，也敢指指路，说点小经历了。但同时，心里又升起另一个目标，什么时候能是金牌会员啊，当个论坛元老、驻站作家呢？

心有所想，力有所使，我开始朝着这个方向努力。2015年11月11日，一个有名的日子，我把在《齐鲁晚报》刊登的《匡山石韵》原文搬上了文学论坛，心想这样有一定的说服力，不会引起多大的争议。这是我在舜网的处女作，现在点开，此文阅读量是5万+，但没有留言，也没有评论的。之后，又连发了几篇，浏览量也在七八万这个区间内。间或有留言、评论的。这期间，通过在报刊上发表文章等，我成为济南市作协会员，这丝毫没有冲淡自己成为此文学论坛驻站作家的憧憬。

机会总是青睐有准备的人。

那天，接本地宣传部通知，让我去参加市中青年作家培训班，地点是南部山区，一周封闭学习。短暂的一周，在提高写作理论水平的同时，我结识了不少志同道合的网友。比如，我的同桌孙先生，就是写医务界小说的；我的室友路先生，是写诗歌的，还在其他一些诗歌网发表作品。我还认识了驻站作家陈先生、郭先生等，遇到了原单位的老同事，更有幸结识了一直未曾谋面的版主方先生，课间与同学们一道，常向他请教文学论坛的有关事情，他也乐于听听我们的意见或建议。那期间，我像找到救星一样，向他介绍了自己的写作历程。至此，在方先生心里，人与文相实了。

这期间的一天中午，方先生洗脸时，不小心把眼镜弄坏了。没有眼镜，怎么上课呢？走路也不方便了。他就问前台，哪儿有修眼镜的？山里没有修的，镇上才有。这时，论坛里的孙先生就说，我有车，我拉你去。他说完还看了我一眼，让我作陪。好！三人成行，边走边问，到了镇上。那个修眼镜的门店"铁将军把门"，旁人说店主去睡午觉了。这可怎么办？还好，据说前面还有一家。我们又上车继续西行，终于找到了另一家。修完眼镜归校后，未耽误上课。

说起类似这些事的时候，方先生常有感触：写文字的人，心善，忠交。

培训结束后，他在网上发了一条信息，意思是说，网里有不少作者，参加了市里举办的中青年作家培训班，引来一派祝贺祝福声。

从那时起，此论坛的凝聚力更强了，影响力更大了！

让我难忘的是，陶先生在我一入驻论坛的时候，就坐沙发，第一时间向大家推介我，那些心暖的话、鼓励的话，看了久不能平静——我可没有这么高的水平，我只是一个文学爱好者啊。心里是这样想的，可嘴上并不反驳，手中的笔也软得没任何表示，情愿沉醉其中，虽是沉醉，但还知来路。以后，文友们的留言、鼓励的话语，总让人感到舜网里的好心人多。

这之后吧，文章阅读量也在逐渐增加。最近查了一下，阅读量最大的，是建议建造齐鲁名人馆（园）的文章，几个月内，阅读量达千万之多。那天，就阅读量，我问网管的同志，他说，这个数不虚，有些人不是特意来看的，只是搜索什么关键词的时候，突然看到了文章，就点击了，这就形成了阅读。这么大的阅读量，是喜人的，这就像自己炒的菜、烧的饭，被多人一扫而光一样，有一种成就感在其中。看来，我是沾了名人的光了，有福气啊！

近期，偶从一家媒体统计资料看到，我的小文章，读者多在北京、杭州和临沂。我有些纳闷，怎么济南读者这么少呢，就问一个多年的同事，他说，好多事，都是"灯下黑"。呵呵，恰当否？不知，反正他是这么说的。

几年来，最让我感怀的是，2016年10月，秋收时节，我作为"十艺济南·传承"网络文学征文大赛的获奖者，有幸参加了颁奖仪式。

首见了多次给我留言指教的庄子溪先生，同乡文友雪城先生，文学路上的引路人陶玉山先生、李炳锋先生等等。

置身那样一种场合，就会尝到文学带来的甜意与诗情。

当然，站在领奖台上，我想，这是一种丰收，是物质的，也是心灵的。这与乡亲们丰收季收获金黄色庄稼一样，累且欣悦着。心悦之余，心中又在感恩，感恩遇见，感恩时光，更憧憬着远方。

五姑

　　20 世纪前叶，我家是个大家庭：大爷爷、二奶奶、三爷爷……对长辈这样称呼，是因了那时不论血脉远近，一家人都按年龄来排，自然我也就有了大姑、二姑、三姑等六个姑姑。照片上的是我五姑，是五姑儿媳刘凤霞在我老家大院里照的。这个大院也是五姑作为徐家姑娘初长成的地。

五姑　刘凤霞／摄

　　五姑生于 20 世纪 20 年代初。记忆中，五姑走起路来颤巍巍的，步子小，节奏快，感觉她总有要紧的事去办。我从小没见过五姑跑步的样子，哪怕是小跑，现在推断她可能一生也不曾快跑过。可就是这双小脚，在没有自行车等现代交通工具的日子里，年节前后，常带着孩子，丈量着娘家、婆家的距离；也许，这两家间到底有多少步，路上有几棵树、几道河沟、几座桥，都一步一步印在她心坎上了——她是行走在地图上的人，脚下自有女郎山、绣江河，有阳沟、返水池，有城里，还有乡下，有黄土地上的麦子、棒子、谷子、地瓜等，还有苍天中、星空下飞上飞下觅食的麻雀、喜鹊……

　　五姑好看书。她家桌椅上、床头上等，随处可见的是书。20世纪六七十年代，每年正月初三四，有时候是初五，父亲都带上我们兄妹去看五姑和姑父。那当儿，除了盼着能吃一顿好饭外，我还盼着五姑家里有好书让我翻。那时候，感觉自己挺爱看书；可是家里除了语文、数学课本和那本红皮《毛泽东选集》外，就没什么带字的、可看的了。但五姑那儿比语文书厚两倍、三倍的书，就多了去了——这都是我没见过、没读过的，我也不管这些，一头扎进书里。有一天，我问五姑："姑，您脚这么小，出不了远门，从哪儿弄得这么多书？""都是我说想看啥了，你这些表哥表姐买的，也不知道从哪儿买的。"五姑平静地给我说。也就从这个时候起，我就很羡慕表哥表姐能弄来这么多书。现在这份羡慕之情已经被岁月研磨成了一份敬意。我看书走神的时候，偶尔也听到大人们在说话，话短话长的，往往就是今年你家打了多少粮食、那头猪卖了多少钱、那棵大榆树卖了多少钱、老大老二学习好吧、村东头他几叔咋样了这类的话题，我不太入耳，只一门心思趴在床上看书，想象刘姥姥初进大观园里发蒙的样子、孙猴子上天入地逞能等，享受着那些诱人的情节，幻想着自己能演绎其中的哪一个角色。现在想来，《红楼梦》等名著，差不多是在五姑家闻听过、阅读过的。

　　都说家风传世，这可灵验了。在她潜移默化地熏陶感染下，她养活的七个孩子也是爱书人，至今我还保留着小表姐送我的《普希金爱情诗选》，其中的《假若生活欺骗了你》一篇，我尤为喜欢——"假如生活欺骗了你，不要忧郁，也不要愤慨！不顺心时暂且克制自己，相信吧，快乐之日就会到来。"这些极易懂得的诗句，在我情绪不好的时候，一直激励着我。

写到这里的时候，我想起了前几天小表姐给我发来的微信：书香辈有人才出，下面的《老家的香椿树》是二哥的大孙子写的，他上初一了，巧得很，你爷俩的大作在同一版上。这微信是晚上发的，因我睡觉早，第二天一早才看到。

微信里说的是我的小散文《那缕烟火味儿》与五姑的重孙王泽栋《老家的香椿树》，同一时间刊登在了《济南日报》上。

五姑是随和知性的人。她与四邻八舍处得像一家人，相邻们没事就喜欢到五姑家里来凑热闹，说说话或是听故事。五姑讲故事的时候，话语不疾不徐，有板有眼，像在背书，更像在一幕幕地展开书页。随了她的语速，你能想象，能消化，能记忆；跟进她的故事情节里，不知不觉，你的时间，你的忧思，就都掉进她的话里了……

五姑对她的兄弟，即我的父亲，特别好。五姑在世时，逢年过节，见到我父亲带我去看她，总是亲切地招呼："小兄弟，你来了，快上屋里来。"当父亲和我过晌午要离开时，她又说："小兄弟，你先别走啊，得吃了包子再走。"说这话的时候，她的儿媳们就开始忙活包水饺，五姑拉住我的手说："孩子吃了再走。"

这么多年过去了，那景、那情、那言语，一直定格在我心里。

那天，我与老父亲在散步。父亲说："你知道你五姑家这些孩子为啥对我这么好吗？你五姑临走的时候，给她这些孩子说，你们小的时候，你小舅可帮衬咱了，这辈子忘了谁，也不能忘了你小舅……"听父亲回忆着，泪在我眼眶里打转。公园里一阵凉风略过，我脑海里浮出了五姑最后的一幕：殡仪馆大院里，北边一间小房内——不是告别厅，五姑安详地躺在那里，我们兄妹跟着父亲与五姑见了最后一面。走出门的时候，我在后面就发现，父亲脖子缩进棉外衣的衣领里，双肩微微颤动，慢迈着步……这是我一生中，头一次看到老父亲流泪。

五姑还是接受新事物快的人。耄耋之年，有电话来了，她还能挪到一个僻静的地方，打开手机接听来电，有时还在电话里絮叨着名著里的故事；再后来，随着年事渐高，五姑腿脚有些不灵便了，可看书的初心不改，她就让孩子们从城里不断捎回想看的书……

人说："腹有诗书气自华。"气华是什么样的范呢？看看五姑的气质，或许能读到点什么。

母亲与我这样挥别

2004年，正月初六。

一早，我怀裹着家人团聚的喜气，携妻带女，离开老家回城。母亲交替着小碎步，右手拉着八岁的孙女，边走边念叨要好好学习，我也不时回头附和着。

新婚时家人合影　徐可顺／摄

"你看看，年纪轻轻的就掉头发，不忙了，找医生看看啊！"见我回头，母亲又朝我念叨着。

"嗯！回去吧，娘，我们去等车了。"告别母亲，我们向公路奔去。可当我不经意地几次回头，看见母亲还站在那里，抬不高的胳膊，挥动着右手，很缓、很慢，像有千斤重，又似在寻思什么。

"你发现了吗？咱母亲这次送得咱远，还老站在那儿。"

一上长途车妻子就向我说道。"嗯！"我未假思索地回应着。可不是嘛，每次离开老人回城的那一刻，也是最让我的心七上八下、没有着落的一刻。别离人间亲情，就如那拨丝地瓜，快不得，也慢不得，快和慢，都有别样滋味在心头。

约一个月后，那天早晨约八点，我刚到单位收拾卫生。"铃……"电话里传来弟弟急促慌乱的声音："哥，娘病了，快回来！"

进城以后，我最害怕乡下亲人打来电话，内容有二：要么是喜事，这当然轻松惬意；但更多是的难事、窘事、棘手事……这次弟弟这么早来电，自然未闻其声，就先揪起心来，随之是母亲病危的急击，我的脑袋一下蒙了，心一下子提到了嗓子眼，喉咙里干燥得要命；最后，也不知怎么告别的单位同事，就匆匆奔在去医院的路上。

母亲生于 20 世纪 40 年代初，念过高小，当时在村里算是有文化的人，还写得一手娟秀的毛笔字。每每四邻八舍有了信，多是找到我母亲："她婶子（姑），快给俺念念。"

高考那年，我发挥失常没被录取。当时，是帮父母下地种田，还是托人找个事干，抑或继续读书，我心里乱七八糟的，没有主意。母亲用手拍着我的肩膀说："庄户人家的孩子，学好习才能出人头地。你正是念书的好时候，俺再苦再累，也供你上学，不能误你一辈子的事。"

六十载的辛劳，母亲供养了两个大学生，膝下也陆续有了孙儿辈。此时的母亲，像是来了第二次青春，经常抱着孙女走西家、串东家，走路也轻盈了许多，就感觉那阵子母亲前额上的四道皱纹似乎变成了一道，脸上常常奔腾着孙女的童真。晚上闲下来的时候，她就喊："兴儿，俺肩膀疼，给俺捶捶。"我边捶，母亲边念叨："管用，孩子大了就得济。"脸上绽放着宽慰。

"嘟……"重症监护室里仪器的叫声，让空气变得窒息，加速了我的心跳，我变得惊慌失措。"姐，醒醒啊！"围在病床里侧的姨妈与舅父晃动母亲的肩膀，母亲昏睡不理。"娘，我回来了！"病床另一侧的我和兄妹摇动着她的手，可母亲没有任何表情与反应，紧闭着嘴巴……直到咽气，母亲也没再睁眼看看她一直牵挂并引以为豪的孩子们，只是右手的无名指偶尔抖动一下……

后来，父亲告诉我："那天早晨，她正蹲着洗衣服，起身换水的时候，就听到她在卫生间喊：'快！扶……扶我，头晕……'这是你娘说的最后一句话。"

唉！是突发的、无情的脑干出血夺去了娘生活的前路！——屈指算来，这离母亲上次与我告别仅仅过去一个月的时间啊！我怎么能接受这个突变呢？之后很长一段时间，我常在泪光中看到母亲的身影，于眼前飘来浮去的，可等到刚要张口喊娘时，她却又倏然不见。直到母亲去世几个月后，我才在梦中与她神会："兴儿，我走了！"我循声望去，只见母亲重返青春，脸色红润，笑得像桃花一样灿烂，穿着花花绿绿的新衣，边飘然升腾边向我挥手作别，一副十分开心的样子。

多少年来，我不解的是，娘，您为啥这样与我们告别呢？害怕拖累儿女吗？

多少年来，我似乎明白了点什？"兴儿，你放心，俺死也会图个痛快！"我想起这是我上初中的一天晚上，我做作业时，母亲与我开的一个玩笑。

娘！这是一个玩笑吗？这是一个谁能开得起的玩笑啊！

娘，您真这么做了。唉！是我的大意啊，没有及早地、上心地掌握、治疗您的疾病，这是我一生的痛啊！

2017 年 6 月 18 日刊登于《济南日报》

粽里粽外端午情

明天就放假了！

啥假啊？

端午节放假。

哟！现在可好了，端午这样的小假也放。原来都是"五一"、"十一"、春节这样的大节才放。

是啊。社会进步了，尊重劳动，更尊重人了！

也不知父亲理解不理解，我随口飘出了这么一句，脑海里却闪出了过往的镜头。

在我们家乡，端午一般不叫端午，叫五月单五。原以为这样不正式，一查才知道，这么叫是有渊源的，《燕京岁时记》里说："初五为五月单五，盖端字之转音也。"

记得小时候，过完大年后就开始掰着指头算日子。正月十五吃元宵，清明节吃鸡蛋，五月单五吃粽子，六一儿童节……哈哈，这些都是孩童们挂念的日子。数来盼去，说白了，就是图那口吃的；那时，吃上平时没有、只有逢年过节才有的好东西，甭提多开心了。这些节日，串起的是实实在在的美食，解的是孩子们肚里的馋虫。这在一定程度上，可以说是对年的一种延伸或者回望，更是童年时光里的憧憬。

我喜欢过端午节，就是因为能吃到一年一次的粽子，江米粽子、八宝粽子、红枣粽子等。品尝这些舌尖上的美味，感觉就是一年一次的仪式，是前方路上的一盏灯台，总想多跑几步，快走几步，把它搂在怀里，拿在手中；或是站在那平台上，跳跃呼喊，炫耀不已。那时候，每当听到街上"江米粽子来，江米粽子"，我那上课的神儿、写作业的耐心就被勾走了，因为这叫卖声，比书里的故事更入耳、更有引力。这时，我就带着弟弟妹妹围着母亲转，小手拉着她的衣角往外走。母亲多是用一瓢麦子去换。她嘴里说，一年就一回，尝尝吧。好像还有点舍不得又不得不为的意思。我们兄妹们一人一个，连蹦带跳，各自玩去了。

现在想想，小时候的那些天真做派，往往是给大人们出了难题。

母亲告诉我，端午节，街里街坊插艾叶，是为了防中暑、除湿避毒。至于如何除湿去毒，母亲没有往深里说。倒是一位忘年交的老中医道出了原委：阴历五月，阳历的六月，夏至一般就在这个时节，这是夏天的开始。此时的阳气达到鼎盛，天上的热气下行，地上的湿气蒸腾，湿热交织交融，容易滋生病菌湿毒，酿出各种邪气，使人生病，好在出汗是人体自然排毒的最佳方式。可是技术发展，又使人躲在空调屋里，身体自然排汗功能被抑制了。端午正处"九毒日"之首，两千多年前古人设端午节，就是通过这种形式，年年告诫大家注意养生护体，延年益寿。因此，这一天插艾叶、喝雄黄酒、佩香囊等避邪驱毒的仪式就流传下来，这都是我们祖先积累的生存之道与经验传承啊。

母亲告诉我吃粽子是为了纪念诗人屈原。她还说，包好的粽子投在江水里，这样鱼鳖虾蟹就不会再吃投江而死的屈原身子了。显然，这只是一种美好的愿望与寄托。试想，在那个生活并不富裕的年代，连吃饭都成问题，谁会把到嘴的美食往江里投呢？如果家家户户、人人都往江里投粽子，那是怎样的一个场面呢？

到了中学，学到屈原的《离骚》《九歌》《天问》，我才多少知道诗人的大爱情怀。孙中山先生说过，做人最大的事情，"就是要知道怎么样爱国"，我们的屈子两千多年前就以身示范了。身处那样一个境地，却能如此坦然，想想确实也不是一件易事。这种精神的标杆，同样也不是一般人能拉得起、举得高的。我认为端午节，好就好在不枝不蔓，不拖泥带水，吃了粽子，下地干活，到学校里念书，各做各的事。如果有人要细究下去，那就抽出时间，再读读屈原的作品，那儿会有更多泥土的芬芳或泉水的味道。

如今，四十多年过去了，知天命之年的我，对端午节的期盼还是照样，正如人们对屈原的怀念一样。因为如今油腻的食物还时时需要糯米的冲洗。诗人的精神、诗人情怀，也更是历久弥新，时时回照现实。

就这样吃着，思着，念着，回味着，寄托着，先祖们还咀嚼出了这样一条规律：吃了端午粽，才把棉衣送。聪明的人们顺应着冷暖交替，辉映着与自然的关系，践行着人与自然和谐共生。就在昨天夜里，我又把十几天不用的棉被拉过来，不自觉地盖在了身上，因为天突然凉了！

在新的时代条件下，既要护祐端午节名录上的这种非物质文化遗产行稳致远，更要让屈子精神闪光发热。

写下这些的时候，突然想到了回家路上的街景：人们有的手拿一小捆艾叶，有的将艾叶横放在电动车前面的车筐里，有的放在私家车的后备厢里，有的正进入超市买粽子……

灯光里的憧憬

当下，已是临近高考的时候。夜晚，早早地隐没了喧嚣。每每这时，我就会想起三十多年前的高考。

那时候，高考是农家孩子摘掉草帽的为数不多的途径之一。好生学习啊，要不，就一辈子撸锄把子！这是家人、乡亲们鼓励孩子好好学习的惯常用语。

撸锄把子，是修理地球的意思，就是地里来地里去，就是种庄稼。如果有孩子考不上大学，就诙谐地回应：考上了农业大学土坷垃专业！话既出口，就快速闪离人群，心里却陡然生出一阵子难过，后悔当时没有听老师、家长的话。其身后可能也会飘来这样的话：这么大了，光知道玩啊！不知道老的受的罪啊！没出息……

为免遭这种围而责之，我是打定主意得好好学的。我知道，种地的职业只有通过高考才能改变，或者是顶替父辈上班当工人。可我父母都是土里来土里去的老农民，所以，留给我的，就只剩下高考这独木桥了。

其实，现在看来，当下在家乡种地也没什么不好的，农村绿植多，空气自然好些。如今又包产到户，还可外出打工，加上乡镇企业兴起，乡村振兴等等，农村发生很大变化，自来水入户了，厕所革命了，小汽车进村了，河道成景观了，农业的机械化，又让劳力有了大把时间，随着电视等普及，农民精神生活也不单调了。可在当时，如果考不上学，那陪伴你的就是酷暑时节，烈日下，在一人多高的玉米地里施化肥。绿色的棒子叶长剑一样，横竖划割着你的脸庞、耳朵、胳膊、小腿肚子，一条条，一道道，纵横交错，像干涸的河床，裂缝四处漫延。这时，汗水从四面八方涌来，浸满了这些肉质的沟渠，引来阵阵钻心的疼。这些，时刻拷打着我，逼诱着我，督促着我，咬咬牙，少睡点，好好学，离开圪垃地，进城吃馍馍去！

当时参加高考，要过这样几关：备考、应考、等通知。备考，就是挑灯夜战，于题海里度日。有时候，灯光下，做着几何题，却进入了梦乡。往往是被周边一位同学的咳嗽声，或是挪动椅子的声音，或是老师敲课桌声弄醒。睁眼环顾四周，瞬间会被同学们唰唰写字声、交头探究解题声激发出斗志，重新抖擞精神，依然故我地学习。那时，我们的节奏是一天一小考，一周一模拟，半月一会考。考后，老师都会给出成绩及在全县、全市的大致排名，能填报个什么志愿，也大致心里有数了。

考试前几天，老师就会一改往日的督促，和颜悦色地叮嘱：我就要求你们记住两件事，一是要吃好饭，二是要睡好觉，其他的统统给我放下。说这话的时候，班主任老师伸出食指和中指。现在来看，是"V"字，胜利的意思。我们学生呢，一方面害怕高考，高考有偶然性，平时班里数一数二的，高考可能名落孙山；相反，平时学习一般的，心理没负担与压力，发挥得好，就能考上不错的大学。另一方面呢，我们又喜欢高考。高考是从镇上去县城考试，吃的住的都比住校要好得多。那年代，这种瞬时的享受也是挺诱人的。记得那几天为了休息好，脑子好用，母亲给钱，我去镇上药铺买了瓶健脑补肾丸，临睡前按剂量服了。第二天早晨，若不是同学用胳膊拐我几下，我恐怕就要错过考试时间了。

去考场的路上，我一边吃馍，一边做题，至于怎么考试的，却记不起来了。只记得，最后一场英语考试时，头脑发昏，现在想来，如果不是那场考试晕场，很多题目就能答对了，或许我的前半生，也就不是当下的样子了。呵呵！臆想吧！

接下来，就是漫长的等通知时间。那时没有传呼机，通信的唯一工具，就是绿皮的邮政自行车，或是人传人的告知。那时，正是八九月份，大暑天的，地里也没有多少活了，只有玉米在阳光下尽情地呼吸，疯狂地舞蹈，蹿个、拔高，成长、成熟，是它的心事。雨来了，叶子吸吮；风来了，叶子起舞，炽烤中，青绿的棒子，慢慢长出了胡须，由嫩白到微黄至棕褐色，把略带黄边的绿皮一剥，油黄的玉米粒就见天日了！这是农人们最开心的时候了，虽然为此付出了一个大夏天的涔涔汗水。

这段时间里，我多是家里蹲，更不愿意出门见人，心里只盼着录取通知书哪天能落到手中，幻想着"丁零零"绿皮自行车从庄西头跑来，停在家门口中，喊着名字，叫我出去拿通知。

终于有一天，快中午的时候，堂姐从学校回来，兴奋、急切地敲响我家的大门：兴儿，教务处叫你去拿录取通知书！

拿回通知书，顾不得吃午饭。拿着那张通知书，从上往下念，从左到右读，正面看看，反过来看看。母亲看看，边看边读，还没读完，父亲又抢到手：这个红章这么大啊！

看着父母拿着通知书不放手，念了又念——好像要背过上面的每一个字词，我的眼睛湿润了……

半年前的一幕闪在眼前。

那天，我从学校回家拿干粮。母亲指着头顶上悬在挂杆一边的干粮筐子说，新蒸的窝窝头，还有包好的煎饼，都弄好了，自己拿吧。我惯性地抬起头，筐子在哪儿呢？在哪儿呢，娘？

就在你头顶上啊，一伸手就够着了！

哪有啊，娘，我眼看不见了！

母亲让我赶紧躺下，父亲就去河东买来两大根油条，我咀嚼了好久，不愿咽下去，好让那香味在嘴里多待一会儿。油条钻进肚里，慢慢地，我看见煤油灯微弱的光，在闪烁……

读茶

《茶经》里有这样一句话："茶之为饮，发乎神农氏，闻于鲁周公。"这是说咱中国茶的起源。

我对茶的感知却是从茉莉花茶开始的。

小时候，家里来了客人，母亲就说，兴儿，快烧水去。我连忙捅开被封住的炉子，蓝色火苗晃动着，燎绕着，亲吻着壶底，水壶就"哧、哧"地哼着曲儿。

我知道，壶里的水，心气是高的，即使待在缸里，被冻僵，也不改逐热的初衷。它心念着，马上就要用周身的炽热去暖抱那梦寐以求、香气十足的茶叶了，所以在壶里总抑制不住地大跳小跃。

我刷茶壶、洗茶杯，这当儿，水也沸了。我从一个案几上的小铁盒里，拿出用纸包着的花茶，小心解开灰色的"十"字形小纸绳子，把茶叶倒在茶杯里，右手高高抬起水壶，"哗啦啦"，一股白色的热流绕开团团蒸气，流进杯中包裹住茶叶。趁茶杯还未完全热透，我食指中指伸进杯耳朵，小心端给客人：喝茶吧。

这时，有的客人说，这孩子真懂事；有的就用手指敲下桌子，以示谢谢；有的客人，只是用眼看一下，转眼继续与家人说话。多数客人会凑上鼻子闻一下，呵，这茶真香。

我家有一位常客，阴天下雨来，晚上吃完饭来，有时是半过晌午也来。如果是我们家不忙农活，我就会端上茶，听父母一起与他拉家常。我的任务就是给客人添茶。有一回，我嫌倒茶太耽误时间，一会儿就得添一次，就直接把杯子倒满，茶水溢到桌子上。母亲看到，说，这孩子，手里没数。客人走后，母亲告诉我，酒要倒满，茶要倒浅。茶倒得太满，是要赶客人走的意思。

如今，我有切身体会了，喝酒的时候，总希望人家给自己杯里多倒些，满了才好，才乐意。喝茶呢，觉得倒满了，不好凉不说，还觉得人家对咱没好气。

农村有句老话，叫没事喝闲茶，是说歇闲的时候，才喝茶。记得暑假里的一天，半过晌午的时候，我们从坡里回家换锄具。刚开门不久，一位客人就来了。我没主动倒茶。母亲就说，咋不倒茶呢？我回道，不是还得去耧地吗？叫你倒茶就倒茶去。母亲有点着急。我没好气地去接水了。等我回来的时候，那位客人已经走了。母亲就说，人家不是二五眼，耳朵里也没塞棉花，听得出来。你那嘴也快！

也可能是一辈子忙于农事、没时间出门看世界的原因吧，父母这辈子就只爱喝茉莉花茶。有时候他们来我这儿住几天，我就拿出清茶、红茶之类，总之家里有什么茶，就让他们尝一尝。茶水过肚，都说没滋没味，不酽，还是喝茉莉花吧。现在想想，这辈子的老人啊，也真可怜，年轻时认了的东西，就一辈子改不了。因了这，逢年过节，我给老家老人买的茶，都是茉莉花茶。

出身于农家，离开家乡念书前，我知道的茶，也就只有茉莉花茶，而且对茶我是不感冒的。一来，有次客人走了，我喝了一杯，弄得我肠胃绞乱得慌，直想吐。母亲说，空着肚子不能喝茶。二来我在烟台上学时，班级搞活动，晚上喝了茶，兴奋得翻来覆去在床上乱滚，弄得下铺同学也没睡好。

我对茶不温不热，一直到了 40 岁左右吧，才开始喝茶——之前总觉得喝茶是老年人的功夫，自己坐不住，工作也忙，喝慢茶是真没时间，不如张嘴一口白开水来得痛快。进入不惑之年后，随着阅历增加，心智成熟，在多种场合也开始尝试着喝些茶水——外出旅游购物推品的，济南茶博会上展位荐尝的，茶文化节商家招揽客户的……特别是近水"江北第一茶市"这一楼台，"得月"品茶别开洞天，原来茶有千样，味韵万种，飘摇浮沉，朝暮迥异。其实，人生况味，何不如此呢。

记得那次同学相聚，同学拿来家乡的清茶，让大家尝尝。那茶水看起来颜色足、味道浓，冲上四五次了，还是那么浓酽。我心想，这可能就是好茶了。以后按这品相买来喝，就再也没尝到之前的色味了。这或许就是同学情深的缘由吧。

开门七件事，柴米油盐酱醋茶。岁月寒暑过往，我虽然不曾品出苏仙"从来佳茗似佳人"的意境，却也渐渐有了自己的小"茶经"：铁观音，清淡微香中，我喝出了一种淡淡的涩，觉得吃腻了，用它冲一冲，肠胃会舒服一些，更有那清茶，犹如清醒剂，秋冬季喝上它，那股清凉劲，像条小龙在肚子里乱窜，无端地会让我跑几趟厕所，这时它是一副泻药；至于茉莉花茶，浓香四溢外，还没品出其他，也不似父辈常恋其味在心头——这可是对祖上味蕾的一种背叛啊！

结尾的时候，突然想到，茶之酽淡香涩，或许不完全取决于茶叶本体，因了烹茶里还融了翻腾之水，吻水之火，人间情暖。

2020 年 10 月 4 日刊登于《济南日报》

那方天地

　　说实话，我与书是结缘的，以至于现居家的沙发茶几上、床头与枕边、阳台植被处，随手可触，搭眼可读。

　　回想读书过往，也是由单一到庞杂，逐步开阔起来的。

　　20 世纪 70 年代中期，我上小学那阵儿，书少得可怜。那时候，我接触最多的是家里唯有的那本红皮书《毛泽东选集》。小人书中愚公移山、孙猴子尾巴变旗杆、三打白骨精等情节，吸走了我的课外时间。及至中学时代，我又被父亲借来的《大刀记》《聊斋志异》等所牵魂。

　　真正自主地畅游书海，是毕业分配来省城后。

　　那当儿，为应对工作之余的空虚，按同学提醒，去图书馆办了借阅证。从《毛泽东传》等人物传记到《心理学》等社科书籍，再到《文化苦旅》等文学类书籍，随着阅读面的扩展，加上工作上文书历练，我渐渐有了码字的兴趣。1996 年在《泉城周报》发了处女作之后，我的文章常常被《济南日报》《齐鲁晚报》等刊用。每每此时，成就感的涟漪就荡漾起来。

　　爱好是最好、最大的动力。这些年来，每每忆起写作，总忘不了冯骥才先生的散文《春天最初是闻到的》。书中有这样一段："在日落前的一瞬，夕阳残照已经挪到我书架最上边的一格。满室皆暗，只有书架上边无限明媚。那里摆着一只河北省白沟的泥公鸡。雪白的身子，彩色翅膀，特大的黑眼睛，威武又神气。"——这是他在《夕照透入书房》一文中的情节描述。多奇妙多有画面感的细节呵，眼前明晰缤纷着一幅夕阳入室的美景。在多次赏读、揣摩、回味的基础上，我仿此学写《泉城"输液"工》："随着机器一阵'哒、哒、哒'有节奏地欢唱，被剖的路断面由黑色的沥青变为灰淡的渣土，继而看到了潮湿、泥泞的黄土层。突然，'嗞'的一声，一股混浊的水柱向上蹿起，冰冷的水滴从脖领口处钻向后背。我浑身一抖，打了个寒战。"这篇重在细节描写，千余字的随笔，在玉堂先生的指教下，破天荒地上了《济南时报》副刊头条，还获得征文二等奖。同年，我还在《齐鲁晚报》《济南日报》副刊发表类似注重细节描写的文章十来篇，之后《作家报》《散文选刊》等刊物也多有采用。

在文章架构方面，给我启示最深的是宗璞的散文《紫藤萝瀑布》，文章以"我不由停住了脚步"开头，以"在这浅紫色的光辉和浅紫色的芳香中，我不觉加快了脚步"结尾，中间抒发作者对紫藤萝的所见所感时，我豁然开朗：这样写直奔主题，引人入胜，是个好架构。在红叶谷郁金香花节征文中，我仿此手法写的随笔《风情谷里花木深》，一举获得征文三等奖。

进入知天命之年的我，愈感时光的急促与无情。但时光之尾又悄悄地告诉我，博览群书益处多，只取千盏一明灯。

多读书吧！在那灯火阑珊处寻觅属于自己的那方天地。

失落的五斤肉

　　20 世纪 80 年代中期，我毕业分配来省城工作。随着户口和粮油关系的落定，我成了名副其实的城里人。一种无以言表的欣慰洋溢在我们五口之家。

　　年根，同事说，凭粮油关系供应证每户能买五斤平价肉和豆类什么的。我兴奋地把消息告诉家人。"这么好啊！有平价肉就省下买高价的了，这个年好过了！"母亲在电话那头应着，百里之外的笑容仿佛就在眼前。

　　带着全家的热盼，腊月二十九那天我凌晨五点起床，简单洗漱后，我就骑车直奔附近的粮油店。还未到门口，就看到微弱的路灯光下，几十米长的队伍向模糊的粮油店延伸着。这么多人啊！我顺在队伍的后面。

　　清冷的寒风催着黑压压的队伍向前挪动着。不知道从什么时候开始，我感觉耳朵像被猫咬似的隐隐作痛，人们边交谈边跺脚活动身子。"自觉点儿啊，都不容易，别加塞儿！"有人对着前面一位用花围巾包脸的中年妇女喊道。"去年还有两个人就轮到我了，结果没肉了，白冻了半天！唉！"身旁两位大爷抱怨着。我两手入袖，轻轻跺脚，生怕一插话露出那口浓浓的乡音，心里暗自祈祷能如愿买上肉。

　　太阳照到头顶的时候，我成了队伍的领头人。看着卖肉的店员将刀指向那瘦肉区，我说："阿姨，我要肥的。"这是母亲特意嘱咐的。"哧"的一声，肥肉上了称，"三块九毛五！"钱货两清，十分之一的工资就交给了粮油店。我把肉捆在自行车后座上，哼着"初升的太阳，照在脸上"

校园歌曲飞快地奔向单位，心里想着赶快打点行李，似箭归家，把这能支撑起年的东西交给家里，以换来父母的舒眉。要知道，以往过年家里一般买一二斤肉，此时翻倍的肉对一个五口之家意味着什么。

谁知，到单位停车拿肉时，车座上光拴着半根白色小细绳子，什么也没有！我脑子一片空白，手冷脚凉，脸上渗出了虚汗！赶紧掉头沿路返回，望眼欲穿盯着马路上每块疑似的纸包块，巴不得那块肉能执着地在那儿等我，或是听到有人喊：小伙子，是你丢的肉吧。可是来回两趟，除看到马路上深浅不一的坑窝、些许发光的玻璃碎片、匆匆的行人和车辆外，其他一无所有。

一上午的时间，不知什么时候，也不知怎么回的单位，只感觉排队、买肉、交钱、捆绑像过电影似的萦绕脑际。我欲哭无泪，嗓子眼里直冒火，电话拨通老家的那一刻，我情绪失控，泪水顺着鼻梁往下流。

那个猴年来得急，还未写个什么寻物启事，就"爆竹一声旧岁除"了。

当然，没有肉的素年是令人纠结的。

要命的是，我至今也弄不清楚当年在何时何地失落了我心上的那五斤肉，更不知道只过了一下我手的那五斤肉作何感想。

重阳梦里依稀泪

　　跟老父亲住得久了，就容易发现以前未曾觉察到的一些的事。

　　前天下班回家，我问父亲，今天去哪里玩了？去赶山会了，他说，爬千佛山了，还是顺着那条柏油路上去，到山顶有大石头的地方，就不敢往上爬了。我说，是啊，那里也太陡了，可不能向上爬。话说到这里，我为自己工作不能陪老父亲爬山而心生愧意。想来也是，前几年那个重阳节，与老父亲爬山，到了山顶远眺泉城高楼美景的时候，他说，有你陪着，我心里就壮实些，没你陪，真是不敢上山。

　　老父亲今年八十二岁了，虽说有"三高"症，但心里还是挺敞亮的，腿脚也算麻利。每年重阳节山会期间，他都是要去的，有时候我陪着，有时候是他自己，老人活得很洒脱、很阳光。用他自己的话说，我心里啥都不装，啥事也不想，吃饱了就出去玩儿。

　　他是地道的农民，骨子里的东西没有随时光消失。吃晚饭，比如说吃米饭吧，吃到最后，我们年轻人碗里怎么也得剩下几粒米，或沾在碗底，或挂在碗边上，也不是不珍惜粮食，但就是狼吞虎咽会落下几粒。再看看老父亲的碗，一粒米也没剩下，不是一次这样，我观察多次了，碗里都是干净的。这让我想了很多，几次试着把扫荡后的剩米粒逐一吃掉，可这并不容易，起码需要把碗多转几下，也得动筷子或舌头把它们一一收纳。闲下来时候，我就想，老父亲为啥吃得这么干净？要知道他可只剩下三四颗牙了，还是带摇晃的。看着他面前空荡荡的碗，我就笑着说，老爸，你吃得这么干净，一粒也不剩，可不要说管不起你饭呀。呵呵，老父亲一笑，露出一口没牙豁子，说，你说起这个来，一粒米也是饭呵，哪粒粮食不是老百姓用汗珠子砸出来的。

听了这话，我陷入沉思之中。老父亲是扛了一辈子锄把子的人，农人的辛劳，或许都印在他前额上那三四道皱纹里了，抑或又盘踞在他双腿上，化作"蚯蚓"聚集带了。

今天早晨起床，我听着隔壁有翻身的声音，就问，昨晚睡得咋样啊？少睡了一觉呢。咋还能少睡一觉呢？接着睡不就行了吗？他说，夜里梦见你奶奶了——你奶奶在梦里凶我，说我不给她上坟（祭祖），说得我都哭了。哭醒了，就睡不着了。哦，是这样啊，这回可是动你的心思了。是啊，睡不着了。就算着快十月初一了。

这时，我拿出手机一看，哟，重阳思亲啊。父亲接着说，你多买几刀纸，连上媳妇家的老人，到时候一块儿去上了。现在不让烧纸了，我说，不烧不要紧，心里有这个事就好。这事你可记住了，我回去也跟你弟弟说一声，让他也多买一刀。好的。我应允道。说这话的时候，我想起了炳峰先生常说的一句话，"八十岁以上的老人，经天历世"，他说的话都是仙话呀。

吃早饭的时候，我又把这事给同事说。同事也说老人的话是实话啊。从这里我就想到，心再大的人，再达观的人，也有心事，也有绕不过去的坎儿、化不开的情、解不开的结。父亲从十几岁就推独轮小车，推土筑堤坝，替生产队送公粮，他用脚步踏遍了通往西乡、东乡、北乡、南山的羊肠土路，丈量着十里八乡的山高水长，饱尝着家乡一草一木的自然韵味，他在大地上行走耕耘是那样执着自如，可面对高科技发展的今天，就有些手足无措了。智能电视按了开关，不出影像，就不会再操作了；智能手机用不了，可老人机无意间一关机，也不会开机了；疫情期间查验健康码，他就掏出手机让人家自己找，或是亮出打印出来的纸码。我说，咱俩相差不到三十岁，可先进技术相差的不少啊。他说，是啊，这就是社会进步，一代比一代强啊。

或许，他早已觉到了这一点。多少年来，他每天吃了饭，就去图书馆里看报纸。看什么呢，他说是《参考消息》。老人都喜欢看，人多的时候，常常一时半会儿还看不上。晚上回家一块儿看电视的时候，他对一则新闻，往往都补充几句背景；有时候他说的事，也是我刚从手机上看到的。

人老心不老啊，这就是我达观的父亲。

晚上散步的时候，看到灯光下草坪上依稀飘落的被岁月吹皱了的斑驳树叶，我想，或许正是它们，催生起了人世间绚丽壮美的秋景，给秋天增添了一种仪式感。

沏上一杯清茶

夕阳收回了最后一缕光芒。

我没开灯,借窗外微光忙着收拾东西。

"还没走啊?"渐黑的办公室里传来熟悉的声音。模糊中,他还是穿着那件西服上衣,从门口闪进来,没有一点动静。由于天黑,我没看清他的脸。

都这个点了,他来做什么?我脑海中回转着,嘴上却说:"嗯!正准备呢,关了机就走。"我掩饰着惊讶,边收拾边回应,感觉这话并没有走心,是从喉咙里出奇地冒出来的。

"喝点茶吧!"他走到离我几步远的桌前,递过一只白茶杯。

这只白色杯子,我从没见他用过;只感觉很干净,不用再洗,再冲。

人与人相处,人品好,就是最硬气的底牌、最直接的通行证。虽然是这个时候了,我还是不自主地走向暖瓶桌。

他不再说话。

我就说:"你这个人啊,好就好在不看人下菜碟,不论对谁都一视同仁,也看得起我这个乡村出生的小青年。你还记得在街道的那些日子吗?那时,你走在街上,碰到满头是汗的环卫工,就常常停下脚步:'悠着点,别热着!'有时,还顺手递过一瓶纯净水。环卫工一把拧开红盖子,'咕咚咕咚'喝上几口,边用手擦嘴角,边说:'不热,不热!'可下颌处的汗珠还是掉在了地上。

"后来,我从环卫工那里知道,他们说话都喜欢给你掏心窝子，公开场合叫你主任，没人的时候，叫大哥。有些话少的人，一提起你，就伸大拇指。"

他点头听着，我继续叙道："我觉得你待人亲，和人没有距离。你有事找我们、交代活儿，不是拿电话喊我们过去，而是跑到我们办公室，微笑着径直坐在对面，'叭叭'打着火，点上烟，先吸一口，当烟云从鼻孔飘然而出时，我们就会听道：'有这么个事啊，你看……'这时，我们会从心眼里接受你的活儿，很乐意干，干了，还不觉得累。"

他微笑着，轻轻点头。

这会儿他要喝茶，我也不知道怎么的，也可能天色已晚，加上他突然驾到，我竟一时找不到茶叶盒，手在桌子上乱摸，还忘了开灯找。

这时，就听他说："这阵子，我们那儿挺热闹，常有人来，没觉寂寞。"

"嗯，你人缘好啊！"——这点，我深信不疑。

"你还记得吧？"我接着叙道，"一般忙活完了，你就过来跟我们开玩笑，这一说一笑，干了一天的活儿也不觉得累了。你还记得吗？你说八十年代那会儿，有个人头一次去洗脚，一只脚刚洗，就对服务生说：'不洗了，痒痒，受不了！'服务生拗不过，但要收两只脚的钱。那洗脚人不乐意啊，嘟囔着：'洗了一只，为啥要两只的钱！'我们听了哈哈大笑。一个没架子随和的人，能有寂寞吗？

"我还记得你醉酒的那次。你记得吧？"

"当然！还是周天一早才知道的。"

"嗯。你本来酒量就不大，可那天晚上特开心。当那对两地分居的夫妻，在你差不多一年的奔忙下得以团圆，敬酒时，你接连干了两杯，52度的啊！接着，又回敬了一杯。

然后你就头趴在桌子上，一会儿抬头又唱起来：'请让我来帮助你，就像帮助我自己……'"

"呵呵，兄弟们高兴了，我也高兴。你年龄多大？"

"我属马的。"

"哦！和老李一个属相啊，比他整整小了一旬，还是小伙子呢！我那地啊，不问年龄，是扒拉着来。"他说着，很认真的样子。

一席话，我脑海中出现了一些画面。我母亲性子急，父亲常说："你娘是刀子嘴豆腐心，一把屎一把尿地拉扯你兄妹仨长大，算是刚脱出孩子阵、享点清福了，这不，就走了。"我的一位老故交，跑步、游泳天天练，还未进不惑之年也去了。有一位乡亲，做一手好买卖，车子房子，20世纪 90 年代就有了，可只走完了半百的路，还有……哎！人生无常啊！人是宇宙中的一粒浮尘，在时光的长河里，起起伏伏、上上下下，恍惚间就到了时光的那头了！

寻着暖瓶，我这样思忖着。

突然，灯亮了！

我惊喜，这回可找到茶叶盒了！回头一看，他却忽地不见了！

咋了？怎么回事？一惊，一急，我醒了！

于是，我打开电脑，手放在键盘上，总觉得要写点什么。可一个时辰过去了，屏幕上一个字没有。

现在想来，沏上一杯清茶，氤氲着馨香，萦绕梦中，就是最好的了。

2018 年 5 月 6 日刊登于《济南日报》

那缕烟火味

生活是一本书，标题和目录，则是生活的筋骨。

杏月之际，老父亲下楼时摔倒了，拍片显示，小腿腓骨骨折，上了石膏，只能躺在床上。这期间，常听到老人叫我的小名，心里不时荡起一股暖流。

那天，暖阳正好，我把老父亲用轮椅从屋里推到阳台上晒太阳。爷俩平坐闲聊，话题多是我小时候的事。

说起这些，老父亲常用不太清澈的目光看着我，摇摇头，说不记得了。

呵呵，老父亲说不记得了，我知道，并不是说他记忆力差了；相反，他一辈子经历的刻骨的事，与母亲一样，记得有鼻子有眼，絮叨得我都记住了；只是那时候为生计奔波，孩子生日娘满月、七大姑八大姨的事，他无暇挂在心上，而养家糊口，把孩子拉扯成人，才是他的心事。

这使我想起了与同龄朋友聊天的场景：朋友说，我爹妈根本不在乎我，不知道晚上生的我还是白天。我说是啊，我父母也只记住了我阴历生日，阳历的查万年历才知道的。现在想来，这些都是情有可原的。因为在那年代，让你吃饱穿暖长大成人就很不容易了。不妨做个换位思考，如今家里的汽车、冰箱、彩电以至房屋等大件家什，如果不看发票，谁还记得购买的具体日期呢？呵呵！所以，那时候，活下来，长成人，就是大人们心中的王道。而我们呢，刚刚入世，脑子空空，两眼一放光，飞虫走蝇哪个不会留下印象呢？

我现在依然笃定，小时候经历的事，一辈子忘不了。凡事经心嘛！

就说下午放学之后的晚饭吧，我们那里叫吃后晌饭。原先家里有两棵枣树，一棵居院中心，一棵在院东南。靠西挨着饭屋的，是两棵大榆树，最西边是一棵香椿树、一棵酸石榴树、一棵甜石榴树。这些树，高低错落，树冠大小不一，夏天的时候，交叠的树叶像一把把伞，把院子笼得青绿相间，阴凉地到处都是。我们一家人就常在那大榆树下吃饭。

那时候，农人家的晚饭是最有滋味、最有仪式感的。这大概是因为早饭讲究快，吃完了得赶快下地干活；中午饭呢，一般累了，就简单做点，稍打个盹还惦记着地里的庄稼；只有晚饭，吃得从容些。

天快黑的时候，母亲从坡里一到家，就开始做饭。我呢，就是当火头军，给母亲打下手。

母亲一般是和面蒸窝窝头或菜窝窝头。这时候我就跑到饭屋里，用火柴点着一把草或树叶，放在炉膛里，开始用拉风箱，随之往炉膛里放秫秸、麦穰或高粱茬、棒子茬，或是小树枝或树根；当然也有放炭的时候，但不多。这时母亲从屋里端来一大盘小矮人式的窝窝头，放在热气腾腾的大锅上，盖上盖子，说，等上了大热气的时候，就去看看表，半个钟头就熟了。

好嘞！大热气，半个钟头！这是那时的主题词。

我往炉里添柴火，左手拉风箱，"咕哒、咕哒"，右手放柴火，炉子越烧越旺，不到五分钟吧，白白的、一团团热气就从锅盖缝隙窜出来，整个蒸笼就像一个大馒头，似隐似现，烟火味加上蒸腾的湿热气，弄得我满头是汗，有时又呛得两眼直冒泪，还咳嗽。但习惯了，也就没什么大碍了。也就从那个时候起，我学会了认钟表，七点一刻、七点半、差一刻八点，这是我常念叨的时间点，在当时的脑海中，它不光是时间刻度，更是笼里食物蒸熟了的标志。现在让我欣慰的是，当时课堂上还没学识钟表的时候，我在生活中就用上了。现在想想看，那时烟大、呛得睁不开眼，按说烧火是件苦差事，但那时候一点也不觉得苦，因为心中升腾着农食的醇香。

酝出生活的甘甜，芬芳苦乐年华，这或许就是烟火的初衷与追求吧。

老宅里的书香烟火味　徐可顺／摄

饭差不多熟了，我就找来笤帚，在榆树下扫出一个三四平方米的小天地，周围零星散落的树叶围拱着，映衬着，这方天地显得格外夺目。舀几瓢水，均匀地洒在地上。由于地面晒了一天，是热的，这个时候，被凉水浸湿的热泥土，就一下子活跃起来，有的冒小泡泡，有的蒸出一团水汽来，这团水汽，带着一种特有的泥土味，向四周扩散、向上蒸腾，农家的味道就初显了。现在回老家，在青稞地里，有老乡锄地或拔草时，有时还能闻到这种泥土芳味，或许这就是地气吧。

当下活在城里，想常闻那地气，却有些难了，一来生活空间变了，水泥代替了泥土；二来习性沾了城市的味道，再回家乡，无论衣着、举止、话语，都与小时候的家景有异样，抑或变得陌生甚至有点生分。我现在想，若回家乡，还能造出小时候的那方天地吗，晚饭的氛围还能还原出来吗？不会了，不会了！一生辛劳的母亲，终去了另一处可以安歇的地方，八十岁的老父亲，也丢下摸了一辈子的锄把，身体不适，就跟儿女城里过活了。

就在这萦萦绕绕上升的地气中，我把一张圆桌搬过来，把小凳子、小杌子依次排开，高的是父亲的，稍矮的是母亲的，小椅子是我们兄妹仨的。然后我就开始盛饭，第一碗放在父亲的座位处，第二碗是母亲的，第三碗、第四碗是妹妹和弟弟的，最后一碗是我的，放在我的座位处。这时由我或弟弟妹妹开始分筷子，一人一双，对着碗饭放下。

吃饭咯！我一喊，家人就围坐桌旁开始吃饭。记得那一次吃的是面条。父亲最喜欢吃面条，一天三顿饭都吃，也不烦。因他喝得最快——我发现他吃面条根本不用嚼，像喝水一样往下灌，他一会儿就拿着空碗冲着我说，再盛一碗。我放下碗筷，赶紧盛上，递过去；母亲吃完了，我给母亲盛上递过去。就这样，由于我靠着饭锅近，盛饭也成了我的任务，当然，我也挺高兴，因为盛得稠薄、多少都由我说了算。呵呵，现在想起这些事来，觉得还挺有意思的。可就是因盛饭，我吃得最慢，那一次，我才吃了两碗，想盛第三碗的时候，锅里没了，我竟怨得流出了泪，哽咽得头直往上顶。母亲就过来，摸着我的头，把她未吃完的大半碗给了我，说，下次多擀点。

现在想来，那时没冰箱，剩了的面条一过夜就酸，我至今还记得酸面条的滋味。转而一想，如果我家现在五口人再坐一块吃饭，我是不是还会像小时候一样，顺次给父母弟妹盛饭呢……

聊起这些时，温煦的斜阳，射出金黄的光束，时空中万千微粒欢跃着，对面盛开的长寿花，光芒中更艳了。

2020 年 5 月 4 日刊登于《济南日报》

沙土裤里的生命密码

　　提起沙土裤，20世纪50到70年代的农人，定会眼眸闪亮。

　　那裤没裤腿，就一扁圆形、直筒的棉布口袋，六七十厘米高，上端略窄，裤前片左右有一处盘带扣，相对应的，裤后片两侧也有两根盘带，扣带相隔的距离，正好与婴儿的肩一样宽，扣上它，就起个固定作用。

　　那天，在公园散步时，与八十岁的老父亲聊起来，老人家混浊的眸子一下子亮了："你兄妹仨都是穿沙土裤长大的，那个时候，家家户户都这样。有了它，小孩吃喝拉撒就甭管了，尿床也弄不脏被褥。"老父亲脸上一本正经。

　　"这个我当然知道啊，可不记得我穿沙土裤的样了，只记得给弟弟妹妹做沙裤的事了。呵呵！"

　　时光要回转到20世纪70年代。

　　那年，我七八岁的样子，是家里的老大。记得弟弟出生不久，入冬的一天下午，我放学了，父亲就推上带俩篓子的独轮车，放上铁锨，叫着我朝村东头的河滩走。

　　河水很蓝，挤进了远处的天色中。河滩里空荡荡的，干黄的茅草紧紧地攥住大地，生怕被无边的东北风卷去。

　　我系住带大耳朵的黄帽子，双手在袖筒里交叉着，不停地跺脚。父亲这儿铲铲、那儿挖挖，用铁锨铲去地下的茅草根，突然，约一尺深的地方，略带些许湿意的沙土裸露出来。父亲弯下腰，伸手捏了捏，说："嗯，是它！"就见他朝左手上啐一口吐沫，双手一搓，扶着铁锨把，右脚狠狠一蹬，锨一翘、一扬，十几个来回，就装满了一车沙土。

"来，前头拉车去！"我弓着腰，父亲蹬紧双腿向前拱，小推车吱吱地爬上了河岸。父亲跟我说过，推小车是他一辈子的绝活，有时候困极了，还能推着车子睡一会儿。

这些沙土，因多少混点土，略带黏性，有时是粘成一小块。在北墙根晾晒的时候，母亲就用铁锨拍碎它。几天后，用筛子筛去沙土中那些大粒的沙子和其他杂物；再用小细箩筛，留下来的就是那些摸起来细滑的沙土了。我抓起一把，用力一攥，沙土从指缝间流下，又爽又滑，特好玩！

晚饭后，母亲找来大锅，放上沙子，烧火炒沙。随着母亲手中铲子翻动，看着锅里这些干爽不粘连、从高处不断向下流的沙土，我心生好奇，就接过铲子去翻。"啊！好烫！"我蓦地缩回手来，第二天早晨，中指指头上起了个绿豆大小的白泡。母亲说我用力太拙，炒沙土是功夫活，得用巧劲。火候到了，沙土里那些活物、菌类的东西就都烫死了，或浓或淡洋溢出丝丝腥土味。

等到沙土变成红褐色或灰紫色时，就算炒熟了。凉却到不烫手时，母亲就装进早已缝制好的、相当于弟弟腰一般粗的那个筒袋里，把弟弟光溜溜地放在温热的沙袋里，这就是所说的穿沙土裤了。这当儿，沙土不能放得太多，也不能太少，刚没过小屁股正好。每每这时，弟弟就在沙裤里乱动，嘴里还咿呀地叫着。看得出，他很享受这沙土世界的温馨——现在想来，可能是沙的柔滑性与母胎中的水柔性太过相近的缘故，所谓初生婴儿不怕水，或与此同理吧。

玩得差不多了，母亲就将弟弟平放在床上，沙土裤里的沙土也平静了。母亲轻拍沙土裤，弟弟慢慢闭上眼睡着了；母亲轻声地道："这宿能睡个囫囵觉了！"

第二天一早醒来，母亲把弟弟从沙土裤里抱出来，用手抹掉挤在股沟皱褶处的几粒沙子，重复上述程序给弟弟换上新沙土。

我分明看到，从沙土裤里换出来的这些沙土，因尿液浸渍略显湿意，母亲将这些沙土倒掉，攒个差不多，就运到地里又回馈大自然了。

这就是一个完整的置换沙土裤的过程。如此，经历一个也可能是两个寒暑过往，弟弟就不用再穿沙土裤，而是改穿开裆裤了。

也就是从此之后，沙土裤淡出了我的视线。而进入我视野的，则是各式各样、不断出新的婴儿尿不湿、纸尿裤等。

这些场景交互过眼的时候，父亲仰头看天，说："一代人有一代的奔波，岁月都给你记着账呢。你穿沙土裤不记得了，你奶奶说我也是穿过沙土裤的。小孩子火气大，穿上它败火不说，还弄不脏大人的衣裳。赶上家里有客来，更不耽误大人做饭，孩子拉了、尿了，沙土裤一抖，新的、干的沙土就围拢上来，孩子的皮肤该怎么舒服还怎么舒服。"

听着父亲的述说，我联想到上次在火车上与鲁西北的一位大哥看到黄河沙滩、共聊儿时穿沙土裤的事情，又想到自己几年前赤脚穿梭在晒热的沙土里治好了脚气，不由得叹服先民们的创造，叹服他们生于自然、利用自然的生活智慧。

原来，人类的生命密码就在大自然怀里。

2018 年 2 月发表于《散文选刊》下半月

老父亲的生活潜力

老父亲是潜力股。这是母亲离世后我慢慢体悟到的。

父亲徐文立　徐可顺/摄

20世纪六七十年代那阵儿，父母地里来地里去，拉扯着我们兄妹成长。父亲少言寡语，没农活时，就坐在椅子上抽烟。母亲作为家庭生活之主，柴油米面酱醋全包办；往往边照顾孩子边做饭，身影在大屋、饭屋间穿梭，锅碗瓢盆随她唱个不停。"拿面铲铲铲面啊！""面铲在哪儿？""在大屋的缸里！自己的家，啥在哪儿都不知道，成天数拨浪鼓的，不拨不转！"在父母你来我往的叮当声中，一锅热腾腾的地瓜粥加窝窝头就上桌了。如此生活节奏，也催快我们兄妹出落成人的脚步。

天有不测风云。进入耳顺之年、刚要享点清福的母亲，却被脑干出血永远地摄走了她那唠叨声。家的氛围让人感到窒息！以后的日子怎么过？我替不会家务的父亲捏把汗。

可是，老父亲创造了生活奇迹。

时钟拧回到十几年前，母亲去世，我首次探亲回家。推开大门，院里梧桐树冠仿佛也干瘦了许多；树上鸟儿的欢迎声、自来水注入水桶的"咕咕"声、亲戚邻里的串门声哑然，空气静寂得让我的心没个着落。"回来了？""嗯！这些天怎么吃的啊？""下面条，有时四邻八舍做好吃的，也叫我去。"这是父亲最初几个月的过法。

时光拽我前行。次年暑假，带孩子回老家。一进门，盈目绿意即刻笼罩了我们——院子里，父亲种了黄瓜、茄子、豆角、萝卜等应季蔬菜，间隔有致的香椿树、石榴树、柿子树、苹果树齐心合力将梧桐树挤出院落，俨然成农家瓜果的乐园。孩子追着蝴蝶、蜻蜓满院撒欢，突然柿子树上结的青色小软枣收住了他脚步——那是父亲嫁接的杰作——前几天我们刚吃了它结的甜甜的大黄柿子呢。玩累了，孩子就弯腰数院里的植物，还不时来个微距拍照，好像要把这家园风光收尽敛全。回到城里，孩子发现新大陆一般："老妈，我爷爷可真行，花草树木还有蔬菜，全种了，有八十多种咧！爷爷一出屋门，鸡、鸭、狗什么的就围着起哄，爷爷顺手向远处撒一把食，小动物们就跟着逐食去了！最好玩的是小乌龟，不言不语，探出脑袋刺探动静，我照相了，快看看。"老父亲有事干了！"看着她娘俩欣赏着照片，我自言自语。

是啊，父亲变了。两年来，每次回家，他就用自种的西红柿炒笨鸡蛋、用刚下架的豆角炒肉等农家菜来迎接我们。这还不够。末了，见他拿鸡蛋在碗沿轻轻一磕，那浓稠、鲜亮的蛋黄在透明液体的附着下，一跃就到了碗底，还未醒过神来，就跟着父亲手中筷子转个不停。得意忘形之时，父亲顺手把碗一转，玲珑蛋黄即刻投身沸腾的战场。霎时，翻滚的西红柿间盛开了无数朵黄色与乳白色的菊花、牡丹花，那色、那香、那味，随着袅袅蒸雾，进入我们的口、胃，直至心田。

为控高血糖，老父亲每周都用棒子面掺豆子面蒸窝窝头。看着个个小人似的、散发着地道醇香的窝窝头，父亲劳作的形象就在我脑海中清晰凸立起来——他用骨感的左手，托着桃子大小的窝窝头，粗壮的右拇指与食指夹着稍厚的窝窝皮，一颠一颠地跳转着；手指甲缝里挤满的面泥与暴起的青筋相映得那样和谐。每想起这些，我的心就像被虫儿咬了一样，隐隐作痛。

现如今父亲蒸窝窝头、擀面条、做菜都不在话下，相反还多了些享受阳光雨露的闲暇惬意。今年重阳节期间，他照例又来千佛山赶会、望远、试体力。他一口气爬到山顶。"来，照张相！"他抿出笑意的嘴角像一弯上弦月写意脸上。"看来，我还能爬上来，可没有你陪着，心里还真打怵呢！"父亲说话的当儿，一阵凉风吹来，我浑身打了个激灵。

"但凡能动，就尽量不麻烦你们啊！"山会后，父亲淡淡回绝我的挽留，又回乡下了。

初冬时节我再返老家。古稀之年的父亲，早已烧上了土暖气。望着炉膛里根部金黄、梢头湛蓝的火苗，我脑际猛然飘来这样的话：一枚不起眼的块煤，往往蕴着不俗的光热，一经引燃，就会爆出不凡的潜能。细想一想，常人的潜力，又何尝不需要某种方式的引燃呢？

2015 年 11 月 22 日刊登于《齐鲁晚报》

刘玉堂先生的点拨

那天，周三。向往常一样，晚上照例去参加读书会。

然而，让我颇感意外的是，读书会上竟遇到了文学名家刘玉堂、戴永夏等前辈，还有《泺源》杂志社自牧、王展等文学前辈。

与仰慕已久的诸位大家相遇，对一直徘徊在文学边缘、受其熏染的我来说是惊喜，更是幸运。

读书会在举行《泺源》杂志创刊首发仪式后，进入作品交流环节。我首先深情地朗诵了自己以赞美水务工人为题材的小文《管道工礼赞》。文中我借用与老家侄子的对话，介绍说明管道工的工作辛劳与不易，呼吁社会对他们多关注一点、体谅一点。

诵毕，刘玉堂先生首发点评。他在肯定我关注城市管道工这个社会底层人的辛苦立意好之后，说："题目太大——目前除了《白杨礼赞》外，还没有遇到过这样设定题目的，写文不要大题小做，而是要小题大做，入口一定要小。你的文章细节描写少，只感觉是作者在说话，显得很平。再是文章过程化，开头没有直捣主题。"

接着，他又回过头来认真地看着我说："写文章光写照相机照到的是不行的，要杜绝概念化，少用数字，多用文学语言来写，让读者通过细节描写来感悟其中的道理，换用名人的话说，就是好文章不是要表达出来，而且要隐藏表达。"

趁他略作深思之际，我停下笔，寻机抬头看了看老先生，感觉他一直关注着我的表情，好像是在读我，看我是不是在用心领悟，是不是理解了他的意思，一副关切、热心的样子让我心潮澎湃……

回家路上及入睡前，我心里一直突突不静，脑际翻来覆去都是老先生的评语，直觉刘玉堂前辈所说的这些散文写作技巧，像教杆一样，直戳我的神经痛处，准击我的软肋。

说来也是，年近知天命之年的我，前半生用来读书的时光可谓不太多，几大古典名著也没怎么细读，平时放在桌上、床上随手看的，也多是应用类、社科类的书，至于纯散文作品，也多是一目百行地扫描猎奇，简单地从中寻摸点结论性或启发性的句子以求心灵愉悦和谈资上的共鸣。至于语言运用、表达等技巧，就更无从细细品、咀嚼了。而所有这些，又都源于自己那颗沉醉于浮世，飘悬、荡漾的心！

驻足回首，人生钟摆的分针将向正午叠合，这又是一个起承转合的岁月节点。本性贪婪的匆匆时光虽然悄悄捎走了我的半世年华，却大意失荆州把经年匝绕的心智年轮遗留给我。

试想，一个心智日渐丰盈的行者，还会蹒跚、迷恋于昔日时光吗？

母亲说话的风格

著名作家刘玉堂先生曾经说过，一切文学创作，其实就是一句话：用自己的语言，写自己的故事，而阅读就是创作的催生剂。

——题记

有段时间想写写母亲了，写写她老人家的言谈或者说是说话的艺术。上升到艺术这档子，合适不合适，我拿不准，就一直没动笔，可没事的时候，还总在肚子里翻腾，期望有更贴切的词，但至今没出现。不等了！今天先口述下来，交由诸君，或许就有了答案。

母亲娘家与我家就隔着一堵墙。她家在临街胡同深处，我家就在大街南侧。农村有句俗语，"街里街坊的，谁不知道谁啊。"因此，我们两家是知根知底的。

母亲是 20 世纪 40 年代初生人。她个子不高，身材比较胖，可以说上下一般粗，圆脸，见人不笑不说话。我很小的时候，听见有人背地里叫她小蔓莛，我不懂啥意思，也不会写，光记住了，也觉得不是好词。现在想来，当时说这话的那个男人，个子也挺矮，印象中与母亲差不多高。好像母亲也知道这事，每当这个时候，就说，老鸹飞到猪腚上，看见人家，看不见自家。

母亲喝过墨水，在村里女人中，算是文化人。其实，据她说，也没怎么正儿八经上过学，不像我父亲，一提起上学，就自豪，说，俺高小毕业。高小，20 世纪 40 年代，在乡下就是最高学历，只有城里才能有初中上——这是后来父亲告诉我的，他说，从小就在我姑姑家里吃喝拉撒，姑父也不说二话，全力支持。所以我记忆中，八十多岁的老父亲一生中就流过三次泪，其中一次，就是我姑姑的去世。

母亲有一手好毛笔字。记得我在初中刚学写毛笔字的时候，晚上在煤油灯下写，那么软的笔，根本不听使唤，就照着葫芦画瓢，写得不成个儿。母亲就凑过来，拿起笔，蘸几下墨，笔尖在砚台边上抹几下，悬着腕，微低腰，边写边让我看。你别看她站着写，可写得工工整整，很是方正舒展。那时候，我觉得她的字与字帖上的字没有多大区别。母亲边写边说，写毛笔字，先练"永"字八法，说着，一个个结构复杂的"永"字就立在大仿纸上。我开始运笔，可怎么也写不好看，最后气得我用毛笔在纸上乱涂圆圈。母亲就说，写字不能急，心急喝不了热黏粥。现在回想起来，她说的一些话都挺应景，而且是脱口而出。这就像她写毛笔字一样，心手相应。大了一些，我才知道，这多是一些歇后语。

小时候我可能不大出门。邻居家来串门，母亲就说，俺这孩子可腼腆了，和大姑娘似的，整天大门不出二门不迈的。小时候，生活用品、干活用的工具，乡亲之间往往都你借我的，我借你的，讨换着用，我不愿意去陌生人家里去借，母亲就会对别人说，俺这个孩子，就是小庙里的鬼，害怕见人。她这么一自嘲，自然也不强求我去做了。我爱看书，有时候，看着书发愣，母亲看到，说，下神来么？我被惊，又投入书里的情节中。看书入迷时，母亲或叫我给她找东西，我常常拿着那东西还到处找，母亲见状，说，找找找，还找个啥，这不是在你手里吗？真是骑着驴找驴啊！父母农忙的时候，我还不放下书中的书，母亲就着急地走过来，有些生气地说，念念念，就知道念，能成举人，还是秀才呀？每听到这话，我就很不情愿地放下书本，没好气地跑出屋，去帮大人们干活，心里还想着《聊斋志异》上的那些场景。一会儿，看到我心不在焉的样子，母亲又会跟上一句，去去去，看书吧，别身在曹营心在汉啦！事后，娘俩坐在一起的时候，她又会说，她小的时候，姥姥就是对她这样说的。看来，母亲说话的这些特点，是从姥姥门上传承来的。

如此这样，诸君可能认为母亲不支持我念书是吧，这就大错特错，错怪她了！母亲在骨子里是崇尚文化的人，她常说"万般皆下品，唯有读书高"。她这样的重复唠叨，也断不会让她的孩子们当睁眼瞎的。记得那天我去大队里开回介绍信，看到介绍信上字写得那样好，母亲手指着那字，说，看这字写的！人家一家人可都是能耐人，龙生龙，凤生凤，祖上传的，羡不得！

小时候我不想学习的时候，她就会逗笑说，人之初，性本善，烟袋锅子炒鸡蛋，你不给俺吃，俺不给你念……哈哈，又是自创的顺口溜。

20世纪80年代初，那年我没考上大学，整个暑假就待在家里，心急如焚，想念书，又不敢说，因为我是老大啊，是成年人了，一般来说，得帮家里干活了。可母亲就是这样敢说敢做：考不上学，就得在家里撸一辈子锄把子，俺可不想让你活成这样，俺和你爸再苦再累，也得供你上学。这不人家学校来通知了，说你英语好，可以破格录取，快去再念一年吧。就这样，我又怔怔地回到校园中。现在想来，如果当时不是母亲这样决然支持，我也不会因"农转非"而成为现今省城里人的样子了。

母亲笃定想要去干一件事的时候，别人可能会说，你这样子会让人家笑话。母亲对曰，小花（笑话）是大花显的，俺就不信，阴沟里还能翻船？这么不经意地一说，别人的议论自然随风飘去，她就心安去做事了。当你和一个人共事或者合伙去做一件事，那个人老是好占小便宜，母亲就这样评价：可精了，精得耳朵都比头高！我听到这些话的时候，幼小的心里就对那个人有了一些看法，因为从母亲的语气中，我听出了后音。

母亲是一个善于流露看法的人。她碰到那些净说漂亮话、不干事的人，就以"耍嘴皮子的，玩嘴子的"回应。当听到一起拉呱的人诉说某个人做得不好，特别是在村头看到布告上那些画着红"×"的死刑犯做的伤天害理的事情时，就会说，真恨人，恨得我牙根痒痒，这样的人，千刀万剐也不解恨。这样的性格，自然会让与她相处的人有时感到不舒服，无意中可能就会得罪人。母亲则说，不做亏心事，不怕鬼叫门，问心无愧就行，最多就是井水不犯河水。看看吧，她就是这么洒脱。可对好友知己，能拉上来的，她又是那么用情用心：人家敬咱一尺，咱得敬人家一丈，滴水之恩，涌泉相报，有时候咱恨不能掏出心窝子让人家看。

母亲也是一心祝福家人的。记得每年小年或是年初一五更天的时候，母亲到天井北屋的石台前，供上水饺、点心之类，双膝跪在草铺垫上，双手合拢，弯腰磕头，口中念念有词：上天言好事，回宫降吉祥之类，后才欣然回到屋里与家人一起吃饭。

多年以后，我有时候跟父亲聊起这些事来，父亲总是一仰头，沉思半晌，才吐出一句：你娘就是刀子嘴、豆腐心！

是啊，年轻的母亲没在嘴上饶过谁。虎瘦雄风在，人穷志不穷；冻死迎风站，饿死不求人。俺死的时候，不给你们这些孩子添麻烦……似乎昭示出她骨子里倔强、高傲的个性。就是这样一位老人，在她得急症直至离开人世的6个多小时中，她却没说一个字，只有那抖动的手指……

　　说完这些，回过头来咂摸文字、梳理脉络，与兄妹们交流的时候，我的小帅弟说："记得二姑常说，帅，你娘赶集去了，来这里，我给你烙油饼了！"帅弟就揉着眼睛，来我家吃饭了。看看，这就是两家近的好处，相互能照应着家务。由此，我们兄妹们儿时交往的一些情节，就成了彼此一辈子的记忆。当然，在回忆这些时，突然感觉也找到了儿时的自己；直觉得盛年的我，虽然充盈热血，喜闹求群生，但血液里依旧有年少时的影子。是啊，简单、自然、平静，让心在阳光下舒放，一如清溪中扭腰的碧草，根有系而不惊，静听万籁之音，笃做该做之事，顺大自然之道啊。

　　老婆看到这些文字，说，乡土文化，其实最有味道，说话拙中见巧，话粗理不俗。这让我想到了媒体的一则报道，说是一群人去乡野游玩，成熟的杏染黄山坡，人们情不自禁摘果吃，一位农家大爷见状过来，说，自家的杏，尽管吃，吃完了把杏核留下。话落，人们停止了摘杏。

　　晚上，与媳妇在公园散步，看到一小伙子在公园昏暗的路灯下，用小木棍不停地翻捅一个东西，走近一看，是只小刺猬。老婆说，家里老人讲，刺猬是财神，可别作弄它。小伙子"噢"了一声，手停下，又看了一眼，起身消失在灯光深处，怅怅然，留下一缕浅影。

　　啰里啰唆说了这么多，可能有人会说，有啥意思？作家格非先生说过的一句话，给了我写下来的勇气。他说，文学作品是经验的表达，沈从文先生是小学毕业，也可能还没有毕业，但他豪气坦言——别的不敢说，超过莎士比亚是肯定的。原来，他在开始写作之前，已游历了大半个中国，他所经历的事情，就成了他创作的源头。

但愿长作父亲的"胆"

人总是有所希冀、有所梦想的。而且年龄越大，希冀和梦想就越简单。74岁的老父亲每年重阳节期间来千佛山赶山会，欣赏各地曲艺、品尝传统风味，而最重要的是到千佛山登高望远。

去年重阳节的下午，我陪老父亲去了千佛山，他爬山念头依旧，充满渴望且有底气地对我说："每年来千佛山，我都要爬到山顶，向远处望望。"说笑间，我们爷俩就被人群簇拥着来到了山顶。望着山下攒动的人头和泉城美景，老父亲意味深长地对我说："前年是我一个人爬山，没敢爬到山顶。今年有你陪着，觉得山不高了，心里也壮实多了。"老父亲的这句话，从那天起一直萦绕在我的耳边。其实，孩子的陪伴就是老人的"胆"，没有了孩子的陪伴，脚下也会生软。

老人的要求往往最简单不过了，然而工作节奏快，做孩子的真能有时间陪老人走一走、看一看，确也有些难度。今年7月1日新修正的《中华人民共和国老年人权益保障法》第18条的规定，与老年人分开居住的家庭成员，应当经常看望或者问候老年人，用人单位应当按照国家有关规定保障赡养人探亲休假的权利。"老吾老以及人之老""百善孝为先"这些中华民族的传统美德正影响着一代又一代中华儿女。

"找点时间，找点空闲，常回家看看"，盼望子女回家陪伴自己说说话、聊聊天，是老人们的精神渴求。在以人为本、建设和谐社会的今天，关注、关爱老年人，要让他们在精神层面更加充实丰盈，就应该考虑在重阳节期间也规定休假，给我们做儿女的提供个陪伴、孝敬、回报老人的机会，也好让我们当孩子的给老人们一个"胆"，让老人们爬更高的山、看更远的景……

2013 年 8 月 1 日刊登于《齐鲁晚报》

从读者到作者

　　从十几天前得知《齐鲁晚报》第10000期就要出了，心里就感觉到一个重要时刻要来了，《齐鲁晚报》第10000期，该是什么样子呢？10月23日一早，我迫不及待就去森林公园门口书摊买来《齐鲁晚报》。翻着特刊，不知不觉中，把自己带入与《齐鲁晚报》共成长的回忆中。

　　我是1986年夏来济南工作的，当时还没有《齐鲁晚报》。约一年半后，《齐鲁晚报》才在书报摊上进入我的视线。真正结缘《齐鲁晚报》，是在基层分管新闻宣传工作那段时间。也正是在这段时间里，我有幸结识了不少《齐鲁晚报》记者，更多的是名字熟悉，文字往来中对我写作有教益但一直未曾谋面的"模糊"记者。近距离接触的，是一位张记者乘大篷车来社区举办活动时，张记者及其他《齐鲁晚报》记者亲自动手挂横幅、排桌子，解答居民疑问、售卖爱心大米等，这些活动周六、周日经常举办，很受社区居民欢迎，我也从中看到了他们实心为民、奉献社会的感人举止。这期间，我专门订阅《齐鲁晚报》，天天关注《齐鲁晚报》，因为上面经常会刊载社区单位的好人好事、街道的创新举措等，这个时期的《齐鲁晚报》，被我和同事们视为基层日常工作的日志簿。

　　到了2011年前后，我成为《齐鲁晚报》的业余评报员。每天阅读《齐鲁晚报》，就新闻事件谈体会，汇集民意、查找常识性错误，成为生活必需，自己不少的见解、建议，都被采用，也感觉到《齐鲁晚报》记者很关注评报员的意见，一种参与、沟通、互动中被认可的愉快感油然而生。随着评报的深入，我认识了许多志同道合的文友，我们经常在剪子巷里碰面，发表点时评、建议等，说济南的事儿，拉百姓生活的理儿，有的篇幅还不算短，从此逐步提升了自己写作技巧，写作热情进一步高涨，与《齐鲁晚报》的感情也日益加深。其间栏目朱编辑、殷编辑、穆编辑等都在稿件加工、文字修改上给予关心指正，我受益匪浅。算下来，两年中，我在"剪子巷"发表时评建议近百篇，四次获得"杠子头"称号。《省博广场应多点文化味》《历史建筑不能说拆就拆》《学校资源开放得有章可循》《匡山石韵》《田家庄承载北辛文化的土地》《省城道路命名应体现地方特色》《老商埠经纬情怀》等作品，先后在《齐鲁晚报》评论版、"剪子巷"等版刊载。这些作品的发表，给我一个启示，《齐鲁晚报》编辑对投稿是每稿必看，好中选优，凭质量用稿的。因为对同一篇稿子，如果一段时间没被采用，我就会继续修改，再投，这样几个来回，结果最后被刊用。回头再看最初投稿，与采用稿相比，质量差距还是很明显的。

三十年过去，弹指一挥间。如今细想，我不由得感念：结缘《齐鲁晚报》幸运事，晚报燃我文学情。

人生密码

图书馆曹老师留言，请我写一篇与图书馆的故事。

一琢磨，想说的话还挺多。

1986 年夏天，毕业分配来到济南。一个月之内，疯狂拜访同学之外，我最先认识、接触的就是济南市图书馆。那个时候，图书馆在经三纬五这一段，东邻是中山公园，少儿图书馆也在这里。

由于离单位不远，所以周六、周日等空闲时间，没有其他事情的话，我就常去这个图书馆看书。这个图书馆，是我一生中接触的第二个图书馆。第一个图书馆就是我所在学校的图书馆（山东省第二轻工业学校图书馆）。那个图书馆打开了我人生的"南风窗"、我认识世界的"天窗"，荒芜、干涸的心灵就是从那里得到滋润而生长的。人一出去，见识就多，也会说话了。这算是乡人最初对我这个刚出门两年、还算腼腆的孩子的评价吧。

来到济南市图书馆，天地一下子又宽阔了。自然科学、社会科学、古典文学、影视、绘画、法律、音乐、心理学等，置于一排排的书架上，供人各取所需。

我最愿意看的是人物传记。比如一些伟人的生评、传记、纪实等，对我有极强的吸引力，我从书页中领略伟人的胸怀和志向。另外，还看了一些心理学方面的书籍。这对一个刚走出农门的孩子来说，就像刘姥姥进大观园，一半惊喜，一半莽撞。

没几个月，我就和同学报名参加了省自学考试。因为听上几届学长讲，中专生将来在社会上立不好足。报什么呢？就从自己的专业开始吧。自学之于我，就是自己"啃书"，时时处处的"啃"。做会计，月初和月底忙一些，中间有空，就用来学习；周六、周日在单位不太合适，因为有人进进出出的；家里房子小，也不方便，不容易集中精力，最好的地方就是图书馆阅览室。在那里，享受的是一种氛围，那里充满着素不相识的学习者相互间的一种激励，一种互动，一种督促，充满着一种人人不甘落后的奋进，只有沉浸在那个环境、那种状态下，学习的效率才是最高的。

我就是被那里的学习氛围吸引的。

依稀记得，悬在阅览室过道上方的那个大写的"静"字，赶走着一切嘈杂。阅览桌上，每当我有点犯困的时候，听到旁边的同学在纸上沙沙的写字声，困意就没有了。现在想起来，很是怀念那时的氛围与环境。

如今，图书馆阅览室，学习氛围依然，还增加了另外一种阅读学习模式，那就是手机阅读、光电阅读。有时候，冷不丁谁的手机响了，振铃声还挺长，循声望着，原来是一位老爷爷正从口袋里拿出电话来接。在高科技面前，年龄大一些的，是有些不太适应，一是动作慢，二是容易出错。比如我老爸，八十五岁高龄了，有时候本来是想接电话，结果一着急，把电话挂了。

超好的学习氛围和完备的学习设施，是图书馆的标配。最近，图书馆开放试运行一种沉浸式"阅读迷宫"。"阅读迷宫"将阅、看、玩、乐、游有效融合，灯、光、电齐聚，介绍"济南二安"等文化元素或符号。这是向建馆70周年献礼之作。

图书馆是我的天堂，我有时间就往这里跑，哪怕坐在楼梯台阶上，我也可以很安静、很有效率地学习。有一次，单位分了几条鱼，我一看时间还早，就把鱼用塑料袋一裹，绑在自行车后座上，哼着小曲，就朝图书馆奔。停车入位，才发现后座上的鱼不见了，骑自行车返程，东找西找，最后也没有找到，索性去图书馆看书了。现在想起来，如果当时直接回家，就吃上鱼了。可对此呢，我并不后悔。因为这对我来说，是失鱼、得"渔"，我因去图书馆看书获得了工作生活的技能和一些社会交际的知识，这远比吃一顿鱼营养价值大得多。"渔"，我所欲也！

高尔基说，书籍是人类进步的阶梯。那我想补充一句，图书馆是知识的海洋。来到图书馆，就是接受海洋的滋润，来到图书馆学习就是取沧海之一粟。久而久之，自己就可能有一瓢水、一桶水，甚至是一条小河。就这样，我有空就泡在图书馆里，用三年的时间终于学完了会计专科十四门课程。等省自学考试开考会计本科时，我又用三年的时间，拿下了本科自学考试会计毕业文凭。

这期间，图书馆除了提供宜人的场所和学习的氛围之外，对我帮助最大的就是那本《英语语法手册》。它好像是在图书馆的四楼借书部，我常借来读，不厚，300来页，把所有的语法知识点提纲挈领地给串起来，每个知识点之后还都有例句，很适合有一定英语基础知识的人系统地学。就凭着这本书，我积累了大量词汇，顺利通过了大学英语考试。

回顾自己在图书馆六年的自学经历，我感受最深的是，相关知识都融进了脑海里，几十本厚厚的书，被我读薄了。读薄一本书，我一般有这么几个阶段：先是通读，掌握全书的知识框架与大概；第二遍是对着序言再读，同时画出这一页的重点或章节的重点；第三遍就是重复这些重点，着重强化记，在重点中再找重点；第四遍就是看着目录回顾知识点，把知识在脑海中过一遍，不清晰的再翻书加深印象。经过这么几遍，知识基本上就掌握了，考试一般会通过的。所以说，在学历提升方面，图书馆是我不会说话的老师，助力我实现了由中专向专科、向本科的转变。

编辑调研信息　区委办公室同事／摄

由于我和图书馆密切接触，图书馆的各个地方我都很熟悉，感情也很深。每次我去，那些熟悉的管理员都对我点头微笑，我也体验出做一名图书管理员的高贵与富有，觉得这是天底下最有品位的工作。由于经常出入图书馆，我发现来借书的人越来越多，就想起我有一次借书的时候，发现有的书页里面夹有头屑、碎末等，我就觉得图书有必要在每次借出之前，进行一次消毒。于是我就通过写信，给图书馆提了一个购买图书消毒柜的建议。图书馆呢，很人性化，很快采纳了我的建议，并说在着手购置。这就是展在新馆大厅里的图书自动消毒机。据了解，当时设有自助消毒机的图书馆，只有上海等大城市有。现在，常看到许多人在借书之后，就到楼下自助消毒机上顺便去消毒。看到这一幕，我突然有了一种图书馆主人的感觉。如今，图书馆的环境是更好了，建筑"高大上"，遍地"泉城书房"，四季暖气空调，服务越来越精细。夏日延时阅读，还常举办全民阅读和各种知识答题活动，有一年，我还荣幸地被市图书馆评为"阅读达人"。

由于对图书馆的钟爱，有时候也与媳妇一起去图书馆，有时候还邀亲朋好友一块儿去。现在早上去图书馆，就会看到长长的队伍在排队有序进入，这里或许也是他们心中的天堂。

时光一晃，快四十年了。我的图书借阅证也校验了几次，注册了多次，但号码依然是786。也就是说，我是济南市第786位办证借阅的人。

786，是我与图书馆认识的媒介、媒人，记录着我与图书馆的共读时光，是我进入图书馆的密钥，也是我的人生密码。

冬日的一束暖流

周三晚上，我下课后常从六里山南路坐 42 路公交车回家。

那是一个冬天的晚上，快 10 点了吧，终点站一到，乘客们都陆续下车，我离着前门近，下车最慢，正准备下车，那位女司机师傅就问我到哪儿。

森林公园那儿。我大体说了个方位。

那先别下了，我捎你一段。

趁等红灯的时候，她说，这趟车是收班车，一般就从这沿张庄路去经六路那边停车，会路过森林公园。

我喜出望外，连忙说，这么好啊，省了我 10 分钟的时间。

天这么冷，还是车上暖和。她说。

是啊，车外北风呼呼地刮。

但此刻，我的心却暖暖的。

你这么热心肠啊，谢谢你。我是爱济南市民记者，我发个稿件表扬表扬你吧。我有些感激。

不用，可不用。只要是收班车，外面刮风下雨的，我一般都这样。有一回，几个农民工也到终点站了，听到有人说，向西还得走一刻钟吧，我就喊住他们，捎了他们一段路。

你真善解人意。我望着微光下的她，赞许道。

只要不违反规定，能提供点方便就提供点。她手握方向盘，目视前方。

由于她坚持不让表扬，我也没留意她的工号，也没有拍照，忘了她的样子。只感觉穿着工装的她，笑脸上透着善意。

那善意，至今温暖着我的心。

其实，暖心的并非这一件事。这些年来，我或听或见，有的公交车司机为了救助突发疾病的乘客，在征得其他乘客同意的情况下，毅然将公交车开进了医院；有的公交车司机，看到扒手，在车内并不太拥护的情况下，反复让乘客往后面走……有的公交车司机冬天上早班，来不及吃饭，是妈妈等在某一个站点，为他送上热腾腾的面食；更有的公交车司机，在自己患病的那时刻，硬撑着保一车人的生命……

现在我就想，如果每个人都能在自己力所能及的情况下，多为别人想一点，多为别人做一点，那该多好。比如，当你雨天走在路上，一辆汽车经过你身边，司机师傅突然让车慢下来；当你进超市门时，前面走过的客人多为你掀一会儿帘子；当你坐在公交车上，突然手中东西滑落，身边乘客主动捡拾给你……如此，这个世界就是温暖的，生活在其中的人，就会懂得感恩；人人懂得感恩了，世界就能变成美好人间。

那些台下化妆岁月

写下"化妆"这两个字，我是做了功课的。因为想写往事的时候，拿不准是"化妆"还是"画妆"。

专业化妆师说，化妆是一种历史悠久的美容术，是用化妆品和工具，采取相应的步骤和技巧，对人体的面部及其他部位进行渲染、描画、整理，调整形色，掩饰缺陷，表现神采，从而达到美化视觉效果的目的。

而"画妆"则是指描画，"化"比"画"蕴意广，用"化"则更为合适。据说，先人们常在面部和身上涂上各种颜色的油彩，以此祛魔逐邪，并显示自己的地位。

我半生中就经历了两次化妆。

第一次是在上小学三年级的时候，那个时候学制是五年。那是粉碎"四人帮"之后的秋季，学校要组织演出队到镇上搞文艺会演。我们学校准备的是三句半。谁写的词，我至今不知道，只是老师让说什么，就背什么。

那时候，由于五年级男孩少（当然，凑四个人是没问题），学校不知出于什么考虑，把上三年级的我选到三句半队伍里头了。这样，每天正式上课前的 15 分钟预备时间，我就必须到五年级班里去练三句半。15 分钟的时间也就表演两次，然后就得匆匆地跑回三年级班里上课。这样准备了一段时间，就到镇上大礼堂去演了。

从我们村到大礼堂有五里地左右，平时都是走着去，走着回，因为那时候没有自行车等交通工具，更没有公共汽车。记得那天我们老早就到了镇上，有人给统一化妆。

那时候化妆很简单，就是自己洗洗脸，人家在你小脸蛋上涂涂胭脂，然后给你描描眼眉，好像还涂了点口红吧。之后，在我头上蒙了个白毛巾，在脑后系住，配了一个长长的烟袋杆子，烟袋锅子的下面吊着一根长长的烟袋。

报幕该我们上台表演的时候，我们四个人跳着八字步，从舞台右侧移到了舞台中央。舞台是木板的，我们四人步调一致，震得木板"咚咚"响。大射灯的光刺得我看不清台下的人。我的位置是中心位。轮到我了，我朝前跳一个小步，张口就来"还有那姚××呢，资产阶级的吹鼓手，为了搞复辟，张牙舞爪到处乱讲"。

演出结束后回家的路上，街里街坊都看我。回到家里，一照镜子，汗水融化了胭脂，一根根红细线垂挂在腮上，有的还延伸到嘴巴这儿。母亲说，快洗洗吧，怪不得人家都看你呀。

从那时我就知道，我在大庭广众之下还有表演的胆量。

事后，我问教数学的妗子，为什么在三年级的学生中选我呢？妗子回答，因为你猴啊。

哈哈，看来我小时候还是比较活泼的。我依稀记得在上联中的时候，我们村几个同学在上下学路上有说有笑的，我就经常翻鼻子瞪眼表演给大家看，引得他们哈哈大笑。我记得我们班上有几个女同学，也是化淡淡的妆的，因而她们的脸蛋就显得格外红。

第二次化妆是 2020 年。省"两会"之前，我给省政协民生连线写了个建议，也叫百姓提案。省会济南自古名士多，但是，当外地来济南的朋友让我带他去看看名人故居的时候，我就犯愁了，因为这些名人故居多散落在各个县区里、各个乡镇里，有的也只是限于书本介绍，没有名人合集的册子，或是名人集聚的博物馆之类。于是，我就根据朋友的建议写了一个提案，建议结合黄河流域生态保护战略的实施和传统文化的开发，深入挖掘省会沿黄名人名士文化，像深圳、安徽等地建立名人博物馆一样，运用声光电等沉浸式手段，在黄河流域给名人安个"家"。这条民生建议，被山东省政协评为优秀百姓提案。

之后，山东电视台的真真主播给我打电话说，省政协要搞一场电视直播，那天得早上六点半前到现场，十点开始直播。由于我住大西边，早晨五点我就得起床，然后坐公交车去电视台。那天正好下雪，很冷，踩在雪地上慢慢走，心里就想上个电视台真不容易，老天也考验我啊。

到了电视台，工作人员早已各就各位。他们告诉我，早来是为了化妆。

一说化妆，我就想起了小时候的那次演出。到底是怎么化妆呢？一个女服务员把我领到了发型师那里。发型师简单处理了一下头发，然后就是吹风、塑形。我对着镜子看到，发型师又打上定型摩丝，然后又用手这边拍拍，那边拍拍，我一看，人确实是变了，显得板正又精神，那天又是穿西服，这样一打理，确实改变了我平时穿衣比较随便的那种形象。

服务人员又把我领到化妆室那里。这里有好几个化妆师，他们一字排开，我依次换座位，接受不同部位的面部"改造"。先是脸上抹粉，包括鼻梁的两侧，都得涂上粉，这更像是面部找平吧。然后换个座位，再描眉，最后是涂口红。这样，一个人从发型开始，到化妆完成，大概半个小时。

我们那期做节目的有五六个人吧，记得还有章丘的王和新老师。直播间里，灯光通明，根本没有下雪天灰暗的样子。这里与经十路虽然只有一块玻璃之隔，但丝毫听不到外面的声音，犹如看无声的动画。

节目开始，主持人依次提问我们的时候，我发现化妆师也在主播现场的后台，发现谁的发型变了，谁的脸上需要补妆，化妆师就会趁镜头转换的时候，迅速过来给补妆。我记得大约进行到一个小时的时候，好像我的发型有些变化，化妆师就跑过来，手里拿着摩丝给我"嗞嗞"了两下，又轻轻拢了拢。

化妆师并不是一次化妆完成就万事大吉，他需要从节目筹备到直播结束全程坚守。我们往往看到的是台上最光鲜、最美好的那一瞬，却不知有人在后面默默地负重前行，一如文中的化妆师等幕后人员。

桥是水上彩虹

现在突然觉得，小时候，桥是水上的彩虹；长大后，桥就成了路上跃动的音符。

——题记

1986年7月份，我作为分配来济南工作的毕业生，一下火车，就给报到单位通了电话。单位知道我是第一个分配来的毕业生，就派出了一辆小黄绿色吉普车接我，从车站广场几个转弯后，来到了桥上。

看！这就是咱济南的天桥。

我通过并不太宽敞的前挡风玻璃看到，桥面上的车不多，没有拥挤的感觉；顺势又向右侧看，一排排铁轨向远处奔去，似有去远方约会的意味；一列货运列车，扯大嗓门，呼着灰白色粗气，向东游去，似在向我证实远方的铁轨是平行的而不交头。司机师傅看我着了迷，说，这桥离单位不远，礼拜天没事再来逛吧。

嗯！我收回视野，情不自禁地应着。

这是济南留给我的第一印象。

后来，我通过资料了解到，济南天桥始建于1911年，是泉城首座大型立交桥。多次重建后桥体南北长1公里左右，横跨津浦、胶济两条铁路线，天桥区即由此得名。

之后，周末有空，我就从桥北头上路，穿过高爽的天桥，沿着大纬二路，辨识着经一路、经二路……纬六路、纬八路等"井"字形马路，漫不经心地在老商埠区内溜达。

那时就在心里想，济南的路真好，正南正北、横平竖直的。现在纬六路高架、顺河街高架等，一桥通南北，老城区的路更加顺畅了！当然，冒烟的火车也无影了！

其实，变化最大的，还是在老城区之外。只不过，现在的发展变化，被平分在每年、每月、每日、每时之中，从而钝化了我们的感官。要感知这些进步，必须静下心来，翻翻老照片，跑到记忆的那头，在时光的竖轴上找那些过往的刻度。记得十几年前，从十二马路去西边时，除经十路外，好像没有第二条平坦顺畅的路可走。那时，机车工厂（当地人多称"铁路大厂"）南门外有个大转盘，转盘西边是一处东西走向的集贸市场，自东向西穿越这个市场，再走不远，就到了一处铁道涵洞。这洞一人多高，两米来宽吧，路面记得是小石板铺的，下雨积水，步行和骑自行车都很湿滑；晚上走，没有路灯，提心吊胆，更不用说妇女小孩从这儿经过了。因为这个，20世纪90年代初朋友单位分房子，不少人宁愿住得小一点，也不愿意摸黑过铁道洞去西边住新房！感觉这铁道就是个东西分界线，把东西隔成是两个世界！

如今，经六路高架桥彩虹般贯穿东西，加上燕山立交、腊山立交、匡山立交，燕山立交、邢村立交……二环高架路西延、南延等，济南的时空一下子变大了，也更立体了，正如老城里的人说的，现如今，蹬上电动车，"嗖"地一下，就到大金庄了！大金庄，搁在十几年前，可是严格意义上的农村呢。

从农村脱胎而来的西部新城，路网呈"井"字形铺开，又把触角伸到了黄河两岸，纵横东西，西部"高大上"起来。记得那天，我与妻子走在烟台路上。朝阳从身后簇拥着。

路旁油亮的树叶，在头顶晃动着，不停地与太阳招手，似在对话，又似招引着我们前行，"啾、啾、啾"的虫鸣声一路相伴。都说住东不住西，其实西部静得宜居，路宽车少，养老挺好。妻对此景色发出感慨。

是啊，扁鹊故里，康养名城就在这儿；一院三馆，印象济南也在这儿；宜家、迪卡侬、会展中心还在这儿！呵呵！世事迁移，谁有个前后眼啊。

写下这些的时候，20世纪坊间流传的那句"十路九不通"又突窜脑际。一想，哟，这民言可真要过时了，当年的断头路，难寻旧迹了哟！

"田"字出头，"井"来承应！可以想见的是，随着"南山北水""五个济南"的推进和国际一流大都市的打造，坐拥"山、泉、湖、河、城"的济南，定会如诗如画，生活在其中的人们，将更加舒适惬意：想从小清河入海了，荡舟；想快速穿越市区了，地铁；想游历大江南北了，高铁和飞机……总之，未来的泉城，路桥一体，水陆空贯通，桥既是水上的彩虹，也是路上跳动的音符……

圣德门前圣德事

那天，游完南部山区子房（张良，字子房）洞风景区，已是下午三点多。

过圣德门口的瓜果摊，随意买了点山里的苹果，就朝停车场走。

偌大的场内空荡荡的，只有四五辆车候在那儿。

边走边掏钥匙，摁开关，一连三四下，车灯不闪，也听不到"喔"的开门声；拽门把手，门也不开。坏了！突然想到，早上过隧道时，洞口有行字：请开车灯，安全驾驶。

"电瓶没电了！"我心缩了一下。

"你那脑子啊！车灯能忘了关！"老伴看出了门道。

怎么办？驾龄不到一年的我，拿起手机问弟弟，果然用钥匙也能打车门。打火，仪表一闪，发动机没反应。

沉一会儿，又试……心像极了山巅那朵时灰时暗、飘移不定的云儿。近八十岁的老父亲兀自站那儿，盯着车，不说话。

手表的分针垂到了最下方。

"你看，那个卖瓜果的小伙子招呼咱呢。"父亲突然说。

我赶紧小跑过去问道："请问，哪有修理厂啊？电瓶没电了！""我看出来了，才招呼你的。"

他往北面一指，说："山下头有，五里多路，得走一阵子。这样吧，叫你家老人帮我看着摊子，我带你下山。"

遇上好人了！我舒了口气，眼里闪着光，口里说着谢谢。

小伙子双手一撑地，立马站起来，一手抓方向盘，一手扶驾驶椅。"慢点，不着急，小心树和前边的陡坡！"看着不好倒车，我提醒他。

车颠颠地朝下跑，后车斗里的我，一抬头一低头地迎风向下冲。望着他宽厚、黝黑的臂膀，我又欣喜中又担忧：去修理厂，随身的五百块钱够吗……

车停下来，他说："这儿是最近的修理厂，如果不行，我就带你去那个远的。"除了连声致谢，我竟然一下子没话说了。

"你看看，这个人的电瓶没电了，挺着急的，我从摊子上就把他拉过来了。"他下车朝正忙着修车的师傅说，"你有车的话，我就先回去；你没车，我就拉你俩一块儿走。"

"稍等一下，这车修完，咱就过去。"修车师傅看看我，又转向那位小伙说，"摊子离不了人，你回去吧。"小伙点点头，转身的当儿，西边开过来一辆黑色轿车，刚停下，门没关，司机就朝这边走。我心里陡然又急了些。还好，是来问状况的，不用修。

分针快爬到最高处时，师傅从里间搬出个黑色的方电瓶，还耷拉着两根黑电线，放在小面包车上。这时我才发现，如果不是油黑的手在动，已难以辨清电瓶和肉手。

"这修车师傅可好了，放下手里的活儿，来给咱冲电瓶。"见到在地摊那儿等着的老父亲，我安慰地说。

师傅上前打开左前门，身子探进去，弯腰，伸手一摁，车前盖"叭"地一下张开了嘴，车的五脏六腑裸露天宇。电瓶搬上去，两根电线一并。他说："打火吧！"

我钥匙朝左一转："着了！"

看着"突突"作响、有了生机的车子，父亲朝着师傅说，"你真是个好心人！"

"连电瓶的事常有，可开车到山上来连，说实话，还是头一回。看你文绉绉的，给我五十块钱就行。”

妻子付了钱，我们目送他下山。

“人家瓜果摊这小伙也实在，他送你回来后，我看中一个南瓜，一称整九斤，一块钱一斤，我给他十块钱，说别找了。他说哪能这样，该多少钱就多少钱。一块钱推来搡去的，他就是不要。”妻子指着水果摊的那小伙。

“你真是个好人，我得记住你一辈子！”父亲这时候说话了——眼角有些湿润，嘴下巴微抖，喉结起伏了一下。

回到家的时候，天完全黑下来了。品着刚出笼的拇指大小的金黄色南瓜块，一股久违的、自然的醇香在鼻腔、肺腑旋腾、弥漫。

“老爸，今天下午的事，你觉得蹊跷吗？”

“蹊跷？有啥蹊跷的！人家就是想帮咱。他从修理厂回来，俺俩拉了很多。后来，他掀起短了一截的左裤腿角，朝我说，我就纳闷，我这样行好，还摊上这……”

哦！他还被截肢了！我心里怔了一下。怪不得他肩膀那么宽厚啊！我开始回寻他双手撑地的场景。

粗心的我，当时怎么没有看出来呢！

“人家就是好心，他说了，瓜果是替岳父卖的。”

瓜香融进蒸汽，灯光下升腾着。我知道，这是山里的味道。

可自迷上了这味道，心就时常沉郁起来。想想自己，当年也是从山里走出的娃，几十年人世尘途中，身上还有几多这山里的味道呢？

想着想着，我睡不着了。

2018 年 12 月 9 日刊登于《济南日报》

失鱼得"渔"

　　半百的人了，读过不少书，真正记住的并不多，唯独这本书例外。啥书呢？

　　20 世纪 80 年代末，我毕业分配了工作。与学长聊天时，他们说中专文凭是块敲门砖，只便找个工作，靠它，将来很难立足。有道理！经济、信息时代，就得不断更新知识结构，天下哪有一劳永逸的事情！像他们一样，我报名参加了省高等教育自学考试。那时，一个月工资三十九元，这对于只身来省城工作、又是家庭老大的我来说，用来买书的钱就微乎其微了。为了能看到更多廉价图书，低成本地学到更多知识，我来到了济南市图书馆，一个借阅证，成就了我与图书馆的半世情缘。我当时的想法就是，在那儿博览群书，自学攻读大专和大学文凭。而要拿下大学文凭，艰巨任务就是过大学英语关。因而，在那几年里，只要一有空闲时间，我就扎进市图书馆，在英语的海洋里遨游。

　　有一次，下午快四点半的时候，提前办完事，我就顺路向图书馆进发。不承想，放在自行车后座上的两条鱼不知去哪儿了，心随天一块灰暗下来。聊以慰藉的是，我失鱼获"渔"，不经意间，在借阅室借到了一本商务印书馆出版的《英语语法手册》，不厚，300 来页吧。我粗翻此书，就知道它是我钟情的那类——语法全面系统，由易到难；每一个语法点后，紧接着是变换角度的、多类型的练习题。平时在单位工作之余，我就翻开看；有时回老家的路上、上厕所时，我都带在身边，晚上它就是我的枕边书。我常常看过语法之后，就做后面的习题，两者互为补充、互为促进，我从这一递进循环中受益匪浅。

功夫不负有心人。那次大学英语单课考试，试卷我做得超顺，记忆中有五六道题竟是这本书上的原题，或是稍微扩充了一下句子——我心里窃喜当年失鱼遇到了"渔"。大学英语的通关，让我六年时间自学，先后拿到了大专、大学文凭。按照当时的政策，还相继长了工资并享受浮动一级的工资待遇。这样一下子，我的工资近七十元了。与之相较的是，不少同学因大学英语拖后腿，最终没能通过自学拿到大学文凭。知识分子在那个时代开始吃香，在我身上应验了。

之后，与妹妹弟弟、同学朋友交流英语学习时，我就信心满满地向他们推荐这本书。"你说的这本书真好，像老人领路，不知不觉就让你到达了目的地。"一年后，一位同学英语成绩提升很快，高兴地给我说这样的话。我听了心里也美滋滋的。

现在想来，人生的关键时期，如果能选一本好书，与之为伴，它或许就会开启你的新征程。

写下这篇文章的时候，我查阅资料才知这本书的底细：《英语语法手册》的作者是薄冰，它是20世纪七八十年代传统实用的语法书，具有极强的针对性，术语通俗易懂，特别适合中学生、电大、夜大、自学考试的人。我的经历确也验证了上述。令人可敬的是，新世纪开始，薄冰先生虽然70岁高龄了，又对该书作了第五次修订，书的内容更与时俱进了。

心房

　　首先声明，这里的心房，非人体意义上的器官。

　　我想到了父亲。

　　他是一位地道的农民，手背上暴出的青筋、小腿上盘状的蚯蚓、倒金字塔式黝黑的脊梁、嵌满沟壑的前额、从来说不出一个"爱"字的木讷，无声的身躯里时刻翻涌着心潮。

　　那天，父亲给我说，你爷爷排行老大。分家的时候，他分到了场院及敞棚。说是敞棚，就是有屋顶、三面环墙、前墙开窗的一个能避雨的所在。父亲说，后来就把前墙垒上土坯，成住屋了。

　　记得我上小学的时候，放学回家每每走到村头，就听到街头的人对着那敞棚屋说，你看看那后墙，口子裂开一拃多了，路过可小心着点啊。像是提醒着过路行人。可我听在耳朵里，特别难受。那时，真想生出钱来帮着家里，把敞棚屋翻盖成新的。可一个上几年级的孩子，又从哪儿弄钱呢？只好攥着小拳头，背着书包匆匆地朝向家里跑去。吃饭的时候，父母也常唠叨，咱省吃俭用，除了供孩子上学，还得把屋翻拆翻拆。父母说这些话的时候，我就瞪大眼睛看着，心里、眼里澎湃着热望。因为，一下大雨，我就害怕漏水，水一渗，土坯可能就松垮，房就塌陷。到时去哪里睡觉啊？

　　揪着心，十几年熬过，18岁高中毕业，房子还是老样子。

　　考上中专的那年夏天，在家没事，父亲叫我和他拉车，到四邻八乡收炉灰，去四五里外的石灰窑收烂石子。一个夏天过来，这些物料堆成了小山。父亲和我用模子把它们拖成灰坯，一行行、一列列摆在南墙根，准备哪天盖房子用。老人们说，这种灰坯比土坯还结实了，越是受潮，越是淋雨，越坚固。听到大人们说这些的时候，我心里甭提多高兴了，就寻思着这个假期能多和父亲攒一些炉灰打成坯，哪怕累得直不起腰也心甘情愿。

去烟台上学时已是20世纪80年代中期，农村开始土地承包经营。父亲就来信说，家里比原来好过了，原来都指着卖头小猪给你攒学费，现在能干买卖了，进项就多了，你该花的就花，别不舍得。原来，他们在乡郊城外，收一些废旧的边角铁末，在章丘钢材市场上互通有无。要知道这些铁角末儿，在其他地方可能一点用处都没有，但在具有"铁匠之乡"之称的章丘，可是大有用途的，除了打镰刀、锄头等小农具，机械加工的乡镇企业、小作坊也大有用途。这或许就是章丘铁匠能延续百年的缘由吧。这种你敲我打的作坊场景，电视剧《章丘铁匠》里多见。

等毕业去淄博啤酒厂实习的时候，周末回家，哇！七间北屋全上了梁。再回厂子时，脚下涌动着莫名的力量。自小压在心里的石头终于搬掉了！回去的路上我发誓要好好学习和工作，用自己的劳动为家里多承担一点。

结婚那天是腊月二十六。父母为我备了三间屋子做婚房。呼叫的北风似乎告诉我，别嫌冷，腊月从来就是这样，不管你是有喜事还是其他事情。拜完堂的时候，我才注意到，母亲嘴角上有开裂的小口子，还有隐隐的血迹。我分明感到母亲为这婚事操劳了，我的心一下子揪起来，也像裂开了口子一样，暗自发誓一定好好孝敬父母。可以想见的是，父母为我结婚，不知争论、盘算了多少个日夜，我甚至想到了他们走亲戚串朋友，为我讨换棉花做棉被的情景……可是晚上一家人围着吃饭的时候，灯光下父母脸上泛着光晕，笑意像花一样好看。

这幅喜景是我二十多年来从没见过的。

夹杂着思绪，我又想起了上高中的那天晚上。回家拿上干粮往学校里赶上，不能耽误上晚自习。那时候，乡村公路没有路灯，漆黑一片，走路是凭着感觉，由星光引路的。从乡村土路刚踏上公路，往南走了不远，就听前面有"扑哧、扑哧"的脚步声，由远及近。路上静极了，那脚步声分明是有人在负重走路，又是上坡，所以脚步很慢很慢，声音很重很重，显出一身疲惫的样子。影子从马路右边向北走，我从左边向南走，在马路两边交汇的那一刻，我突然觉得那人是父亲，朦胧中车上还有东西。辨识、犹豫中已经斜着相错了五六米远——看个头，看轮廓，应该是父亲——吃晚上饭的时候，母亲还说父亲去赶集了，得回来得挺晚，说过年了得挣几个零花钱买东西。是父亲！我回望着。但没追回去，喊一声爸爸，也没有意识到要帮父亲把车拉上那个堰头。现在直感觉对不住父亲，怎么那时那么木呢？可能父亲累得也没看出是我吧？写下这些的时候，抑制不住的泪水从眼眶里往外翻，喉头哽咽了几下，鼻腔里酸酸的。

如今，这养活几代人成长的老屋，在新农村进程中，已在摸底之列了。

第二辑　视界

北京小汤山一瞥　徐可顺／摄

来碗临清汤吧

在一次采风笔会上，遇一临清的文友。他脸色微黑，不笑不说话，透着善意与腼腆。同为山东老乡，相约同舍而宿，话题自然天南地北，不着边际，却最终并轨在那碗临清汤上。

"来临清不喝汤，等于白白来一趟。"我重复起上次去临清时听到的那句话。

这打开了他的话匣子："谁说不是呢。汤是我们临清人的拿手绝活儿，当地人没有不会做汤的。临清汤观之清如水，品之初淡而渐浓，有'三绝四百'之说。三绝，就是水、料和手艺；四百，就是'百样选料、百法烹调、百种味道、百方滋补'。"

"水有啥绝的呢？"他自问自答，以前，临清人吃水分两种，一种是河水，另一种是井水。河水是从运河里挑来的，路远辎重，费时费力，但比井水甜，好喝，老人说属阳；自家庭院井里的，是井水，味涩咸，属阴。"

他说起这个，我就明白了。记得小时候，常常看到母亲舍近求远，去村东头的绣江河里挑水。母亲说，河水不光甜，还能败火，谁家孩子害眼了，早上起来，去河里洗上几次，保准好了，根本用不着去看医生。我现在又知道，这河水还挺有学问，宋词淙淙，细述着它于发源于一代词宗李清照故里的百脉泉群。

"你们那也兴挑水吃吧。"

"嗯。"我不假思索，应了一声。

在临清，这可是个正儿八经的职业。早些时候，临清古城里的人，常去运河里挑水，这活儿，非有力气不行。这样，就催生出挑水的行当。那些家里有壮劳力的，兄弟们多的，就靠这挣钱。他们一大早就推车去灌水，然后用担长（扁担）挑着，大街小巷里转悠，喊着"卖甜水来"，时间一长，就与一些常年用水大户形成了契约关系，定期送水、结账，有一个月结一次账的，有一季或半年结一次账的，还有一次一结的。这些人，进门边喊"甜水来啦"，边掀开人家的大水缸，两只梢（水桶）一前一后倒进去。我家呢，生活并不富裕，逢年过节的时候，才要上一两担，专门招待亲戚客人，做个汤啊，泡个茶呀，好喝又体面。这样的场景上，母亲常常这样重复："多喝点汤，活水做的；尝尝这茶，河水沏的。"

文友说："活水做汤，汤花也奔放。"

"奔放？"我一时挺纳闷。

他说，拿西红柿鸡蛋汤来说吧，用活水做，蛋花就开得张扬，像出水芙蓉亭亭游立于汤水中，芬芳着，颜色更好看。这就像不同地域里长出的藕瓜，长相差不多，但口感不一样。哦！我似乎得到启示，省城的吴家堡大米，一生靠黄河水滋养，较之于其他地区的大米，就是甜润有嚼头。

一方水土养一方人。我进而咂摸起，家乡情结浓重、少小离家的学界泰斗季羡林先生，为何会在《故乡行》中对临清汤赞赏有加了；真切体会出他 90 大寿时，重拾家乡豆腐汤、奶汤萝卜、清汤黄瓜、冬瓜海米汤、柿子疙瘩汤、清汤核桃腰之余味的初衷来。

"你去过挑水胡同吗？东西走向的，就是那些挑水人聚住的地方。在临清，像这样起名的街巷胡同，很多，什么竹竿巷、筐市街……"

"哦，你说的这些，咋有点像我们济南呢。"济南明府城里也有这样一条街，东西走向，老城里的人常去泉边挑水吃，来来往往，这条只容两人并肩过的石板路上，就湿乎乎的，整天不见干，当地人就叫它水胡同。说起来，这都是一个时代的印迹啊。随着社会进步，挑水做饭的场景，慢慢地淡出了人们的视线。当然，随同走进时光深处的，还有曾风靡一时的铁匠铁艺、穿梭乡间的磨剪子、抢菜刀的叫声，还有三十多年前高考前夕，同学们曾吃过的临清产健脑补肾丸，还有新临清香烟……

"下一个就是用料了。这食料还真没啥说的，普通得很，黄萝菜（白菜）、萝卜、鱼、肉之类的，都能入汤。为了追求汤之'四百'境界，俺当地人可没少费心思。你尝过秀才双清汤吧，这其实是一个美丽的传说。相传啊，两个秀才走在临清的清和桥上，突然肚子叫起来。正巧一位少妇挑担走过，擦肩之际，秀才发现筐里装的是黄瓜和青萝卜，后筐里还有活蹦乱跳的鲜鱼。俩秀才窃喜，之乎者也地拽词，想讨来充饥。谁知，那少妇也斯文得很：'且慢，待我等用桥名为题作诗，过了，我自然应允。'有戏！一秀才摇扇一抖，念道：'有水也念清，无水也念青，去了清水边，添米便成精。'另一秀才慢抬脚尖，蹀出一步：'有口也念和，无口也念禾，去了和边口，加斗便成科。'此时，俩秀才四眼一起看向少妇，就见那少妇担一放，手指绣花鞋：'有木也念桥，无木也念乔，去了桥边木，有女便成娇。'说者无意，听者有心。这一智力对答，被一厨师借诗发挥，用黄瓜、青萝卜搭配鱼丝做成两道味道各异的汤：黄瓜鱼丝汤和萝卜鱼丝汤，是谓'秀才双清汤'。"

"第三步，那是纯手艺活儿，说实话，我就讲不透了，正如乡人所言，厨师的汤，唱戏的腔，糕点师傅的方，只有好好揣摩的份儿。套用文学语言，就是贾平凹先生讲课时说的，文学艺术的创作，靠讲授，只能获得一般知识，其精髓，其微妙之理，只能去悟。

　　"就说那毛（蘑）菇汤吧，一般是要经过洗、切、炒等多道工序，但毛菇炒去水分多寡，就决定着汤味。在当地，有这么个说法：穷人吃肉，富人喝汤。汤之多少，成了办红白喜事、招待客人的尺度。席上汤越多，客人越显尊贵。所以酒席定标准，一般常说成是定'几点水'。开席了，菜不够了，你尽管要，厨师会成人之美；可是，要让厨师上个汤，那就是难事了。因为，在我们老家，厨师进创房（厨房）第一件事就是制汤，没有味精等调味品的年代，汤就是调料啊。我们家平时做汤，很简单，但逢年过节招待亲戚客人了，那是非父亲掌勺不可的。"

　　我问："我们相距几百里地，为啥临清汤食这么讲究啊？"

　　"这都缘于那条大运河。"他说，"临清是因河而兴的。几百年来，京杭大运河上，不论漕船、商船，还是官船，一路负重南下北上，来往穿梭，这就把南方的风俗人情、饮食文化、民间工艺，形形色色人流、物流、信息流、财富流等，通通漂运到了临清这个有'小天津'之美誉的商业都会和漕运咽喉，以至于乾隆帝七下江南，六过临清，先后撰书《临清叹》和《临清歌》，并在凤凰岭下刻石而立，其名句'临清傍运河，富庶甲齐郡'至今佐证着临清的盛世繁华。在这清明上河图般繁茂时空中，南汤北饭、东辣西酸、南甜北咸等风味小吃在此间杂烩贯通，集南北之大成的'临清汤'应运而生也就不足为奇了。"

是啊，人世间一切文明都是大河的文明，流动的文明，交融的文明；先人逐水而生，傍水而居，这些都是水文化、河密码，水是生命之源，也是文明之本。珍惜生命中遇到的每一条河流，当是人类延续的规律。

第二天醒来，文友问："你做梦了？"

我说："你咋知道的。"

"你说梦话了。"

"说的啥？"我略转身，顺手抹了下嘴角处的涎水。

"真好喝啊。"

随了提醒，望着窗外那缕缕金色束线，我又想起了"临清汤喝一口，有些赖着不想走"的民谣，回忆起清汤入口如饮酒的爽味：汤味先由舌尖传导至舌根，继而弥漫上腔、咽部，而后勾起味蕾，充盈胸腔，淡浓薄厚，消火去腻，缭绕着胃口大开。

2020 年 11 月 22 日刊登于《济南日报》

向着郊野公园走起

近闻"郊野公园"一词，挺好奇，就查了一下：郊野公园20世纪70年代起源于英国，它是以水系湿地、生态片林、自然村落、历史风貌等现有生态人文资源建设的、远离市区的公园体系。

这样一来，咱们国家的上海等城市也建有自己的郊野公园。我一边想着，一边不自主哼起了"在天空的那座城／有小野花飘香／在天空的那座城／鸟声似歌悠扬……"

继而，脑际一闪，啊！前不久游览过的商河玉皇庙镇不正是济南的郊野公园吗？

在黄河以北冲积平原、离济南机场30公里、有省城后花园之称的玉皇庙镇，水系如网，徒骇河亲吻过境，土马河、商中河、商西河等众河流绕膝轻歌，引黄供水的清源湖等大小湖面、湿地也有多处，水域浸润了全镇近半土地，是济南市首个被命名的全国特色小镇。

初秋的一天，我拥抱了这个小镇。

玉皇路两侧，望不透的白杨一行行向前摊开，任凭车速有多快，总逃不出那绿的缠绕；几米高树身的齐腰处，齐刷刷地染白，仪仗队一样迎宾。

丝丝凉风轻慰脸庞，垄垄绿波细漾眼眸。

"有点像行驶在深圳道路上呢？"我脱口而出。

"呵呵，深圳比不上啊，但这里作为生态小镇，森林覆盖率快百分之六十了！"一位当地人应着。

突然，右手边绿丛中闪出高大建筑，"文化中心"几个大字挂在蓝天上；其前厦由十几米高的花岗石柱擎起，更添了些许的宏伟。沿了门厅、廊道环视，清华大学出版社数字图书馆砚田馆、社会体育指导员培训等文体社团标牌一字呈列，文化的音符跳动、闪耀着。讲解人说，镇上大型文化、演艺活动等都在这儿。

身置容纳五六百人的大礼堂里，"建设全国特色小镇再誓师暨庆祝全国第三十三届教师节大会"的横幅十分醒目。

相传上古时代，这儿叫张家湾，玉皇大帝由此诞生并升天后，就改称为玉皇庙了。我断续听到同行的那位当地人解说，类似这样的文化活动中心，全镇大小有一百多处呢。

车在绿色宫殿中穿行。蓦地，眼前空明起来！骄阳在微漾的湖面投下一柱长长的水银，时粗时细，看似是一个倒立的"！"。

"拉大锯，扯大锯，姥姥家里唱大戏。接姑娘，请女婿，就是不让冬冬去……"循声过来，木制的凉亭边，一位大姨正与小女孩拍唱着。

"大姨，这儿挺凉快的呵！"好奇之心，催我上前搭话。

"凉快！这不，我都穿长袖褂了，闲了，大人孩子都愿意来，这公园不花钱呢，真好！"说话间，大姨不自主地停下拍手，笑意脸庞映在水面上。

"姥姥，和我玩！——不让去，也得去，骑着小车赶上去。"小孩边嚷唱，边忽闪着大眼睛看我，小手却拍在了姥姥的胳膊上。

这是土马河公园，像这样的公园或湿地，全镇共有十几处。要说这些年的变化，真得感念市里的支持。也正是这样的变化，才吸引了力诺特种玻璃的入驻，结果成就了今天的国字号特色小镇。当地人洋溢着自豪与喜悦。

仰望着蓝天白云间四条电线上灵跃、鸣叫的鸟儿，目视湖对岸的幢幢楼房，饱浴清风徐来、水波不兴的爽韵，顿生"我欲乘风归去"的飘然，期遇"把酒临风"的快意。一时间，水泥的冷硬、车辆的喧哗、人际的纷杂等一切与城市相生的火热、激昂、奢华、明规与潜律都随风而去，风尘的皮囊与浮躁的心，释然地匍匐于地，理得而心安。噫！假若晋代"五柳先生"陶潜云驾于此，或许会有另一篇《桃花源记》般的游记问世吧？

晚间，辗转难眠。白天亲历的湿地公园、文化设施，当地人引以为豪的玉皇传说等标签在脑际翻滚、闪跃、叠合、升腾。玉皇庙因绿而静，因水而灵，因文而雅……恍惚中，轻轨里歌声激越："传说在遥远天上／闪耀着光芒／有一座美丽的城／隐隐飘浮在云中央……"一曲《天空之城》还没享够，商河的家到了——踱步湖心公园，水波月影，虫鸣鱼跃，微风轻揉，广场舞动；冲个温泉澡，舒张了血管，润滑了肌肤，松弛了神经……

天亮定神，广播中一条消息钻入耳膜："我国一线城市开始兴起城中工作、郊野生活模式。可以想见的是，随着济南新旧动能转换、携河发展画面的渐次铺展，城郊互进的工作生活模式定会开启！"

好了！多说无益，就让我们向着郊野公园，走起、打卡吧！

七日樱花雨

提及樱花，人们多有七日樱花雨的触悟。然我读樱花，恰逢其烂漫时节，无缘体悟其优美落花所寓意的绚烂而短暂的韵味；相反，置身樱花山，蜿蜒十里长廊，银光交映八方，我收获的却是漾盈的香韵。

自省城入济青高速东行一个多小时，就到了邹平樱花山风景区。自景区门口约经两公里环湖伴游引道后，即抵十里长廊的始端。

长廊三四米宽，两侧是整齐划一、一眼望不到边的樱花树，垂枝樱、染井吉野……名目繁多，颜色多为白色。与别处樱花不同，这上千亩的樱花有一共同的坚守，那就是质朴、高雅、大气的白。从开阔地带向山上眺望，阳光下十里樱花长廊似群星眨眼，如银色长龙，昂首呼啸着逶迤游动，"山舞银蛇"的大气与磅礴一下子呈现于眼前。游人置身其中，犹如走进了漫天飞雪的童话世界，温馨又湿润，樱花在游人头上方密织成错层的天网，让人看不到天日；但这丝毫不影响观瞻，因为樱花树已挂满了亿万颗耀眼的星星，奇亮无比；风稍吹动，樱花丛舒展腰际之时，一缕缕金光好奇地乘虚射入，恣意窥探长廊里发生的一切。近端樱花，片片如雪，但比雪还要白；凝神樱花，朵朵似云，却比云还要轻盈。望着这缀满山坳的樱花丛，我难以自拔，任凭袅袅香韵拂过我的面颊……

再看那被漫天樱花美景兴奋了的游人们，紧紧依附着蓬勃怒放的樱花雪幕，边走边赏花。他们三三两两驻足与樱花合影，有年轻人还用长杆高举着手机玩自拍，唯恐遗漏哪处景致。"侧点身，我的小苹果！"一帅哥手举相机在我身后向伴侣调侃着。只见那位美女稍微调整了身姿，微倾的头与樱花丛来了个过密接触，脸在花中，花在脸上，清澈的眸、披肩的发、浅羞的笑与芬芳的花相谐成景，"咔嚓"一声，镶嵌进了相机的镜头。"哎呀"美女抽身移步的当儿，飘逸的秀发被垂枝樱给挽留住——不知是樱花迷上了发香，还是秀发嫉妒着花香，只见几朵樱花众星拱月似的嵌在缕缕长发中，化作了发际的点缀。帅哥拨开人群，快速地将花枝从发丝上移开。谁知，此景早已被肩扛长枪的摄影大叔快门一按，铸成永恒的爱。"赏花回来发丝香"，目睹此景，我品味着朋友前天赏樱花时的感怀……

片片樱花香，阵阵人潮语，仿佛惊动了沉睡一冬的小蜜蜂和各色小瓢虫，它们一进樱花丛就奋不顾身地将头扎进花蕊里，贪婪地吸吮着不肯露头，只留花朵里时隐时现、微微晃动的身子，昭示着小精灵已自我陶醉，乐不思蜀。这是何等的专注与敬业啊！五彩小瓢虫虽无小蜜蜂那般轻捷的身手，却也穿着褐色底料，黑、黄、白小纽扣镶缀其上的小马甲，蠕动着微胖的花花身子在花瓣间尽情享受着唯美的慢生活，其见异思迁的神态，又似在世外桃园中寻觅安于一隅的去处。这是怎样的一种执着与任性啊！

"不走了？"我正望得出神，媳妇用相机捣了下我的胳膊，于是我们又融入了赏花人潮中。

"鞭丝车影匆匆去，十里樱花十里尘。"

是夜，我做了个梦："'昨日雪如花。今日花如雪。山樱如美人，红颜易消歇'指的是何方景致？"媳妇考问我。"此乃我俩同游的樱花山吧！"我的喉咙里飘出这几个字。

2015 年 5 月 3 日刊登于《生活日报》

一滴酸石榴汁

1984年9月，我远离家门，赴千里之外的烟台求学。

那天，天刚擦黑，母亲微伛着腰，送我，边走边念叨："和同学团结好，常往家里写信啊……"我应允的当儿，母亲稍稍侧过头，双肩微颤。

而跳出农门、一心面朝大海的我，只把分别当寻常，魂儿早就被海上湛蓝的天、似絮的云、低翔的海鸥织缀成的画勾走了。

转眼间，中秋节到了。落日余晖下，与同学沿着校园熟悉的小路，于秋风盈袖中散步。抬头凝望穿行于或明或暗云层中的银黄色满月，心似飘叶，浮沉于皓空；亦如抛锚海港的帆船，荡漾于水面——纵有同学相伴，总觉得心底空落落的——校园无计逃向海。我与同学准备临海沐风浴潮了。

蹲在湿滑的礁石上，不时扭动身子，躲避肆意捉弄的浪花。海面上，细碎的月光起伏着，月盘被海风、海浪簇拥得很高很高，明晃晃地轻悬于半空，俯视着我。突然，远处海面上现出一座"个"字形山影，时隐时现，恍惚间，这不是家乡的女郎山吗？山脚下、绣江河畔的农家院里，月光盈盈，树影斑驳，家人围坐在三条腿圆桌旁，母亲掰开裂开的石榴，将一粒粒"红宝石"漏在大碗里，弟弟妹妹争先过来过酸瘾，一把一把地抓着往嘴里送，酸得直闭眼，张开小嘴深吸凉气。母亲又拿出一盒纸包的月饼，两只手小心打开纸包装，"来，分月饼了！"说着，先给弟弟一块，然后，另一个给了妹妹，待拿起第三个时，她的右手在空中一顿，又放回盒里……嘴里嘟囔着："石榴换月饼，省了钱了！一年也就这一回。"话落的当儿，母亲两手折起月饼的包装纸，将散落在纸上的细碎末倒进嘴里……

是啊，那个时期，农人生活还不富裕，母亲为使我们兄妹多尝尝月饼味，总是尽量把树梢上的酸石榴也摘下来，那一年不小心踩空梯子闪了腰，落得常害腰痛……

神往的当儿，我分明又见弟弟吞一口月饼，往口袋里又塞一个，一蹦一跳地去追逐月光下偷鸡的黄鼬了；继而又看到邻居用小碗送来了手心大小、冒着丝丝香气的兔肉，说让小馋猫们解一下馋瘾，母亲就赶忙从柳条筐里摸出几个大石榴塞进邻家人的怀里……

"兴儿，我膀子疼了，快来给我捶捶肩。"这是母亲在喊！我愣怔了一下，才感觉有几朵浪花偷偷钻到了裤角里，从大腿根部到心尖上传进些许凉意。

挪步稍高些的礁石上，靠近杉同学，下意识地摸出带来的月饼，心往明月，就着噎人的海风，咀嚼着，回味着刚才的幻影……

"哎，刚才我想家了，想想这头一次出门，就琢磨着娘和弟弟忙完了庄稼没有。以往国庆节前后正是种麦的时候，估计这会儿我娘累得又直不起腰来了，要不就是躺在床上睡觉了……"杉同学凝视月光，怅然地叹道。

对！是想家！——想想以往，家人在一起，哪有这滋味啊。

此时，"儿在娘边不知福，年少哪识暖相随"，飘过脑际。

是啊，一个人，脚离开了家，心才会体味到港湾的安馨，也才会悟出母亲"常往家里写信啊"的意味。

作者于市广播电视台　可子/摄

是夜，似有酸石榴汁溅进眼里，泪滴从梦境中流出，融进了浸满月光的红棉枕巾。

万物在时光里糅合

一

"看！那只公鸡！"

张先生的右手指向蔬菜大棚边。一只深灰色鸭子，正用浅黄色扁嘴，咬一只公鸡的红冠，刚才还神气傲人的公鸡，一下子蜷曲双腿，缓缓伏地，任其戏啄。

"是嬉戏还是亲热？"

"都像！还挺默契呢。"我与张先生同声道。

这是傍晚时分，生态园里的一幕。我正要按快门，怎奈它俩松开了。公鸡挺身，高耸脖子，尾巴一翘，身子一抖，好像要摔掉刚才的屈尊，继而慢条斯理地迈步，透出大将范儿。那鸭子也摇头摆尾，摇摆几下身子，随了公鸡，绅士似的蹒跚着融进了夕阳深处。

第二天一大早，几声鸡鸣过后，朝阳里又映出它俩悠闲散步的长影。鸭子右转弯，公鸡也靠右转身；公鸡止步，鸭子就原地眺望。"它俩情人似的，怎么这么好啊？""是啊，多年了，这成了生态园的一景。"大棚边忙着浇水的一位中年妇女回应道。

呵，还挺有意思呢！

明晃晃的太阳开始发威了。只见鸭子像孕妇一般，挪着身子，来到树荫下，放低身架，将嘴伸向草丛，或要安然养神吧。那公鸡也慢腾腾地靠拢过来，却昂着火炬头，似卫兵，有节奏地东视、西听、侧睐、环视。

"这鸭是公还是母？"我问人行路上走来的一位园艺工人。

"公的。最初是一小男孩养的，家里养不开了，就放这儿了，我也经常喂它。"说着，他顺手指向不远处的水湾。

"按说鸡与鸭分属不同物种，相处这么和谐，真不可思议啊。"

"时间长了，就好了！"园林工操着京腔，打开话匣子，"刚来的时候，它俩为争食也打架。那只公鸭逮住公鸡冠就咬，直到鸡冠根部出血。有时，我还能看到鲜血染红了鸡脖子上的那圈发亮的金色羽毛，真心疼得慌。"

"看体量、个头公鸡壮点，应该公鸡厉害才是！"

"不是这样，这大公鸡是受欺侮的。这鸭子有时挟持公鸡到对面池塘去，下水后，扭住鸡冠就往水摁，公鸡头被浸在水中，两个翅膀朝天乱扑棱也飞不起来。好几次了，要不是我用竹竿挑开它们，公鸡或许就没命了。你看，那鸭掌上的黑点就是竹竿留下的。"我倒吸一口凉气，心里不是滋味。

"其实，动物是对掐的。你看，养鱼吧，一般是养单不养双。如果养两只，肯定有一只被干掉。养三只就行，形不成对掐。"看我思索着，没了提问的激情，园艺工解释似的又对我说道。

一时，我为眼前这位四方脸膛、肤色黑黝、身材魁梧、一说话就露出一排白齿的园林工人的见识所折报；也为公鸡与公鸭此间的嬉斗而感慨。

晚上，我把这事说给一同前来学习的李先生。他说："你说的是一方面，而我看到了另一情景：那天，我试图接近那只公鸡、公鸭的领地，刚上前几步，公鸡就警觉地参起脖子周围的羽毛，飞机俯冲似的低头，'咕、咕……'叫着朝我袭来，而那只公鸭却躲在树后避险了。"

之后，我就常忆起这事。生活滋润的当下，公鸡天天悠闲在时光里，坐享嗟来之食，飞高走低、啄虫觅食的本能丧失已尽，避害趋利"翅"击长空的雄姿也难以再现，自然在公鸭以长扁嘴打水战情势下，甘拜下风。

二

还是烈日当空、葱郁罩地的时节，还是那方宁静的院落，还是那片光影交织的时空，一年后，故地重游，心里涌动着基地再逢的惊喜。

"呀！去哪儿了？连个影子也没有！"

我晚饭后踱步又到这儿。夕阳仍勃勃地把胸中的黄金喷泼在地上，执着地浸染白杨树叶、漫染青青的草坪，大有一统这方乐园的意味。我漫视四周，还是一根鸡毛也没有发现。

第二天微亮，我又惦起来了。躺在床上，耳倾北方，细雨滴叶、虫鸣花开的韵律中，隐约有"咕咕"声音传入耳膜。这是叫我吧，去看看。

天朗气清的天井里，小草好像睡足、喝饱了，精神得扭动着腰肢，十来只灰褐色的鸭子腆着肚子，无忧无虑地在草丛里对视、引颈、散步，悠闲摆着各自的谱。我走近时，那个高个子突然向天仰脖，"嘎嘎"地叫起来，引来同伴们的喝彩。止步！我不敢也不愿再靠近它们，想着，这或许就是对我入侵领地的警告呢。

远望着这群"嘎嘎"叫的鸭子，我逐一辨识，哪只是我一年前的旧识？哪只是乌黑眼睛透着贼光的？哪只的扁长嘴是专寻那公鸡红冠子撕咬、巧拉其下水并将其头摁在水下的智者？逐一检阅的当儿，这些步调并不怎么一致，但抱团壮胆、你呼我应的鸭，间或地变换队形，不断混淆我的视线。都不是！想起来了，旧识的那只鸭子左掌处有块玉米粒大小的黑斑！

我开始变得心慌，思绪乱云飞度：难道一年前那对相斗相伴、"和谐"共生的鸡鸭分居了——鸭子远走高飞了？或是命不好，变成人们舌尖上的美食？抑或又嫌这儿房价高，跑路二三线城市了？罢，它是强者，何处不能混口饭吃！倒是它身旁的那只靠嗟来之食过活、身子骨虽然硬朗但飞高功能久失、遇到鸭攻就无还手之力、甘愿充当鸭子保镖的公鸡去哪儿了？它俩真要是分开了，这都不要紧，毕竟还有各自的朋友圈嘛。叫我揪心的是，那只公鸡是不是遇了意外？或是遂了某人的特定需要，沦为祭奠物了？或饮食不卫生病死了？或出游迷路，让其他好心人收养了？还是……转身此间，我不敢再想，越想越失落，越想越觉得亏空！

唉！谁说不是呢，生命本就是相牵相挂、相惜相怜的啊！人之于物、人之于人莫不如此吧！我不由想到了城市一幢幢灯火通明的火柴盒里偶尔传出的"汪汪"声、"喵喵"声，想到了宠物们与它们的主人在同吃、同睡、同散步的浪漫与情调，想到了一些善男信女手提小水桶，在某个傍晚或清晨，独步江河临池，放生鱼鳖的场景……

作为灵长动物的人与人之间，又何尝不是这样呢？想想看，四川汶川大地震那阵子，平时还有绕道拉客之嫌的司机，个个在轿车耳朵上挂了红丝带，风风火火、分文不取地运送灾民；晚间电视广播里刚播报有病人急需 AB 型血，不久急诊门口献血的长龙里就有那个平时得理不让人、说话让人下不了台的中年男人；近又闻路边一轿车急开车门撞倒了中年妇女，继而又刮倒一名中学生，但此生脑子里根本没有"扶不扶"的犹豫，毅然扶起中年妇女，打车送医院并垫付药费的报道……唉，人啊，百十斤重的皮囊怎么把拳头般大小的发动机裹得那么厚、藏得那么深、抖晃得那么神秘让人看不真切呢？怪不得母亲生前常说，人心就是炒锅里的豆子，蹦里蹦外的谁也摸不准！所谓陡生的牵与挂，其实就是时空转换的衍生物。

"想什么了？得吃饭了！"神驰之际，同舍的英哥来到近旁。"还记得去年我们看到的那一对吗？好几天了，也没有看到。""是啊，我也是来第二次了。"两张异样的脸庞写满同样的惆怅。

第五天，清晨。

就要离开这儿了，我又来到这个盈满鸡鸭之情的地方（为此，我曾经于前年写过随笔《万物在时光里糅合》）。突然，我听到了西边小院里传来鸭子的叫声。

应该是它！

"舍不得你的人是我／离不开你的人是我／想着你的人哦……是我／牵挂你的人是我是我……"我哼着小曲，循声奔去。只见一对鸡鸭正在一方用塑料网围成的网墙内散步。塑料网约一米高、长宽约三米。七八个平方的空间里有一白色的饮水盆、一个鸡食鸭食盆，地面上斑驳着几处草根，透出些许的绿。就在我眼睛发亮的一刹那，只见那只鸭子"嘎嘎"地朝我叫，那公鸡伸开银黄色翅膀，挺身、引喉，抖一下簇拥在头顶的大红冠，像是要拥抱我似的朝我奔来。

原来在这儿啊！害得我好苦啊！饿了？还是想我了？

我与它俩目光相遇的一刹那，是又高兴又激动，弯腰就从地上拨出一束肥硕的徽菜作为回赠。它俩兀自低头一枝一叶争吃起来。

"吱……"北屋门突然开了，一位中年妇女走了出来。"这是去年散养的那两只鸡鸭吧？""是。"主人回道。"为什么圈养了？""那公鸡有时啄人呢！"

我欣慰的当儿，继而心里又一缩。

我想起前几年邻居小孩子散养的那只公鸡来。初春，小孩买了两只乳黄色小鸡，长到斤数来沉时，那只母鸡被院里的小狗给咬死了。后来，就经常听到孤单的公鸡被小狗穷追得满院"咯、咯"地乱窜，这时公鸡的主人就会突然闪出身来，手里拿一根小树枝，嘴里嚷着，赶喝那条小狗。也不知过了多长时间，约是半年吧，秋日里的一天，那只公鸡遇到小狗的再次冒犯，就见那公鸡突然回头稳稳地立住，怒冲着身子大它两圈的小狗，金黄色的羽毛像草耙子射满了箭，一根根全部直竖起来，鸡头朝下，两眼放光，并不太大的红冠子几乎触到了地，公鸡两条腿直直地挺着，身子弯成了弓，"咯"的一声鸣叫，双翅腾空，冲向小狗；望着天降的爆狂，小狗惊慌地"汪、汪"两声，掉头快速跑向树丛了。从此，这只公鸡在院里就安闲自在了，还时而仰起脖子神气着；小狗见了那公鸡，只是远远地看着。

后来，有得闲，我就时常琢磨，基地的那只公鸡为何总迁就于鸭，却又示强于人？靠人喂养的公鸡与自然觅食成长的公鸡为何有如此天壤之别？也开始嘲笑自己——为何不见了那鸡鸭，无端生出眷情呢？

2016 年 11 月刊登于《当代散文》第四期

南头古城

今年 5 月，一个偶然的机缘，我住在了南头古城。

南头古城，又称"新安故城"，是深圳的发祥地，是深圳城市历史的开端，距今已有一千七百年。

深圳南头古城遗址　徐可顺／摄

先前，祖祖辈辈的岭南人因海而生，因盐而兴。他们整天与海为伴，伴海而生，打鱼和晒盐，就是他们最原始的产业。

说深圳本就是个小渔村，似乎有道理。因为坐公交车往东南方向走，就会发现，有一个站点叫渔民村。由此，一幅晒盐、煮盐进而交易的昔时生活景象，仿佛就在眼前。

食盐是重要的国计民生，历代都属于国家统管的范畴。国家治理的需要，就催生了盐税、盐官及其相关机构。

南头古城，秦朝时，县名叫番禺，隶属南海郡。汉武帝时期，以盐铁富国，全国三十六个盐官，第一个就是南海郡的番禺盐官。有人认为，南头就是番禺盐官"东官"盐政机构所在地，是全国最早的盐税主管机构。

南头古城作为深圳城市历史的缩影与见证，曾经有过辉煌和灿烂。1955年在香港新界李郑屋村，发现了一座大型东汉砖室墓，出土了70多件文物，其中，"大吉番禺""番禺大治历"的墓砖铭文，证明东汉时期现今深圳及香港地区均属南海郡番禺县管辖。此后至汉代，县名和隶属关系都没变。直至西晋，番禺的县名仍然保持着，只是三国的时候，又隶属东莞郡罢了。改称为宝安县，始于东晋。明清时又改为新安县。

深圳和香港一衣带水，隔河相望，历朝在南头设有行政机构，香港归其管辖。深、港共有的历史、延续的文脉和相同的语言，使它们犹如兄弟一般，亲情往来割舍不断，中华民族的岭南文化也得以世代传承。直到鸦片战争，《南京条约》将香港分割出去，深、港才不再同属于一个县级行政区（番禺县、宝安县、东莞县、新安县）管辖。

东晋是深圳古代城市发展史上管辖范围最广的时期。作为东官郡治，它管辖着粤东南地区（包括今天的港澳地区）及福建云霄一带。明代恢复新安县以来，县治就一直设在南头古城。作为郡县治所在地、海防要塞、海上交通贸易的枢纽，南头古城是深、港地区的历史文化源头，代表着深圳悠久的城市发展历史，也是深圳、香港地区政治、经济、军事、文化的中心。

南头古城，原修筑有四座城门，东、西、南、北相对而开，有主干道连接。东门为"聚奎"，西门为"镇海"，南门为"宁南"，北门为"拱辰"，四座城门均有瓮城，城外有护城河，城墙上设有军事防御设施。明万历元年（公元1573年），首任新安县知县吴大训封堵北门，西门在以后也被毁，目前只有南门和东门了。古城中心大街叫中山大街。以新安县衙为坐标原点，东边的叫中山东街，西边的叫中山西街，南北两向分别为中山南街、中山北街。为什么起这么大气的名字呢？我猜想，是因为县衙后面有一个山体公园，叫中山公园，也叫竹园，是古城墙遗址。公园里有个解放内伶仃纪念碑。晚上，我在这儿驻足，高大的碑体灯光下熠熠发光。公园因山势而建，从空间俯视，县衙是背靠山、面朝海、坐北面南的格局。

　　进了大门，穿过亭廊，就是"芝麻官"升堂的地方。从这儿往南直走三五百米，就是南头古城南门，有南头古城牌坊。南门外，是演艺广场，东边是关帝庙（正在修缮），西边不远是南头古城博物馆（宝安县政府旧址）。在这条不足一公里的中山南街上，有多处重要的标志建筑。牌匾故事馆，让我们看到历代牌匾后面的故事；南头1820数字展厅（温巩章旧宅），每小时演出一次动漫式情景剧，再现昔日古城的繁荣；朝花夕拾——南头精品出土文物展；东莞会馆再现出明清商贾交流交际的场景；以"粤港澳历史文化同源"为展示主题的"同源馆"，讲述珠江口区域的四个历史时空，酷似一张全景式的"超级大报纸"。书院广场、刘氏剪影（非遗）、满绣、"字在"、深圳礼物等，让你目不暇接，穿越时空，回到古代。

　　令我印象深刻的是有关华侨的纪念展览。在这里，我读到了华侨的"真容"："华"字表示中华民族的属性，"侨"字代表着移居国外的侨民现象。是说深圳在被一位老人画圈后，华人华侨纷纷回国投资、创业、做公益的事。深圳的华侨城和华侨医院，莫不与这些归侨相关。当时，我就在想，深圳之所以能够发展这么快、这么好，很大程度上就是政策的东风，吹绿了人才的花苑，各路豪杰各显其能，于是"一天一座楼"的深圳速度就诞生了。由于归国、引进的这些人才和企业，经营方式、管理方式与以往渔民的生产生活方式不同，所以深圳的发展，处处体现着创新。于此，开放、包容、创新，一下子就铸成了深圳的气质与精神。

作者于中国文化名人大营救纪念馆　文友／摄

俗话说，四十年看深圳，一百年看上海，一千年看北京，三五千年看陕晋。看什么呢？不看帝王将相，不看宫廷楼阁，看文明的传承与生发。

漫步古城的，多是年轻人。牵手并行的、交耳倾情的、追逐戏闹的，和着斑驳的光影，沿着方块石板路穿梭。中山东街上的信国公文氏祠，讲述着文天祥家族袭承和《过零丁洋》中盈溢出的"留取丹心照汗青"的天地正气。给我印象深刻的是展图上的这一幕：元至元十六年（公元1279年）十月初一，文天祥被押解至元大都（今北京）。在长达三年的监禁中，元廷为劝降文天祥使尽了招数，然而无论威逼利诱，都丝毫不能动摇他的决心。

元至元十九年（公元1282年）十二月初八，忽必烈亲自劝降文天祥，他仍长揖不跪。次日，文天祥被押送至柴市（北京市宣武区菜市口）刑场，宣使问文天祥："丞相今有甚言语？回奏尚可免死。"文天祥答曰："吾事已毕，心无作矣。"遂朝南面一拜，端坐从容就义，时年四十七岁。

数日后，他的妻子欧阳氏敛收其遗体，在衣服内发现了他留下的绝笔《衣带赞》：

孔曰成仁，孟曰取义，唯其义尽，所以仁至。
读圣贤书，所学何事？而今而后，庶几无愧。

文天祥就义后，遗体由江南义士张千载等人葬于北京城小南门外，后归葬故里。其陵墓位于今吉安市青原区富田镇鹜湖大坑虎形山，始建于元，经明清两代重修，墓前立有五门六柱石牌坊，于2013年列为全国重点文物保护单位。郁郁青山不老，千古忠魂不灭！这就是时代所倡导的民族精神，时代需要树起的民族脊梁！

南头古城先贤孝廉文化展馆体现着时代所需要的礼义

仁智信。西街上的"看图说话"展馆，让人从历史地图中看深圳的社会文明发展史。东街上，展示雕塑大家李象群《红星照耀中国》《我们走大路上》等雕塑作品的李象群工作室，也弘扬着时代的艺术之光。

古城街巷口，都有保安值守，转角处，首先跳入眼帘的也是他们的身影，他们的坚守与付出，护卫着这24小时不打烊的古城的安详。突然，一位年轻骑手从东门小巷口驶出，一位保安即刻上前劝阻，骑手急得满头是汗，嘴里嚷着，变换方向想冲过去，但值守保安不断用身子劝挡，最后骑手只得返回。原来，古城步行街巷不允许有骑手穿越。

蹀步古城，可溯历史之源，可揽现代之韵，可触未来之景，可视、可听、可触、可感、可吃、可喝，这儿让您流连忘返。这儿是艺术的王国，也是创意的空间，更是食客的乐园，天南地北的各种风味，如九街糖水、彬妈糖水、余庆池奶茶、太清凉茶、天后站清汤腩等，让你足不出巷，尝遍天下至美佳味。

《新安县志》载，南头古城建有学宫、凤岗书院、文岗书院等。这就彰显出古城的文化与文明。南头古城博物馆一位馆员告诉我，早先，深圳的广府人和客家人都有崇书院学堂文重教的优良传统。在儒家思想熏陶下，各地初入学堂的学生，都要先举行"进孔门"的祭孔仪式，即开笔礼。所谓"开笔"，是指开始写文章，开笔礼由拜、授、赠等内容组成。来这里，可以了解岭南重镇南头古城、港澳文化源头，加深对深圳的了解，这里是一个非常有特色、有品位、免费游的好地方。

银雀山汉墓竹简博物馆

周末，逛一下山东省临沂市银雀山汉墓竹简博物馆。

咱们这博物馆，是全国首家汉墓竹简博物馆，主体建筑分为地下一层、地上三层，主要分汉墓厅和竹简展厅两大部分，它是全国 3A 级景区、重点文物保护单位。讲解员用略带临沂口音的普通话介绍，1972 年的时候，考古人员在此挖出两座汉墓，发掘大量竹简和漆木器、陶器、铜器、钱币等随葬器物，其中相当一部分是古代兵法圣典，里面包括《孙子兵法》的竹简 105 枚，失传了近两千年的《孙膑兵法》222 枚（其中完整简 137 枚）。除此之外，还发现了《六韬》和《尉缭子》等兵书。据考证，此汉墓下葬时间应该是在公元前 134 年至公元前 118 年间，就是汉武帝中期吧，墓主人与太史公司马迁大概是同一时代人，应该也是尚武善兵的人。为什么这么说呢？因为出土的文物，多是中国古代兵书。如果不善兵，这些兵书又不当吃不当喝的，谁还用这个陪葬啊？

讲解员环视游客，继续解说，这一考古成果被称为"新中国十大考古发现"之一。

听着讲解员的解说，我开始将出土的书目与"学习强国"上的一些题目相联系。

提到汉武帝，我就想到了他即位就召集全国文士，亲自出题选贤，继而提出"罢黜百家，独尊儒术"；想到了元光六年（公元前 129 年），他拜卫青为车骑将军，卫青七征匈奴的故事；还想到了公元前 105 年，汉武帝接受司马迁等人的建议，以正月为岁月，创行《太初历》的逸事。

跟着讲解员缓缓移步，望着眼前两个巨大的长方形墓穴坑，目光锁定在旁边的橱窗里：墓中出土的《孙子兵法》竹简和其他文物尽收眼底。老父亲叹道，早先的人就是能啊！还写得这么仔细！

是啊，我应承着，眼睛飘向了墙上的简牍图片，又勾联起"学习强国"上的一些题目：简牍是中国古代用竹、木制成的书写材料，流行于东周至魏晋时期。简，是简牍的最基本形式，或称札，用竹或木制成。一般长约23厘米，相当于汉尺一尺。

啊！"学习强国"里的抽象知识又从博物馆里具象开来。

快来看，这是云梯，我们从电视剧《三国演义》上看到的攻城器具。顺着讲解员悦耳的声音，我从一幅图片上看到了深棕色的云梯。

做工就是细啊！我叹服着。

妻子看我沉思，知道我在想什么，就抢先说，云梯啊，是"学习强国"上的一道选择题，你还记得吗？题目是：城，是历代兵家的必争之地。为了夺取战争的胜利，历代莫不重视攻守城器械的建造，创造了许许多多的攻守器械。下列属于攻城器械的是云梯。

我也不示弱，就说"学习强国"中还有一道关于云梯的判断题：中国古代攻城器械云梯仅仅是一架梯子。"你说答案为什么是错的呢？你看，这云梯构造多复杂！绝非咱日常生活中一般长梯所能比拟。快来看，半两钱！妻子扯我向前，看玻璃展窗。

什么？半两钱？"学习强国"上说的那个半两钱嘛？

是啊。

哦，看到了，就是小时候我们常玩的带孔的钱币啊。嗯，"学习强国"上有这个题，还是道选择题：秦统一全国后，统一货币的名称为半两钱！妻子竟然把题目又全给背出来了。

厉害！我明白妻子"学习强国"总积分与年度积分在单位双第一的缘由了。

展室内人并不太多，讲解员的话容易入耳：我们这银雀山汉墓出土的竹简共计有完整简、残简 4942 枚，还有数千残片。据考，这些古籍均为西汉时手书，对于研究中国历史、古代兵法、古文字学、简册制度、书法艺术和历法等方面，都有极其重要的参考价值，是不可多得的珍贵史料。所以说，我们银雀山汉墓简牍与马王堆、兵马俑齐名，被列入 20 世纪百项考古大发现名录。2012 年，银雀山汉墓竹简《孙子兵法》被评为"中国九大镇国之宝"之一。

出了博物馆，我们又游览了书圣王羲之故居和智圣诸葛亮旧居，膜拜先贤、追寻历史文化的同时，又时习了"学习强国"中有关他们的题目……

回济南路上，咀嚼着沂蒙王氏熟梨，回味着历史文化与现实"学习强国"的关联，一股历史的厚重感、汲取营养后的充实感油然而生，挥之不去……

掌声响起来

想起了七年前，毕业典礼上那三分钟的掌声。

那天早晨七点半，我与妻子来到学校专家公寓楼前。

经过夜雨的洗礼，深圳天蓝日丽，海风送爽。南方科技大学校园草坪静默地舒展开来，矩阵形的座椅镶嵌其上，齐整候着客人的到来。

"哗、哗、哗……"主持人在介绍到场嘉宾，当介绍到已退休的、南方科技大学创校校长时，先前的掌声，突然由缓变急，会场霎时沸腾。

"哇！"望着近两年未见面的朱校长，会场西南部的学生座区惊讶一片，而东北座区的家长们，有的挺身伸脖，有的微微离座起身，有的矫抚鼻梁上的眼镜，有的拿起了望远镜。我随了这阵势，双手和着众律击掌。主席台上的朱校长一时坐不住了，起身、鞠躬、致意，掌声又涛声般卷起……

也不知是欢喜还是激动，更不知什么当口，直觉鼻腔干呛，鼻根部一酸，肩膀微颤起来，几滴泪水模糊了视线。

泪水要过河了！为了不让身边的妻子和其他家长看到，我停下鼓掌，左手食指顶住眼镜，中指、无名指顺势抹去从眼角处、鼻梁边滚下的泪水，极力抑制激动、澎湃的心潮，掩饰情感的弱处。怎奈泪水与汗水已经融合，直浸得眼角膜丝丝作疼。

嘀！四年了，不能再压抑了！就让泪线奔流，冲淡隐隐的疼吧……

泪光中，过往场景次第闪现脑海：一个月前，这位一直未谋过面、但常从电视上看到、已进古稀之年的老人，听说当年亲自出题招收的这些娃要毕业了，硬是在南方雨涝成灾、机场常受管制的情况下，毅然择机从合肥出发！

"我准备参加孩子们的毕业典礼。"这是群里几天前传出的朱校长的决定。

思绪乘了海风，尽兴地飘浮。时光走进新世纪，领改革开放风气之先的深圳人，在赚得"一夜城"的美誉及满桶金子后，越发感到脑系统需要重装——经济腾飞需科技的引擎，深圳日益强健的肌体更需创新的因子来激活、充盈。深圳决策者拍板了！创建研究型一流大学、全球范围内"遴选校长"的目光，最终聚焦到了赋闲在家的朱清时院士身上。

"得去啊！你要不去，咱们高等教育改革不知还要等多少年咧。""好！"几位同仁的力劝、深圳人的"三顾茅庐"，朱清时出山了。

那年，他已经六十四岁。

接下来便是他从无到有的拓展与拼命的历程。

2009 年受聘校长筹校，2011 年招生首届 45 名学生进入校，毕业时又亲自为这批孩子写推荐信。

"我放心不下啊，将来这些娃是要靠真本事走进社会的。"他的牵挂与躬行，换来超七成的孩子赴知名高校深造！

筹建学校的第三年，南科大去筹转正，力担探索中国高等教育改革路子的重任。揽天下英才育之！六十七岁的他，15 天飞赴 8 个省份作报告，又从 6000 多名报考生中，精选 188 名收录南科大。

"什么也不用准备，高考结束的当天下午，我就报名南科大的能力测试了，考的是想象力、洞察力、创造力等天赋题。"拿到提前批录取通知书的孩子，在电话里迫不及待地告诉同学。

"你说快七十岁的人了，放着舒心不干，又挑起了这副担子，图啥呢！"

"人各有志嘛。"作家长的感叹敬佩之余，我们老两口又充满好奇。

后来，从媒体得知，早在20世纪90年代末，他刚任中科大校长时，八十七岁的钱学森老先生就给他寄信，鼓励他认真办学。这几年办学中，他常常提及要回答"钱学森之问"。

初心笃定，岁月峥嵘。教改工作超常的压力与挑战，让他对这两样东西有了特殊的好感甚至是依赖：一是他把邓垦（邓小平之弟）书送他的"宁静致远"和"忍"字，挂在办公室迎面的墙上；二是办公桌边不知什么时候，还多了个备用的氧气瓶。

是啊，在他任期的前五年里，在世人对南科大风生水起的言语中，他究竟呕出了多少心血，隐了多少"忍"字，吸了多少口"气"，恐怕只有他的心膜和胸腔知道。

"我从来不喜欢说官话，只是想把真实的想法说清楚。"

是的，半个世纪的经历，我阅人无数、听学术报告无数，唯独他说的话我听得最明白，没任何歧义。言语的背后，直让我觉得他是一个透明的人。这或许正暗合了他的唯实求真的特质了吧。每念于此，他题写在校墙上的"致仁书院""树仁书院"就浮现脑际，一心想从那字的架构及笔势里悟出他心底深处的"小楼加大师"的大学真谛和"九山一水"的校园布局。

随着了解的深入和印象的加深，愈发认同其教育理念，愈发为其敢为人先的人格力量所感染。那年，马年到了。抑制不住内心躁动，按照官网提示的邮箱，我斗胆给他发了个马年祝福、保重身体的邮件，没想到第二天下午5点14分竟然收到他"谢谢！朱清时"这样的回复。

时光在演进。一个偶然机会，从家长群里得知，朱校长其实一直以来睡不好觉，为此还拜会过南怀瑾大师：放下，手里抓着东西呢！是啊，作为一个仰望星空的人，他承受的压力和遇到的挑战，不是常人所能想象的！这使我想起了19世纪梭罗刚出版《瓦尔登湖》，阐明人对自然的剥蚀、侵害时，所饱受的冷遇、误解、讥讽甚至贬斥。这正如一株刚破土的幼苗，身子骨还未硬朗起来，就要经历自然界的酷暑、肃秋、严冬一样。

"尤其要感谢朱清时校长，他所具有的远见卓识、改革魄力和坚韧品质，体现出了中国当代教育家光辉的精神风貌……"

一阵海风拂过，"朱清时"三个字，又蓦地钻进耳膜。只见正在致辞的现任南科大校长陈十一回头深情地默视着朱校长，朱清时相视起身致意；霎时，台下又生起热烈而经久的掌声。

我的眼睛又湿润了。

毕业典礼结束，晚上与孩子共进晚餐，祝贺她大学毕业。

"这几年感觉如何？""学会了思考和判断，发掘了能力，组织了学校首个电影社，四年学了两个专业，与团队赴国外参赛夺冠，与导师赴瑞典做研究实验，等等，可圈可点的多着呢！可以这么说吧，这四年，自主做事多了，征求意见少了，除了要点钱，其他的，包括参加硕士研究生入学考试，不都是我自己决定的嘛！"

"嗯，孩子长大了！"家人举杯，三人的杯里霎时激起了圆圆的、细细的啤酒花。

"还有吗？"

"还有就是同学们常说的，感觉大学四年，等于上到了高七，很多同学忙得没谈一场恋爱啊。"

"呵，呵！"我默默点着头——家长群里也是这样议论的。

"唉！今天上午，给朱校长鼓掌时间太长了，让其他人怎么想啊？"

"你说咋鼓掌？"

"时间应该差不多，不能太明显了！"

孩子说的当儿，手中的筷子悬在半空，脸上挂着一本正经。

"其实吧，鼓掌是另一种表达。有些时候，它比言语更有分量。这掌声不只是给朱清时的，只因为他是第一个吃螃蟹的人；给他鼓掌，是他代表了不少人的心愿，是融在骨子和血液里的那种基因的契合！"妻子有些激动地说。

我边听边点头，不禁想到了 20 世纪下半叶，著名哲学家罗尔斯教授在学期即将结束，为同学上完最后一课，缓缓地走下讲台、教室里响起热烈鼓掌的情景。此景彼情，罗尔斯教授只好边快步走出教室边挥手致意。可是，就在罗尔斯教授走出教室许久后，掌声依旧。当有人问还要拍多久时，同学们回答："要让罗尔斯教授在遥远的地方还可以听到为止。"师者与学者，离别与鼓掌，实在让人生发无限感慨。

是啊，我何尝没有五味杂陈呢！想当年，孩子报考南科大时，总也拿不准，新学校、新模式，总担心……但考察咨询再三，心向南科大了。等报上名了，这些声音又时而萦绕耳边：私立的吧？放着好好的 985 不去……每每听到间或飘来这样的话，心里也免不了咯噔几下，直感觉有话说不出，心生难以言状的酸楚与孤独。

在南科大参加女儿本科毕业典礼　南科大热心家长／摄

但回首四年，每每看到孩子的点滴进步，特别是毕业典礼上校长亲自授予学位证书，进而又去世界知名高校攻读带全奖的博士学位，友人们送来祝福及投来羡慕的眼光时，心上的鲜花就盛开了……

而这都要归因于当时选择了那块热土……

第二天有媒体报道，昨天，毕业典礼上，朱清时校长惊喜现身，获三分钟掌声。

2017 年 3 月刊登于《当代散文》第五、六期

父亲与泼水节

火车驶向深圳。

"到了那儿就可劲儿地玩吧，愿上哪儿就上哪儿；坐公交车不花钱，逛公园不花钱，出地铁口有老年人专用通道……"

车座对面的那位中年男人，得知道老父亲的年龄，听说我们是去深圳看孩子，用略带客家语的普通话，热情地、略显自豪地介绍。

"用老年证吗？"

"不用，身份证就行。"身处农门、从未出过远门的老父亲，把一直射向窗外的视线收回来，瞪大眼睛，听着，咀嚼着，满眸的憧憬——我在这里做个旁白，老父亲此时的心景，或许正应了马未都先生那句话：改革开放的好时候，是可丁可卯地赶上了。

置身深圳这片奇花斗艳的热土，脚步哪舍得停歇。天亮即出门，日落才思归。那阵子，感觉老父亲的双腿像安上了发动机，总是突突地交替向前。我走到哪儿，他一准跟到哪儿，从没落在我后面过，也没说腰酸腿疼的。

其间，我稍作停步，问："累吧？""不累。"我就递上水，喝一口，继续下一个景点。

忘记第几天了，打卡来到他自愿"湿身"的地方。南方太阳直射，人立于阳光下，无论你多高大，在地上就是一小黑点，也像焖在大蒸笼里的一个小馒头。被汗水浸透的背心，紧贴身上，感觉更憋闷。约下午两点的时候，正好赶上泼水节表演。满天的水花、水束、水柱交织辉映，男女老少，当然年轻的多，穿得花花绿绿的，欢笑着，雀跃着，挥泼着。

一丝丝凉意袭过来。老父亲停下脚步。

"想去试试吗？"

"嗯。"

"能行吗？"

"行。"

"咱可没带换洗的衣服啊。"

"没事，你看我这身就湿乎乎的。"

老父亲从小在家乡的绣江河里长大。这满天的水网、水花，也许正是他童年的回归。他拿起盆子，从旁边大桶里舀满，转身要泼一个中年男人。不料远处交错泼来的水，蒙住了他的脸。他放下盆，两手拱起抹一把脸，又端起盆，准备再泼，结果，迎面一人泼来，他又满脸是水了。

泼水节是傣族等少数民族的传统节日，一般持续3到7天，大家用清水互泼，祈求洗去过去一年的不吉、不顺、不畅、不快。显然，被泼水是友好、受欢迎的意思。老父亲刚一进场，就受此殊荣，大概与他是人群里的年长者有关吧。当然，恐怕还与鹏城待人之道有关：来了，就是深圳人！在街头巷尾这样地道、直白的标语，让人心暖。

坐在偌大圆形的观众席上，我远远地欣赏着，眼前分明晃动着老父亲劳作的光影。

老父亲20世纪40年代生于济南的历城。所以，长辈就给他取了小名"历城"。他一出生就赶上了硝烟弥漫的岁月，之后，随父辈搬回老家。老父亲在叔辈兄妹中排行老小，跟着长辈学了点文化的五姑就一直叫他小兄弟。

按说，老小在家庭中是最受疼爱的，可是随着家庭枝叶的蔓发、生长，他到了用气力支撑起自己那枝的年龄。老父亲给我说过好多次，他早年就没了父亲，一直跟我奶奶过。在那普遍没啥吃的年月里，他正是小青年，是正儿八经的劳力，常用小推车给公社、生产队里推东西。所以，他分的口粮就够他和我奶奶吃的。说到这些时，他总是把话打住，好像又回到那个年代，语速变慢，仰望着天，这样快速结尾："你知不道这些事，生你的时候，没啥吃的日子就过去了。"

记不清具体哪一年了，数以千计的红旗，飘满了山坡。人堆里，乡人们手拉肩扛，推土垫沟，硬让家乡城北山变成了梯田，提水坝和高架水渠也送绣江河水蜿蜒到山上。队里每年收成的地瓜、高粱、豆子，乡人们弓腰、挺腿把独轮车推上山，再用有简易车轧的小推车送到各家各户，父亲就是其中的一员。由于无冬历夏，岁月兼程，老父亲的腿变成了"蚯蚓腿"。阴雨天，没事的时候，我就用食指揉摸父亲腿上的紫色小"蚯蚓"，软中带硬，无头无绪，像一团麻。这与他十指根处盘踞的黄洋洋、硬邦邦的茧子相比，软和得多。我问："疼吗？""不疼。"现在想来，这些"蚯蚓"，经霜历雨，风吹日晒，或许已成了老父亲岁月记忆的痕迹了吧。

晚上收工回家，父亲就开始洗澡。这可能是他一天中最享受的时光。人从水中来，又回水中去，自然该是人生的一大乐事。我的任务就是给老父亲搓搓背。这时，父亲双手撑在树下的一块大石头上，背一弓，身子成了一条弧。他的脊背、臂膀是深褐色的，脊柱上的骨节，从脖子处到腰部，清晰可辨。脊柱的两侧，齐整整对排着肋骨，像胸部的 X 光片，画感突出。我用食指沿着脊柱，从上往下滑，有种起伏的节奏感。随着我的小手在他背上来回揉搓，一条条土黑色的、小细长泥条就爬出了体内，这些小泥条，我们管它叫"qun"；对付的办法就是，先浇上水，再打肥皂，用清水冲，如此两遍，他脊背上就缀满了水珠，晶莹透亮，像天上星星，暮光下向我眨眼。父亲的脊背呈倒三角形，肩部宽阔，腰部细瘦；引人注目的是，只有腰部，是他身上最白的地方。所以母亲常开玩笑，说他是全家最黑的人。

是啊，老父亲一辈子都在弓背朝天，用肌体的物理弯度托起家庭的生计；脊背的下面，是他与母亲合手栽植、心心念念盼望参天的三株树苗，而流下的那颗颗汗珠，是对我们孩儿辈不倦的叮咛。

"快看，彩虹！"旁边小姑姑的惊叫把我的视觉听觉拽回了表演现场。

断续的彩虹下，就见老父亲放下盆，抹一把脸，转身取水。这时，一旁助战的我真想上去帮老父亲一把——快速地舀水，快速地朝人群泼去。心切之际，就见老父亲，不曾转回身，双腿一曲，两胳膊一举，一盆水直接高过头顶，朝后泼去。水面所及，好多人接受了回报。

我会意地笑了，心情松弛下来。突然想起古人"刚日读经，柔日读史"来。是说人在情绪亢奋、心志刚烈的时候，比较适合读古代经典之类的经，以对冲心境、调适心理。相反，在情绪不佳、心意烦躁的时候，比较适合读历史掌故之类的史，以启迪心志，提升情致。这是于读书人而言的。对老父亲这样的农人来说，就不讲究刚日、柔日了，有的只是忙闲之分。联想起他当日的水中搏击，不禁连缀出百年一遇的"闲日泼水"这个词。

不知过了多长时间，泼水的节奏越来越快，人在水网中，只能看个大轮廓，根本分不清哪是老父亲的湿影了。

泼水节目终了的时候，水幕闪了。我瞪大眼睛，在人群里望眼，就是不见老父亲的身影，心提到了嗓子眼上。

不经意间，蓦然回首，老父亲来到面前。

我说："找不到你，可急死我了，想打手机来，可你的手机在我身上。"

"我心里有数，"老父亲喘着粗气说，"人走得差不多了，就能找到你，反正你得等着我。"

呵呵！老父亲心有定律，不糊涂啊！

"这个泼水节真好，那些燥热啊，愁得慌、闷得慌、不顺心的事了，一到里头，就都忘了，一下子觉得年轻了。"吃晚饭时，老父亲自言自语。

是啊，我就在想，一个70多岁的人了，还有这样的好奇与活力，投入这样的一个节日狂欢，他的心态该是多么年轻啊。相比之下，我遇到这狂癫的场面，就显得深沉一些，自持一些，不想甩开膀子，一头扎进这水雾四起的水场，弄个浑身湿漉漉。其实，人要活得精彩，活得开心，那就要忘记年龄，忘记角色，忘记该忘记的一切，腿随心走。只要心是朝阳，人生的风帆总有源动力。

再说曾经作为南海之滨小渔村的深圳，为了增添城市文化的魅力，集华夏九洲著名景观民俗于一体，统一打造了这处锦绣中华民俗村。"一步走进历史，一日了解民俗文化"，真正打通了让世人最便捷地了解浓缩版的中华民俗的通道。看着"村"内满天纷飞的水花，那种火爆、撼人的场景，确有让人欲罢不能的诱惑。今天的老父亲，两脚走出黄土地，纵身跃入大都市，看到这漫天水幕，自然又想到了童年绣江河里的嬉戏，回到了日落时分家园里洗澡的场景。身置这水中，悠哉之情而生，触水之乐复发。

辛劳了一辈子的老父亲啊，接下来的几天里，你就可劲儿地玩吧，欢吧——我都陪你。看着老父亲光着膀子、仰头喝啤酒，我在心里想。

最近几天，时隔四十多年，再一次给老父亲搓背。目光所及，他不再是当年的肉皮包骨头，老父亲的肩膀、腰围肉实了，早年那凸出、清晰可辨的"X光片"也无从找起。"我是从队里分地干活的那阵子起，开始长肉了。"老父亲若有所思。

写下这些，准备润色时，就问老父亲："那天泼水，你为啥那么'嗨'啊？"

"嗨！出来就是玩的！再说坐车、逛公园又不花钱，不玩白不玩。"

说这话的那年，老父亲七十有六。

2020年6月28日刊登于《济南日报》

齐相晏子

自从去了齐河县大清河畔的晏婴祠，晏子形象犹如高天流云，时浓时淡，时舒时卷，盘旋、萦绕脑际，模糊着，清晰着，定格着。

晏子，莱之夷维人，即现今的山东高密人。他自小聪颖过人，其父晏弱从齐国大夫退位后，他就继任了上大夫。晏婴是一位富有政治远见和外交才能的政治家，其思想和逸事多见于《晏子春秋》。

晏子终年，有人说活了78岁，有人说95岁，我想在战乱不断、"人生七十古来稀"的年代，不论哪个岁数都堪称高寿了。这除了基因遗传、生活习惯等因子外，恐怕与其崇德明礼、乐足无欲的人生信条相关联。

礼崩乐坏，春秋时代。有一天，齐景公闲来无事，去晏子家玩。酒过三巡，景公见一老妇人，一会儿上堂，一会儿下堂，出出入入，端这送那的，就问晏子："这是谁啊？""我家糟糠之妻啊。"景公露出不以为然的样子："唉，可惜老了，丑了！——家有爱女，年轻漂亮，聪明伶俐，可否许你为妾？"晏子起身踱步，旋而转身景公说："就是这个老而丑的人，平素不穿丝帛成衣，日子打理得也很和顺。想当年，她也是年轻貌美的，只是岁月无情，收留了她的姿颜。她无怨无悔，将一生托付与我，我已荣幸至极。再说当时我也是对天盟了誓的，现在突然以老丑相弃，结发不再,岂不违背她的相托,背离我的初心？"晏子把酒相辞。

这是糟糠之妻不下堂的佳话。一如他惯常所言："君令臣忠，父慈子孝，兄爱弟敬，夫和妻柔，姑慈妇听。礼之经也。君令而不违，臣忠而不二；父慈而教，子孝而箴；兄爱而友，弟敬而顺；夫和而义，妻柔而贞；姑慈而从，妇听而婉，礼之质也。"（《晏子春秋·外篇》上第十五）这里所说的礼，其实就是社会的伦理道德和行为规范。试想，上层社会及庶民如果不遵礼制，违背公秩良序，整个社会将会是什么样子呢？晏子对此进而清晰地描绘："上若无礼，无以使其下；下若无礼，无以事其上……父子无礼，其家必凶；兄弟无礼，不能久同；故礼不可去也。"（《晏子春秋·外篇》上第一）这里晏子强调的是以上率下，以身作则，可见其在那个时代的境界。这与电影《空中之城》一些人物的摇摆人生或是趋利取舍，形成了强烈对比。

对于安身立命之所，晏子也看得很淡，不尚新房恋旧邻。有一次，齐景公想给他重新建房。晏子说："我现在住的这房子是祖上传袭下来的，论功业德行，我比不上祖辈，今天能承来居住，对我来说，已经很不错了，我也很知足了……哪敢麻烦您再建新房啊。"可景公还是趁晏子出使鲁国之际为他建了一座富丽堂皇、幽静宜居的新住所，一如今天的别墅。晏子回来后，执念"不卜其居而卜其邻"，最后还是久居老屋。这又印证了他在《晏子春秋·内篇杂下》所言："分争者不胜其祸，辞让者不失其福。"

你说，这样达观明礼、无欲无求的人，能不健康长寿嘛！

在为相辅政上，对外他捍卫国格，对内他礼辅三公。我们都记得，他出使楚国时，那番机智的辩词——出使狗国走狗门，出使大国走大门——在捍卫国格国威的同时，启迪着一代又一代的后生。一天晚上临睡前，我躺在床上，陪上幼儿园的孩子看《晏子使楚》连环画。当楚国门卫羞愧难当、让晏子由小门改走大门时，我明显感觉孩子睡意顿消，童眸明亮起来——"他真聪明！"孩子伸出小指头，指着那个身材不高的人说。

"一心爱民，就可事奉百君；不忠于民，不可以奉事一君。"这是他的职业箴言。在长达半个多世纪的相国生涯中，他笃信之，力行之，精当辅三公，名达于诸侯，击破了"一朝天子一朝臣"律咒。起初，曾拜老子、晏子为师的孔子，对此还表示不理解，以至于怀疑起晏子的人品来。但是，晏子并不为之所困所缚，内心始终坚守："其在朝，君语及之，即危言；语不及之，即危行。国有道，即顺命；无道，即衡命。"很快，晏族三世显名于诸侯。以至于孔子后来发出感慨："救民百姓而不夸，行补三君而不有，晏子果君子也！"

孔子对晏子褒扬有加，这得益于他俩的价值观相和。这里有一个小故事：有一天，景公打猎归来，晏子在一旁候问。一会儿梁丘据也急匆匆赶来，景公叹道："唉！还是梁丘据与我和谐啊。"晏子闻听，辅政进言说："这哪里是和谐，你们这是相同。和谐，就如做肉汤，要用水、火、油、盐、酱、醋不同的材料来搭配，味道重了就加一点水，味道轻了就放点作料，通过多次充分调和，汤味就融合了，恰到好处，那个时候，水、火、油、盐、酱、醋，已经你中有我、我中有你了！这才是和谐。"一个道理，君臣关系也是这样啊。君说行的事，其中也可能有不合理的成分，这时，做臣子的就指出来，使其更加完美；君说不行的事，但是其中也可能有可取的地方，臣子也指出来，让它保留下来。这样才会政通人和，万事太平。后人所说的"和羹之美，在于合异"，其意也在于此吧。对此，孔子概括得更直接："君子和不同，小人同而不和。"真是君子所见略同。

晏子也是"贵不凌贱，富不傲贫"（《晏子春秋·卷三》）的倡导者及践行者，以至西汉时代，受尽宫刑之辱的司马迁在写《史记》、记录晏子时，也发感叹如果来生有缘，也愿意为他驾车牵马。一代史学家、文学家、思想家，又如何甘为其马前夫呢？原来，晏子有个车夫，身材高高大大的，起初，常以给晏子当车夫炫耀。这事被他妻子看到了，就说："咱们离婚吧。"车夫愕然，问缘由。"你看人家晏子，身长才有六尺，是宰相了，可做事还那么低调谦恭；你倒好，身材这么高大，是个车夫，也这么得意忘形，小满自足，将来不会有出息的。"这话击中了车夫的软肋，从此，车夫自省修为有加。晏子很快发现了这一变化，就量才使用了他。这与他因辩护被贬受刑、怀才而不遇的境况相比，反差多大啊！

"看这宰相服！"那天，顺着导游招呼，游人聚在晏婴祠宰相服饰展示架旁边。这礼服看起来很板正，其实并不是晏子穿过的，是模仿那时候的面料、款式制成的。导游说："晏相一家啊，其实是很节俭的，还常拿自家的钱粮，接济帮衬穷人。他平素也布衣着身，有件御寒服竟穿了三十多年。"

听着导游的讲述，"滚滚长江东逝水，浪花淘尽英雄"，直在心中翻滚。历代名相蜡像馆里的人物栩栩如生，穿越着时空，以晏婴为首，位其右者，李斯、萧何、诸葛亮……

2021 年 5 月 10 日刊登于《济南时报》

一个邮件，两小时回复

一

"您好，证件刚到办证大厅，可以过来领取了。带齐资料过来领取。"

上午快十一点的时候，收到了这样一条短信。我知道，这是户政业务咨询与进度查询公共手机发来的。

住在户政服务厅对面、仅一路之隔的我，心花怒放，三步并作两步，朝大厅赶去。

五六分钟之后，我来到大厅。这是周一，前来办事的人很多，声音有点嘈杂。

请问在哪里领身份证？当班的民警朝9号台指去。

你好，请问从这里领身份证吗？我把领证回执递过去。

请出示你的身份证。我又把自己的身份证交过去。

那位女民警扫了一下身份证，我猜想，可能是重新核验我的受托人身份。在对面的自动柜机上，她刷扫领证回执上的条码。哦，证件还没来得及放这里。

回到工作台，从右手边抽屉里，民警很快找出孩子新的身份证。拿着它，我边说感谢，边移步到一个空的地方，拿出相机，正反面拍，发在家人群里。

家人们沸腾了。

二

几年前，孩子在外求学没法回来。前不久，她有一天购物，手机信息提示银行支付受限，才知道身份证已过期。

这事不能拖！

我在单位走完休假程序，开启了办证之行。

户政服务大厅上午 9 点上班，8 点 50 分开始预约取号。为了及早取号，我早上 7 点半就在那里排队，是第二名。我的前面是一个三十多岁的小伙子，给孩子迁户口的，说孩子报名上学快截止了，没来得及预约，必须抓紧来现场办。之前，我和孩子在网上各自做了功课，对办理须知、委托办理、预约程序、视频连线等大体有谱，还备有资料。叫号后，民警审查相关资料，我与孩子当场进行视频连线，很快就办完了身份证换领申请手续，并领到了回执。

看着回执上写着"十个工作日后来领取，且只限受托人本人来领取"的字样，我意识到想象中的那种邮寄领取行不通了。可我的计划是手续办完后，第三天就返程。可这样一来，我必须十个工作日后，再回来取，这就意味着办证的时间成本与经济成本大大增加，这还不说路途的劳顿。

三

三人行必有我师。

晚上，我把情况在家人群里这么一说，媳妇就告诉我，其同事说可以申请加急。第二天天刚亮，浏览这个城市公安公众号，发现页面下边左端有个"局长信箱"的字样，抱着试试看的心态，给局长信箱留言，讲述往返八千里路的难处与不便，申请加急。

两个来小时吧，我就收到了市治安大队的回话，说申请已经受理，正在转交相关单位。

谢谢！我在电话中连声感谢。

不客气，这是我们应该做的。

放下电话，我心想，这里的警察真好，我一颗悬着的心稍微落在了心坎上——免除了我"八千里路云和月"奔波之苦了。

应该是下午吧，我就收到分局的一个电话，是位女民警（一个星期后回访时，我才知道她姓马），向我核实情况，了解申请加急事项详情。我做简单陈述之后，警官表示，我们理解您的苦衷，马上为您办理加急。

如果加急制作成功，你们可帮我的大忙了。我说。

别客气，我们也是尽量为市民着想。

这下，我的心又敞亮了许多。

以下几天，就是交互式问询与答复。

民警您好。我申请加急身份证制发，给您添麻烦了。我现在就住在分局的对面，期盼第一时间拿到换领的新身份证返程。南北往返一趟不易，也是一笔不小的开支。感谢你们对我的帮助，让我一个近六旬的老头减少了来回的奔波。我想问下，加急制发的身份证周五或周六能下来吗？我想早订返程的机票，或是火车票。谢谢。

这是我给户政业务咨询公共手机发的。

麻烦发一下小孩身份证号码，这边帮您查询。

我发号码过去。

你好，经为您查询您的证件还在制证中，请耐心等待。

第二天，我又发短信：您好，真不好意思了，麻烦再为我查查进度好吗？

您好，经为您查询你的证件还在制证中，请耐心等待。

周一上午 10 点 41 分，我又短信咨询：警官早上好！我还在分局的对面宾馆等着。我想问一下孩子的身份证制作得怎么样了？

10 点 57 分，就收到本文开头的那条回复。

11 点 18 分，证件已取，感谢警官。我回复道。

至此，从申请换领身份证，到加急制发拿到新证，整好是一周，就是五个工作日。我想这速度真是快！

周二上午，马警官又电话回访，问我拿到身份证没有。我说拿到了，谢谢她前期的帮助与协调。

顺便说一句，也就是这次通话，我才想起来问人家姓什么。我说，一周了，我也不知道您姓什么，我以为那天给我新身份证的就是您呢。呵呵！不是我，我不在前台，我在后台。

此时，我心生一份歉意。

小文章想上平台发的时候，家人群里传来消息：身份证起效，银行卡解冻！

渔家涌起故园情

"起床啦，吃饭哟！"

似睡非梦中，突然听到楼下大厅里传来喊声，这是海滨渔家小院里女主人的声音。

我们一行五家六人住在这农家小院，上下两层楼共三个房间：浙江的朋友住楼下；楼上，一对夫妇一间，我与当地的文友住另一间。

翻个身，睁开惺忪双眼。同舍的李先生正从洗漱间出来。"快洗脸吧。一会儿就吃饭。"

一楼不太大的餐厅里，一桌六椅，规矩地候在那里。女主人进进出出，顺次从厨房端来热气腾腾的馒头、刚出锅的油条和飘着海鲜味的菜。

"真香，小时候，我就喜欢吃这一口！"我掰开馒头，塞进嘴里，一股香甜、醇绵的味弥漫口腔、胸腔，继而电波一般钻进大脑皮层细胞，潜底近半个世纪的那缕香丝，又溢漾出来。

记得六七岁的时候，有一年年根，母亲忙着蒸馒头。放面、加水、和面，不一会儿，一笼白色的圆形小山头就匀称地长满箅子。"谁烧火、拉风箱,就先给谁馍馍吃！""我！"现在想来，那时烧火是不用争的。因我排行老大，父亲地里干活，弟弟妹妹还都小，烧火的事，非我莫属；之所以我自告奋勇去当"火头军"，全是因了那张小馋嘴。那年月，做饭烧的多是树枝树叶、秸秆柴火，烟大味浓。我被呛得咳嗽、流泪不止，但馒头的香味，仍掠过浓烟，诱惑着我。

约半小时过去了，母亲跑来掀开锅盖，满眼的大雾，什么也看不见，只觉一股股热润的粮香直钻鼻孔；等雾气渐散，才看清箅子上的馒头，白胖胖、油亮亮的，像圆润的小娃娃。我抢先拿起一个，又迅速转到另只一手上，旋即快速双手倒腾着，最后放在鼻子下深深吸了一下，两手对掰，对着撕开的馒头吹了几口气，就下嘴了，馒头的三分之一吞没在嘴里。舌头亲吻着，翻转着，舌尖先觉香甜，继而缭绕味蕾，浑身细胞都跳跃起来……我心就想着，家里要是天天过年就好了！

"来，尝尝粽菜！"女主人的招呼，让我游走的神经重回餐桌。六人的目光齐刷刷地锁在桌上的盘子里。"这是一种海产品，洗净了，一拌就成。"听着女主人讲解，我顺手就夹起一口，浅黄色的、像粉丝那样细的粽菜，入口的当儿，清脆、爽口、好吃。六双筷子下去，三下五去二就没了。"老板，再上点粽菜吧。"我们商量又祈求似的说道。"好咧，还有呢！"

"有点像小时候拌扫帚苗的味！""嗯，我觉得也是，嚼着挺有韧劲。"我附和着李先生说。

"真好啊！有家的味道呢。"年近七旬的杨先生吃着由小米稀饭滋润过的油条说道。

可不是嘛，进城三十多年，这些农家味道可算是久违了——或许是被汽车尾气给中和了，或许是被高楼大厦吸附，被城市声光电摄走了……置身现代水泥城堡，不知有多少人喜欢咀嚼儿时的那缕醇香。

然而，在今天的时空里，在海滨农家小院里，这些当年的音符，又都活生生地跃动着。望着这桌农味十足的农家饭，杨先生对女主人竖起了大拇指。"从小娘就教俺，稀饭好喝，要等锅开了再下米。俺用新麦子面做的馍，好吃，你们就忘不了，就还会有客人来。这不，俺上初中的孩子就吃的这馍。"望着眼前这位质朴的女当家，我想起小时候母亲常说的那句话："馍馍好吃，全在和面、揉面、发面上了，你只要一上心，味自然就出来了。"

这话不假。就说这农家小院的摆设吧：房间里的床，一大一小，一家三口住着最合适；楼层客厅里，沙发、电视、茶几、免费 Wi-Fi 等一应俱全，人走出自家小空间来大客厅，就能拉家常、叙乡情，这不是家的感觉吗？还有聚在一块吃饭的时候，年轻的总为年长的舀饭、拿馒头，这又何尝不是家味中那缕盈盈家风呢？

有泥土的地方，就有芬芳；芬芳扩散，就涌起乡情，乡情缭绕的空间，自然就是家了。

我们交谈、回味的当儿，一缕朝阳穿透门厅的玻璃，照着餐厅西墙上的"宾至如归"四字。

霎时，整个餐厅红润、明亮起来。

"老板娘，过来给我们合个影吧！""咔嚓"几声，我们全家人定格在这份美好里。

水 韵
—— 心底的话在流淌

无色
蕴缔大明世界
无味
酵酿跲突人生

无声
因了漱玉的婉约
无形
承了大道的智慧

遇山
蓄能
图精明成长

寒侵
膨胀
挺精神脊梁

临崖
豪放
瀑生命樱花雨

入海

荡漾
逐日润蒸的痴情

啊　这就是你
远　声色形味
存　柔韧善简
文约质彬自一体

我觊觎
早日出落成
一个你中的我

2017 年 1 月刊登于《济南日报》

包容，社会进步的引擎

"一书店24小时营业，营业员无论对待大学生还是流浪汉，态度都一样……"这是一种什么态度与精神？这是开放的态度与包容的精神。当下，一个城市也好，一个国家也好，正需要这样的胸襟与风尚作引擎。

书店，顾其名，就是看书买书的店铺；思其义，就是通过阅读，扩大知识面、提升人的素养的充电所。在车水马龙的都市里这样的一个所在，关注的不再是你的出身，也不是你的职业或职位，而是在撩人的七色时序里，满足你的一个念想，提供你一份静逸，让你身心合一，享受到家的感觉与温馨，否则，那些流浪汉、外来人员在此是断无立足之地、只好打道回府的，由此城市也就变瘦了。

反观社会生活中，无24小时营业书店这种胸襟者时有耳闻。你看看吧，单位招工，或明文或暗示，非985、211高校（国家目前倡导建设"双一流"学校）毕业生不得报名；还有些单位不愿接收女职员；也有的城市对外来人员或打工人员，不是从心眼里一视同仁，而是在脑际深处画圈画线，视自己为阳春白雪，拿人家做下里巴人；又或是一个团组中，互相猜忌，如此等等，皆与24小时营业书店倡导之风格格不入，如此孤芳自赏，自以为是，到头来只能落得清一色的孤家与寡人，发展势头、成长规模、进步速度都落在人后，如此"武大郎开店"之事例自不待举；相反的，孟尝君舍利食客三千、唐太宗全朝征言纳谏、华为不拘一格广纳人才、深圳吸四海英才建园创业及国家"一带一路"的互利共赢等等，又无不昭示出有容乃大的智慧与气度。

　　一位诗人说，上帝创造了乡村，人类创造了城市。乡村落后但它包容，城市繁喧但它曲高。可以想到的是，将来衡量社会进步的标志之一，就是城市的包容度——城市扩展的轨迹，实则就是不断外延、不断包容的结果。

　　是故，"泰山不让土壤，故能成其大；河海不择细流，故能就其深；王者不却众庶，故能明其德"。古人尚有如此境界，无书店之视野的今人者，该当抱愧否？

坚守劳动初心

有一天，作家汪曾祺先生问计沈从文，如何过活？沈先生来了一句，你手里不是有笔吗？从此，汪先生以笔为伍，耕耘不辍，最终成为文学名家。这里的执笔写作是劳动。

科学家爱迪生，一次次从失败中爬起来，又继续往前迈，这一迈，让电灯走进了社会，照亮了人与自然的生活。这也是劳动。

婴幼儿冲出襁褓，挣脱父母怀抱，上幼儿园、中小学直至大学，不停地读书学习，演算求证，这还是劳动。

理发师塑型剪发，环卫工清扫垃圾，管道工、煤矿工、石油工井下作业，建筑工人钢铁积木上添砖加瓦，科学家、航天人埋头实验求索……劳动无处不在，无时不在，劳动演绎着时间与空间，让生活得有滋有味、有光有彩。

可不知从何时起，劳动被误解了、曲解了，甚至被绑架了，劳动平台成了衡量人们地位与身份的标尺。坊间常说的，找工作、要嫁人，还是公务员，至少也得是个事业单位，体面嘛！有环卫工的地方，或许就会有人远投垃圾，心想，进不了垃圾箱，也有人会捡起来，你就是干这个的嘛！在公园里或旅游地，景致吸引人，总有人不自觉地随手扔出果皮或烟头，心念有人让它回归原位嘛！路口志愿者举着小旗子，示意红灯停，可总有人趁机车一闪动，迎着红灯去了；还有人抄论文、制盗版、剽学术……这就背离了劳动的初心，超出了劳动的格调，是另一种意义上的劳动歧视。

劳动，是生存的需要、谋生的手段。人与人、人与社会，甚至家国之间，彼此都在各自领域里劳作着，辛苦着，快乐着；又靠交换彼此的劳动成果，来充盈自己的需要与生存。从这一点上讲，劳动成就着自己，也成就着别人。尊重自己的劳动，就是尊重别人的需要；体恤别人的劳动，就是达成了自己的需求。这种单极的、多极的、相互的劳动创造或成果交换，正是劳动形态的多彩制式，共同支撑着人与社会、人与自然和谐共生。

一个人的世界肯定是苦的，单个人的劳动也养活不了自己。

时光的征程上，你我都是劳动者，个个都是追梦人。劳动面前，人人平等；职业面前，人人高贵。劳动支撑着你我他。唯愿我们，坚守劳动初心，共担劳动使命。

2019 年 8 月 8 日刊登于《齐鲁晚报》

我为后全运时代建言

　　根据组织安排，我于 2009 年年初来振兴街道分管党群工作。繁杂、忙碌、充实的街道基层工作，特别是去年这里成为全市街道层面学习实践科学发展观活动试点单位，使我有更多机会与社区及社区单位联系接触，为我获取社情民意提供了极大的便利。积极走近社区居民群众，听其言，察其情，留心掌握他们所思所盼，倾听他们对国家重大方针政策、省市重大决策部署的反映，并用心整理归纳，及时向各级领导机关反馈，这已成我工作的习惯，也经常从中获得成就感。这不，2009 年年底的一次为济南市政府工作报告建言献策活动，就至今让我记忆犹新，心潮澎湃。

　　时间要回到去年 10 月份，全运会结束后的一天，我深入社区与群众闲聊，他们普遍觉得全运会的成功筹办有效地提升了济南市的对外形象，市民素质也得以提升。但随着全运会的结束，许多地区业已修缮好的城市设施开始或业已破损，与全运会前形成了鲜明的对比，很多市民深表惋惜，要求有关部门切实加以保护。

　　带着这样的一种间接感知，我利用周六、周日休息的时间，或利用到其他城区走亲访友的机会，用眼睛去验证后全运时代城市面貌受损的程度，用心灵去感应市民对于省城建设的期待，用调研去寻找维护城市面貌的有效途径。我有意识地与路边环卫人员、城管执法人员交谈，了解、听取他们对后全运时代城市管理与维护的意见和建议。经过反复思考归纳，对后全运时代城市面貌管理与维护，我初步形成两点认识：首先在软环境方面，要继续营造氛围，让全会会的亮点继续亮下去。原因是全运会期间，各行各业涌现出了许多令人赞叹、为人称快的模范工作者、志愿者或服务标兵，他们在得到各级党委、政府表彰的同时，也以自己的实际行动为市民树立了良好形象。发挥好这些榜样的示范带动作用，对于推动后全运文明建设，提升居民道德素养和文明指数，具有重要的现实意义和深远的导向作用。为此，一是建议让这些榜样在大众传媒与居民群众"对接"，让榜样的示范导向作用深入居民的脑中、耳中及视野中，起到"蓦然回首，榜样却在灯火阑珊处"的效果；二是让这些榜样从会堂、从大众传媒走向社区、走向居民群众，让居民真切地感到榜样就在身边，产生"人能如此，我为何不可"的良心感悟，从而将榜样效应化为自己的自觉行动。其次在硬环境方面，要探索形成长效管理机制，明确"条""块"责任，确保城市形象不"返潮"。

俗话说，机遇总是青睐于有准备的人。正当我思考如何将这些建议与意见向领导决策机关反馈时，济南市政府为开好"两会"，连续三年坚持"开门写报告"，于2009年11月在省城各大新闻媒体、网站开展了"我为《政府工作报告》建言献策"活动，号召广大市民、各阶层人士积极为政府工作报告建言。于是我根据收集到的统战对象及居民群众意见和建议，在充分整理的基础上，参加了市政府组织的"我为《政府工作报告》建言献策"活动，将上述准备成型的两点建议，以《关于加强后全运时代城市面貌保持及维护，让全运会亮点继续亮下去的建议》形式通过邮箱寄发了《济南日报》。

2009年12月17日《济南日报》第二版以"让亮点继

续亮下去"为题目刊登了我的建议；2010 年 1 月 8 日，《济南日报》一位工作人员打电话给我，说："徐先生，祝贺您的建议被市政府评为优秀建议。"并通知我参加 1 月 13 日济南市人民政府办公厅主办的"我为《政府工作报告》建言献策"活动新闻发布会。

13 日，济南市人民政府办公室在舜耕山庄重华堂隆重召开"我为《政府工作报告》建言献策"活动新闻发布会。我的建议在 17595 条建议中脱颖而出，被评为优秀建议，我怀着特别激动的心情上台从市政府秘书长手中接过了奖励证书，同时还获赠《天下泉城》丛书及光盘一套，为我今后从高层次上知我济南、献策济南发展提供了不可或缺的帮助。

2010 年 4 月 9 日刊登于《联合日报》

安得游人更方便

11月28日，周日，第一次坐无人驾驶的地铁，2号线转3号线，70分钟左右就到了大东边。往常坐公交走这段路，至少也得150分钟。出闸口公交卡一刷，4.8元，还行，惬意在心底荡漾。大济南的速度又长在了地铁上！

我参加省旅游星级饭店社会服务质量社会化监督，已是第四个年头，想不到的是，今年被评为优秀社会化监督员。台上何庄龙先生握着我的手，说，祝贺。我口上说谢谢，内心有些惭愧，因为对照典型发言的那些先进人物和事迹，觉得自己还有很多地方做得不够、不深。我暗下决心，今年得将标准提高，听课自然也就更上心了。

主持人有条不紊，推进培训班启动仪式。

何会长仍然不用讲稿，简明指出社会化监督员的责任与担当"三清、三准、三体"，这是他的常态。引我注目的是，他上身着深灰色的中山装，利落、精神、板正又潇洒。

省市文旅机构主管同志也从不同侧面提出要求与希望，专家教授进行了系统授课。通过这次培训，我对相关业务心里更有了底，监督工作标准也更明晰。我们这些社会化监督员，作为"神秘的客人"，多是自费体验式的监督。每到一处，头脑中马上映出相应标准服务规范和内容，对照这些，就容易看出现实中的弱点与不足，这些工作的改进，能够体现饭店宾馆社会服务优质化进程，体现社会的进步和文明的提升。

这几年，我多是在省城周边体验。结合这次培训和体验，以及同朋友们的交流，感觉星级旅游饭店住宿业态或许应该进一步提升和优化，这点在张教授讲课中也有提及，主要是旅游地所在地，要更多的开辟一些民宿，实行一定程度的住宿居家化。因为现在旅游多是家庭游，老少两代，或是三代人同游，或是年轻朋友三五成行，这时，如果有几室几厅的套房式民宿，年轻人既可以照顾老人，又可以照顾孩子，一家其乐融融；朋友之间既可共融共乐，休息时又不失一定程度的私密。这些便利，都是住标准间所不可比拟或企及的。

可是目前，有些旅游资源丰富的地级市或是县城，民宿还没有真正开发，或者说还没有体悟到民俗开发的必要和迫切。这几年我在省内地级市走了几个地方，包括县城，应该说旅游景点都不错，可是在网上想找个几室几厅的民宿或供家人居住的内外间房，可能受注意广度所限，都未能如愿，只好让老人住另一标准间，这样一来，既不方便照顾老人，自己睡觉与家人休息也不踏实。想必两代游的家庭，或许都会有类似感觉。当然，民宿还能力所能及地、随时随地地为客人提供自己乐意的早点等。从这一点上讲，改善旅游住宿业态现状，让住宿业态多样化、便民化、家庭化，已是新时代的新要求。这除了动员、吸纳一批社会民宿进入供需市场之外，有条件的现有宾馆饭店，也可适当改造开发几间民宿，供游人多样化、个性化选择。在这方面，南方大城市或旅游相对发达的北方大城市都很成熟，目前需要开拓此类市场的主要是旅游资源比较集中的地级市、县级市。

安得民宿千万间，容得游人更方便，这或许就是我的本意吧。

做好自己是传播
文明的最好方式

对于不文明行为，我一般不直接贸然制止，或是说三道四。因为我不了解对方，说得不好、不恰当，惹得人家不高兴不说，估计教化的效果也好不到哪儿去。

有一次，我带孩子去泉城公园游玩。走了一段路之后，我们觉得累了，就找路边长椅坐了下来。正巧对面的长椅上也有一对母女在休息。只见那位母亲从包里拿出水果和刀子就削起来，长长的苹果皮就落到了地上。母亲将苹果对半分开后，就与孩子吃起来，也没有把果皮扔进不远处垃圾箱的意思。这些我与孩子都看在眼里，心里也觉得不应该这样。于是我就从包里拿出橘子，扒了皮，与孩子分着吃。

边吃着，我边给孩子说，也让这些皮各得其所吧。于是孩子捡拾起来就朝垃圾箱跑去。对面的孩子也看到了这些，就见她也捡起地上长长的苹果皮和饮料瓶，扔到了垃圾箱里，稚嫩的眼神里闪着亮光朝我们看来，我也会意地露出笑容回报。

晚上，我们在公园散步。路旁看到一小伙子在微弱的灯光下拨弄一只刺猬，刺猬无奈缩成一个球。我与老伴凑上去，哟！遇到财神啦！小伙子，别弄它了，都说遇到它，就是见到了财神。小伙子一怔，有些悔意，哦！是财神呢。起来，悻悻地走了。

事后，给老父亲说起这件事。他说，一样的事，就看咋说话了。你这一说，人家能接受了。要是上来就说，别弄它，要珍爱小动物。你看看会有这样的结局吗？

其实，文明在每个人的心里，但有时却没有表现在行动上，这除了与周围环境有关系外，还与文明氛围相关。通过这件事，我就想，弘扬文明，不需要去用语言教化别人，做好自己就是传播文明的最好方式。

2014 年 11 月 21 日刊登于《齐鲁晚报》

后　记

　　从清照故里，沿绣江河水顺流而下，约十公里，在与南北走向的城北山（女郎山）平行的西河岸，有个百余户人家的村子，这就是我的摇篮、生命的原点。

　　这儿的山是我的根，这儿的水是我的脉，这儿的时空是童年的舞台；这方丰盈的土地日夜滋润着我的心田，也是我人生印迹与元素的最原始的存储器。

　　我无法浮到家脉河流的上游。老父亲多次给我说，早先，我家是一个大家庭，老老少少几十口人，都在一个锅里轮勺子。他说，我爷爷兄弟仨，排行老大，叫徐其慎，主家业；我二爷爷叫徐其恩，庄里教书，挺有名，那时候的班，不是现在四五十个学生的样子，最多十来个，就叫一个班；三爷爷叫徐其荣，原先在潍城干买卖，后来到济南，就是馆驿街、东流水这里，炮火连天的时候，就回到了乡下。兄弟仨分家，就分了原来的场院、中院和南边的闲园子。父亲说，你三爷爷会为人，做事也漂亮，干了一辈子买卖，就在南园子里盖了一排西屋住。二爷爷分了中间四合院，都是砖瓦房，帘子都是布的，中间横杆上还有铜钱。你爷爷分的是场院，过秋过麦用的，靠大街，住过八路军，一间房子上还写着一个大人物的名字，他住过没有，我不记得了。

　　我想，套用现在的话说，我们家或许就是所谓的"晴耕雨读，亦商亦农"之类。

293

我的为文涓流，大概发端于绣江河流与家脉河流相交的那一隙。而荡起这涓涓细流涟漪的，或许是父亲早年的那次有心插柳。上小学的某一天，曾经在村里教育红班的父亲站在桌子前，对正在做作业的我说，好好写，好好学，长大了，写点东西，登登报。我嘴里含着铅笔头，不停地转，抬头看着父亲。

当初只道是寻常。我一路狂学及至1986年中专毕业。繁重的学习生涯中，并没有涌出父亲曾经说过的这话。

二十岁那年，我离开家乡来到省城。先是干会计，与成千上万的数字打交道。工作之余，办公室里《人民日报》等报刊小楷字的时评特别入眼，总是有兴趣读下去。传阅的一些文件，也让我眼界大开。再加上我对英语的天赋，六七年下来，没费大的周折，就通过自学考试的近五十门考试，相继拿到了大专、本科学历文凭。这期间，《大学语文》对我写作提升有很大作用，其他如《对外经济管理》等学科的语言也让我耳目一新，感觉它们语言表述准确、严谨，乃至填不进一个字。这对我遣词造句、语言逻辑都起了很好的示范引导作用。除此之外，还结识一位志趣相投、坚守自学、人品正直、非常要好的光祝同学。

文字登上铅印的报纸纯属偶然。1996年7月的一个晚上，在《泉城周报》（之后改为《视周刊》，现为《山东广播电视报》）上看到一病人去医院看病，因未向院门口保卫科报告而被铐在暖气片上。读罢，胸口一鼓一鼓的，一气呵成处女作《慎用权力》，发在下周的《泉城周报》上。当时编辑是素不相识的孙宏毅。记得他打电话告诉我，文字不错，再写了，可以投稿过来。无疑，孙老师是我文学爱好的启蒙老师。这或许也是父亲二十多年前撒下种子的萌发吧。

为文窗口次第打开。之后，经常在同栏目看到李国文、李红军等老师的文章，我也有心拜读，学习他们的视野、角度、用词，汲取他们的长处和写作手法。

2013 年春，《济南日报》市民记者团成立，我有幸加入，和着与济南一起成长的韵律，从市民角度观察生活，品味生活，提炼生活，陆续在省城各大报纸"开荒、掠地"，随着"小豆腐块"在省内报上发表，为文之路渐宽。这期间，认识并得到很多热心的、有才华的市民记者在公益上、文字上的激励、指导与帮助，如那几年差不多朝夕相处的召集人徐文兵、黄胜芳老师和兵妈妈齐亚珍、吴明、陶玉山、林毅、宋振东等等。

文学机缘转角遇到。2014 年 7 月 2 日，因偶然的机会我加入了济南周三读书会，本来是想打酱油的，结果几次课上下来，被它的磁力牢牢吸住——这儿有美文欣赏，有免费热心的指点迷津，有志同道合的同学鼓励……在这里，我要感谢读书会创始人李炳锋先生，是他常给我以鼓励，间或授业解惑，为我文学成长插翅膀、喊加油！还要感谢读书会上遇到的著名作家刘玉堂老先生为我的作品"灯下淬火"，也感谢读书会诸位秘书长及同学及时雨式的滋润。也就是从这儿出发，我有了自己的文学园地，全国的、省市的、区县的；有了文字最初的审美标准，散文该是如何"散"，好文该是如何"品"等，一番这样的助力，我的习作开始走向全国报刊及新媒体，有的文章还被多家报刊刊用，甚至获得全国性奖项，有的成为中学生课堂教学课案，有的收入各种年选、年展及丛书，有的还被高等学校选录进学校官网。

值得一提的是，其间认识了殷艳丽老师。感谢她引荐，让我认识了"齐鲁晚报·齐鲁壹点"APP平台的曹竹青主编等其他编辑老师。在他们的帮助指导下，我申请了自己的壹点号"泉城可顺"。也是借助这个平台，我把所写文章率先在此发表，这个平台也成了我实质意义上的网络版"散文集"。

可能有人会说，文学是高雅的，不是一般人抬头仰望一下就能企及的。我想，中国作协副主席、著名作家张炜说过的一句话，或许就是对广大文学爱好者的鼓励："散文作者大多是业余写作的，他们用一支笔来记录事情，抒发自己的心情，这往往更加贴近了文学的本质。"

也有人说，有时间玩玩不好吗？！写东西点灯熬油的，不值当！我想说，爱好是最好的媒介与助推。我写东西投入的时候，就好像在演电影，而编剧、导演、演员全是自己，那时，整个境况是有声有色有味的，空气阳光和水也会应声附和，草木花石等也会应景独语，我在引领万物进入角色，万物在角色中表达我的初衷。

突然有一天，打开齐鲁壹点一看，哟！百多篇文章了，粉丝一万多人！出散文集子的念头，始于甲辰年春。对我这样一位文学爱好者来说，出书是一种标志、一种皈依，也是一种记录，一种对生活的记录，记录自己，记录家人，记录故土，记录山水，同时也是记录时代，记录脉搏，记录哺育，记录情感等。随着记录的持续，就油然而生出感恩大地、感恩时代、感恩故土、感恩相遇的深刻、过心的情愫。

　　如果对这些随笔散文按内容进行梳理归类：大致有记事抒怀的、文化文物的、自然生态的等；按成长半径、足迹远近来划分，大致就分成故乡摇篮篇、触景行悟篇、异域视界篇。写到这里，离《马上相逢》问世也不远了。就让我用"马上相逢有此书"作为答谢与回报吧。回报亲自为我题写书名的中国作协副主席张炜先生；回报元旦为我送上新年贺词的诗坛泰斗桑恒昌老先生；回报在山东省"讲好山东故事，守护文化根脉"征文大赛颁奖典礼上为我留墨鼓励的全国政协委员、山东师范大学教授、博士生导师李掖平先生；回报中国作家协会会员、垂杨书院书画院总策划张期鹏先生；回报文学沙龙上为我题字教诲的《日记杂志》主编、垂杨书院书画院院长自牧先生；回报中国作家协会会员、中国散文诗学会会员、教育部十一五课题组文学专家、全国中小学生绘画书法作品比赛专家指导委员会评委、山东省作家协会散文创作委员会委员鲁先圣先生；回报济南大学教授、中国当代诗坛具有较大影响力的女诗人路也先生给我留言鼓励；回报百忙之中为我写序作跋的中国作家协会会员、山东省散文学会原副会长、周三读书会创始人李炳锋先生；回报我的同事张元仁先生；回报为我为文历程付出心血的各位领导和老师，回报二哥业梓、妹夫东雷等亲友；回报为我讲述爷爷、二爷爷、三爷爷故事的老父亲；回报家庭困难时刻、仍坚持让我继续上学读书的母亲；回报常常作为第一读者的老伴玉红、女儿孟琦，更要回报助我成长的这片土地及土地上的一切！

突然记起小时候，有次我问母亲，我是从哪儿来的？母亲拉着我的小左手，走出大门，眼看着西边的城北山，说，看见山上那道裂开大长口子的山沟了吗？你就是从哪儿拾来的。

是的，我是山的儿子，但没有山的沉稳与厚重；我是水之分子，但没有水的灵性与韧性。我就是我，一介草木，四季过客，但不论时空如何轮转，只要赤脚踏上这片柔软的故土，那颗燥热的心立马就安静下来。

正午偏西的阳光直射下来，前路春光正好。

我知道，午后，依然有诗和远方。

是为后记。

徐可顺

2024 年春